HANS KOPPEL

THRILLER

Aus dem Schwedischen von Holger Wolandt

HEYNE‹

Verlagsgruppe Random House FSC-DEU-0100
Das für dieses Buch verwendete
FSC®-zertifizierte Papier *Super Snowbright*
liefert Hellefoss AS, Hokksund, Norwegen.

Die Originalausgabe erschien unter dem Titel
Kommer aldrig mer igen
bei Telegram Bokförlag, Stockholm

Copyright © 2011 by Hans Koppel
Copyright © 2012 der deutschen Ausgabe
by Wilhelm Heyne Verlag, München
in der Verlagsgruppe Random House GmbH
Lektorat: Maike Dörries
Satz: Greiner & Reichel, Köln
Druck und Bindung: GGP Media GmbH, Pößneck
Printed in Germany

ISBN 978-3-453-26760-2

www.heyne.de

1. Kapitel

Sie hatte geschrieben, sie möge Waldspaziergänge und gemütliche Abende zu Hause. Sie suche jemanden mit Humor. Das war doch ein Witz, die Parodie auf den farblosesten Menschen, den die Welt je gesehen hatte. Außerdem garnierte sie ihre Mails mit Smileys. Keine Zeile ohne ein gelbes Gesicht.

Sie hatten am Vorabend telefoniert und sich im Gondolen verabredet.

Sie klang älter als 32, fand Anders. Er hatte gescherzt, ob sie vielleicht ein altes Foto ins Netz gestellt habe, das etliche Jahre und Kilos früher aufgenommen worden sei. Da hatte sie ihm ein neues Foto gemailt, kurz vorm Zubettgehen mit dem Handy am ausgestreckten Arm aufgenommen.

Anders betrachtete das Foto und dachte, dass sie seinetwegen wie hundert klingen und dumm wie Stroh sein konnte, das kümmerte ihn herzlich wenig.

Ein Drink war ideal. In der Regel genügte eine halbe Minute, um zu entscheiden, ob es die Mühe wert war oder nicht. Ein Essen hatte fast schon was Masochistisches. Stundenlang dasitzen und leiden, während einem das Lächeln auf den Lippen gefror. Nur das nicht! Alle mit etwas Routine trafen sich in einer Bar. Fiel das Ergebnis positiv aus, konnte man weitersehen.

Es war Punkt halb sieben, und Anders spähte in die Dunkelheit über Skeppsholmen hinweg Richtung Djurgården.

Wo ist der Haken?, überlegte er. Die affektierte Dummheit konnte es nicht sein. Nicht bei diesen Formen. Eine schrille Lache vielleicht, die einem durch Mark und Bein ging? Mundgeruch wie ein alter Hund? Oder war sie frigide?

Nein, nein, stille Wasser ..., redete er sich ein.

Sein Handy vibrierte, er ging dran.

»Hallo«, sagte sie. »Ich bin's. Entschuldige, dass ich mich nicht eher gemeldet habe. Ich habe den ganzen Nachmittag in der Notaufnahme verbracht.«

»Notaufnahme? Alles in Ordnung mit dir?«

Anders Egerbladh lobte sich im Stillen für seine gespielte Anteilnahme. Das nannte er Geistesgegenwart. Dabei interessierte ihn natürlich als Allererstes, ob der Vorfall seine Chancen beeinträchtigte, mit ihr intim zu werden.

»Ich bin auf der Treppe gestolpert und habe mir den Fuß verstaucht«, sagte sie. »Zuerst dachte ich, er sei gebrochen, ich konnte kaum noch auftreten ...«

»Du Ärmste ...«

Anders trank vorsichtig von seinem Bier und schluckte ganz leise, um nicht uninteressiert zu wirken.

»So schlimm ist es nicht. Ich habe Krücken und einen Stützverband. Aber zum Gondolen zu hinken wäre mühsam. Vielleicht magst du zu mir kommen? Ich habe eine Flasche Weißwein kalt gestellt.«

»Klingt super«, sagte Anders, »gerne. Wenn es dir nicht zu viele Umstände macht? Wir können es auch auf ein andermal verschieben, falls du nicht in Stimmung bist.«

Er war wirklich ein Genie!

»Das macht wirklich keine Umstände«, versicherte sie. »Nach fünf Stunden in der Notaufnahme kann ich etwas Ablenkung gebrauchen.«

»Hast du schon gegessen?«, fragte Anders. »Ich könnte was mitbringen.«

Albert fucking Einstein!

»Das ist nett von dir, aber nicht nötig. Mein Kühlschrank ist voll.«

Sie nannte ihm die Adresse und beschrieb ihm in wenigen Worten den Weg. Anders prägte sich alles ein und beschloss, unten auf dem Platz einen Strauß Blumen zu kaufen. Er hatte es nie ganz verstanden, aber das funktionierte immer. Blumen und Champagner.

Letzteren würde er sich für das nächste Mal aufheben.

Er kaufte ein paar langstielige bunte Blumen und im Zeitschriftenladen eine Schachtel Kinderpflaster. Als originelles Mitbringsel. Er spürte, dass dies ein kluger Schachzug war.

Er ging beschwingt den Katarinavägen hinauf, bog wie angewiesen in die Fjällgatan ein und ging dort auf dem rechten Bürgersteig bis zur Sista Styverns Trappa, der Holztreppe, die die Fjällgatan und die darüberliegende Stigbergsgatan miteinander verband.

Dem Auto, das auf der Straße parkte, schenkte er nicht weiter Beachtung. Er konnte ja auch nicht wissen, dass die Frau am Steuer jene Frau war, mit der er eben telefoniert hatte und die jetzt ihren Mann anrief und ihm mitteilte, es wäre so weit.

Anders ging die Treppe zwischen den pietätvoll renovierten Holzhäusern hinauf. Er stellte sich vor, wie er mit zarter Hand, den Kopf mitfühlend zur Seite geneigt, den geschwollenen Fuß der Frau untersuchen, wie er ihr ihre verspannten Schultern massieren und ihr verständnisvoll und einfühlend zuhören würde. Fünf Stunden habe sie warten müssen? Das schwedische Gesundheitswesen war wirklich unter aller Kritik.

Anders wusste nicht, dass die Fotos, die er angestarrt hatte, aus dem Internet kopiert waren und eine bloggende, alleinerziehende Mutter aus Holland zeigten. Genauso wenig ahnte er, dass der Mann, der ihm auf der Treppe begegnete, einen Hammer in seinem Mantelärmel verbarg.

Sie erreichten gleichzeitig und aus entgegengesetzter Richtung den unteren Treppenabsatz. Der Mann blieb stehen.

»Anders?«, sagte er.

Anders blieb stehen.

»Erkennst du mich nicht?«, sagte der Mann. »Ich bin Annikas Vater. Du erinnerst dich doch noch an Annika?«

Anders bekam einen trockenen Mund. Sein eben noch entspannter und erwartungsvoller Gesichtsausdruck war plötzlich starr und gequält.

»Das ist auch wirklich lange her«, fuhr der Mann fröhlich fort.

»Ich bin etwas in Eile.«

Anders hob seine freie Hand und deutete nach oben. Der Mann lächelte, als würde er ihn verstehen, und nickte in Richtung der Blumen.

»Verabredung?«

Anders nickte.

»Ich bin spät dran«, sagte er und versuchte, seine Stimme natürlich klingen zu lassen. »Sonst wäre ich gerne einen Moment stehen geblieben.«

»Verstehe«, sagte der Mann.

Er lächelte, machte aber keine Anstalten weiterzugehen. Anders drehte sich unsicher um und stellte den Fuß auf die nächste Treppenstufe.

»Ich habe mich mit Morgan unterhalten«, sagte der Mann und ließ den Hammer in die behandschuhte Hand gleiten.

Anders hielt mit dem Rücken zu dem Mann auf der Treppe inne. Er rührte sich nicht.

»Oder genau genommen hat er sich mit mir unterhalten«, sagte der Mann. »Er hatte viel zu erzählen. Wollte die letzte Chance nutzen, sich auszusprechen. Er war nur noch Haut und Knochen, als ich ihn traf. Vielleicht lag es ja am Morphium, dass er so ins Detail ging, jedenfalls hat er geredet wie ein Wasserfall.«

Anders drehte sich langsam um. An der Peripherie seines Gesichtsfeldes ahnte er etwas, das sich mit hoher Geschwindigkeit näherte. Zum Wegducken oder schützend den Arm zu heben war es zu spät. Der Hammer traf seinen Kopf und zerschmetterte den Schädelknochen direkt über der Schläfe. Noch bevor er auf dem Boden aufschlug, verlor er das Bewusstsein.

Der Mann stellte sich breitbeinig über Anders und hob den Hammer erneut. Die Schläge zwei und drei waren vermutlich tödlich, trotzdem schlug der Mann weiter auf den Liegenden ein, um sich seiner Sache sicher zu sein. Als wollte er alle Eindrücke und Erfahrungen, die Anders in seinem Leben gesammelt hatte, ausradieren und seine gesamte Existenz auslöschen. Der Mann hörte erst mit dem Schlagen auf, als der Hammer in dem Schädelknochen stecken blieb.

Er ließ ihn stecken, schaute sich hastig um, ging dann die Treppe hinunter und stieg in das wartende Auto. Die Frau fuhr los.

»War es schwer?«, fragte sie.

»Überhaupt nicht«, sagte der Mann.

2. Kapitel

»Hallo, ich heiße Gösta Lundin und bin emeritierter Professor der Psychologie und Autor des Buches *Opfer und Täter*, das einige von Ihnen vermutlich gelesen haben werden. Sie brauchen nicht aufzuzeigen, aber trotzdem danke, ich weiß das zu schätzen. Vielen Dank.

Bevor ich beginne: Wie viele von Ihnen sind bei der Polizei? Jetzt dürfen Sie gerne aufzeigen.

Gut. Und wie viele Sozialarbeiter sind anwesend?

Ungefähr die Hälfte. Gut, dann weiß ich Bescheid. Eigentlich ist die Frage irrelevant, da ich den Inhalt meines Vortrages nicht an den Beruf der Zuhörer anpasse. Ich bin einfach nur neugierig. Vermutlich würde ich mich etwas breitbeiniger hinstellen, wenn ich es nur mit Polizisten zu tun hätte, mit skeptischen Polizisten, die die Arme vor der Brust verschränken. Das wäre möglich. Ich weiß nicht.

Egal. Für den Vortrag heute habe ich die Überschrift gewählt: *Wie ist das möglich?*

Diese Frage stellen wir uns oft. Wie ist das möglich? Warum wehren sie sich nicht? Warum fliehen sie nicht?

Das sind ungefähr dieselben Fragen, die Kinder stellen, wenn sie zum ersten Mal vom Holocaust hören. Wie ist das möglich? Warum haben sie sich nicht gewehrt? Warum sind sie nicht geflohen?

Lassen Sie uns am anderen Ende beginnen. Bei Adolf Hitler.

Wie alle wissen, hat sich der schnurrbärtige Österreicher von einer historischen Person in eine mythologische Figur verwandelt. Hitler ist heute ein Referenzrahmen, das Symbol des Bösen in seiner reinsten Form.

Ich habe nur Befehle ausgeführt ist ein erstarrter Ausdruck, eine Ermahnung an uns, dass wir die Obrigkeit ständig infrage stellen und der eigenen Überzeugung folgen müssen.

Als das genaue Gegenteil von Adolf Hitler gilt in unserem Land Astrid Lindgren.

Astrid Lindgren steht als Symbol für alles, was im Leben gut ist. Die kluge, besonnene Humanistin, die an das Gute im Menschen glaubt und es fördert.

Es gibt eine Menge moralischer Geschichten und Redensarten, die Astrid Lindgren zugeschrieben werden. Eines der berühmtesten Zitate sagt, dass wir manche Dinge tun müssen, obwohl sie gefährlich sind. Weil wir sonst keine Menschen sind, sondern nur ein kleines Stück Dreck.

Adolf und Astrid, schwarz und weiß, böse und gut.

Diese naive Vorstellung von richtig und falsch ist verführerisch und verlockend. Wir wollen zu den Guten gehören und das Richtige tun.

Ich habe jahrelang Opfer und Täter befragt – Täter, die ebenfalls Opfer sind, das ist etwas, was wir gerne vergessen – und weiß deswegen, dass die meisten in diesem Raum, inklusive meiner selbst, ohne größere Probleme sowohl das eine als auch das andere werden können.

Wir tragen alle Adolf und Astrid in uns. Wer etwas anderes behauptet, stellt sich dumm.

Aber solche philosophischen Fragen sollen uns jetzt nicht interessieren. Ich bin hier, um darüber zu sprechen, wie es in der Praxis zugeht.

Die Methoden, die Täter anwenden, um ihre Opfer zu unterdrücken, sind auf der ganzen Welt dieselben und so alt wie die Menschheit. Chefs verwenden dieselben Techniken wie Alleinherrscher, und zwar aus dem einfachen Grunde, weil es nur zwei Führungsinstrumente gibt: Zuckerbrot und Peitsche. Einmal mehr von dem einen und weniger von dem anderen oder umgekehrt, aber bei allen Methoden handelt es sich nur um Varianten.

Ich werde leider nicht dafür bezahlt, hier zu stehen und komplizierte Dinge in einfache Worte zu fassen. Ich bin Akademiker, und als solcher habe ich gelernt, Dinge komplizierter zu machen, als sie sind, und mich selbst als intelligent und tiefgründig darzustellen.

Das ist auch der Grund dafür, dass die Power Point-Präsentation erfunden wurde.«

1. Ortswechsel, soziale Isolation
2. Breaking in violence
3. Hunger

4. Gewalt/Androhung von Gewalt
5. Demütigung
6. Schuld
7. Freundlichkeit, Privilegien
8. Blockierung des Ich
9. Die aussichtslose Zukunft

»Können alle gut sehen? Gut. Beginnen wir mit dem ersten Punkt ...«

3. Kapitel

Jörgen Petersson wartete, während die Verkäuferin das Poster von Homer Simpson einpackte, ein Geschenk für seinen jüngsten Sohn, der bald Geburtstag hatte. Jörgen sah sich im Laden um, und sein Blick blieb an einem Bild von Lasse Åberg hängen. Ausnahmsweise mal kein Micky-Maus-Motiv. Das Bild zeigte ein altes Klassenfoto. Die Hälfte der Gesichter war verblichen und nicht mehr zu erkennen, nur wenige waren intakt. Etwas wenig subtil vielleicht, aber Jörgen hatte Sinn für das Schlichte. Er hatte nicht vor, seine Zeit im Auktionshaus Bukowskis auf der Jagd nach einem passenden Werk der drei namhaften, völlig überschätzten schwedischen Künstler zu vergeuden.

Das Kunstinteresse der Reichen konnte Jörgen nicht nachvollziehen. Das war doch nichts anderes als der vergebliche Versuch, sich freizukaufen. Eine Art, sich von denen zu distanzieren, die weder die Mittel noch die Möglichkeit besaßen.

Jörgen hätte es sich leisten können, alle drei Künstler in seine Diele zu hängen. Anders Zorn ging ja noch, aber auf diesen idiotischen Tiermaler Bruno Liljefors und den Idylliker Carl Larsson konnte er wirklich verzichten.

Im Übrigen besaß er bereits einen Zorn. Im Klohäuschen seines Sommerhauses hing ein Poster aus dem Museum in Mora. Jörgen betrachtete es immer, wenn er dort sein Geschäft verrichtete. Nutzen und Vergnügen in wunderbarer Harmonie. Weder seine Frau noch die Kinder verstanden ihn, wo es doch im Haus eine Toilette mit Fußbodenheizung gab. Seine Frau hatte sogar vorgeschlagen, das Trockenklosett einfach abzureißen.

Dagegen hatte sich Jörgen allerdings vehement gewehrt, obwohl er sich sonst in Entscheidungen, die den Haushalt betrafen, nicht einmischte. Aber da hörte der Spaß auf. Anderthalb Hektar Land, fast vierhundert Meter Uferlinie, und da sollte er nicht einmal in Ruhe in seinem eigenen Klohäuschen sitzen dürfen? In Gesellschaft halb gelöster Kreuzworträtsel in verblichenen Illustrierten.

Es war richtig gewesen, dass er Widerspruch eingelegt hatte. Das erhöhte den Respekt seiner Frau und ließ ihn noch exzentrischer und halsstarriger erscheinen. Und das waren für einen reichen Mann keine schlechten Eigenschaften.

Er betrachtete das Åberg-Bild noch eine Weile und überlegte sich, wie sein eigenes Klassenfoto aussah.

Wen hatte er vergessen? An wen erinnerte er sich?

Und wer erinnerte sich an ihn?

Vielleicht hatte der eine oder andere ja etwas über ihn gelesen? In den Wirtschaftsblättern hatte alles Mögliche über ihn gestanden, von Geld und Erfolg war dort die Rede gewesen. Aber es erkannte ihn niemand, wenn er in einen U-Bahn-Wagen einstieg.

Jörgens Leben erinnerte an eine erfolgreiche Partie Monopoly. Plötzlich hatte er mit allen Hotels und Häusern dagesessen und Geld verdient, ohne sich anstrengen zu müssen. Und die Geldstapel wuchsen.

Sein erstes Geld hatte er mit einer Internetfirma verdient. Sie hatten große Reden über die Zukunft und ihre Möglichkeiten geschwungen, aber im Grunde genommen nur Homepages entworfen. Damals hatten nur Eingeweihte mit der Abkürzung IT etwas anfangen können, während alle Firmen ihre Mitarbeiter weiter zu Kursen über die Anwendung einfachster Textverarbeitungsprogramme schickten.

Jörgen war dem Rampenlicht entronnen, weil seine beiden Kollegen und Mitbegründer der Firma PR-geil waren und jede Gelegenheit genutzt hatten, sich ablichten zu lassen.

Die Firma hatte nie Gewinne verzeichnet, trotzdem war sie zeitweilig an der Börse über zwei Milliarden Kronen wert gewesen. Jörgen konnte über diesen Irrsinn nur den Kopf schütteln, was seine vom Erfolg berauschten Kollegen provozierte, die fleißig in der Wirtschaftspresse zitiert wurden und offenbar selbst an ihre Zukunftsvisionen glaubten. Schließlich hatten sie sich anerboten, Jörgen auszuzahlen, indem sie ihm seinen Aktienposten zum halben Börsenwert abkauften. Sie lachten sich ins Fäustchen, als er ihr Angebot annahm, 100 Millionen Kronen bar auf die Hand, danke und Tschüs.

»Das dümmste Geschäft des Jahres?«, lautete die Überschrift der Zeitungsnotiz, die weitgehend mit der Pressemitteilung übereinstimmte, die Jörgens Kollegen gut gelaunt verschickt hatten.

Ein Jahr später waren die beiden hoch verschuldet, die Firma umstrukturiert und praktisch wertlos.

Da hatte die Presse plötzlich großes Interesse an Jörgen gezeigt. Der aber hatte freundlich, doch nachdrücklich jede Interviewanfrage abgelehnt, eingedenk der im Suff gerne wiederholten weisen Worte seines besten Freundes Calle Collin, der als freiberuflicher Journalist für Illustrierte arbeitete:

»Prominenz ist nie von Vorteil. Was immer du tust, zeige nie dein Gesicht. Sofern du kein Simon Spies bist, meide die Öffentlichkeit.«

Calle Collin war einer der wenigen, der auf dem Klassenfoto, wie Jörgen es sich vorstellte, noch zu erkennen wäre. An wen erinnerte er sich sonst noch? An einige der hübschen, unnahbaren Mädchen. Jörgen fragte sich, was aus ihnen wohl geworden war. Falsch, eigentlich war es ihm egal, er hätte nur gerne gewusst, wie sie heute aussahen. Er hatte sie gegoogelt, aber keine Fotos gefunden, nicht einmal in Facebook. Das konnte kaum ein Zufall sein.

Er stellte sich billigrotweingezeichnete Gesichter vor und tröstete sich mit dem Gedanken an ihren körperlichen Verfall. Brüste, die früher den Gesetzen der Schwerkraft getrotzt und seine sexuelle Fantasie beflügelt hatten, hingen nun verloren in kräftig gepolsterten Push-up-BHs.

Oje, wie zynisch sich das anhörte. Jörgen hatte immer gedacht, dass er mehr über den Dingen stünde. Oder etwa nicht?

4. Kapitel

Ortswechsel, soziale Isolation

Die Frau wird aus ihrem gewohnten Umfeld gerissen und in eine neue, unbekannte Umgebung versetzt. Das dient mehreren Zielen. Die Frau verliert ihren Kontakt zu Verwandten und Freunden, ist desorientiert und geografisch verunsichert und somit vollkommen abhängig von der einzigen ihr bekannten Person, dem Täter. Indem man die Frau eine längere Zeit gefangen hält, wird die zeitliche und räumliche Verwirrung noch verstärkt. Dauert die Isolation lang genug an, empfindet das Opfer schließlich Dankbarkeit für jede Form menschlichen Kontakts, selbst für den erzwungenen.

»Bist du sicher? Nur ein Glas. Du bist dann immer noch rechtzeitig zum Fernsehschauen wieder zu Hause.«

»Ja, komm schon.«

Ylva lachte. Sie war dankbar, dass sie es wenigstens versuchten.

»Nein«, antwortete sie. »Ich bin heute mal brav.«

»Du?«, sagte Nour. »Warum ausgerechnet heute damit anfangen?«

»Weiß nicht. Vielleicht aus Spaß an der Abwechslung?«
»Nur ein Glas?«
»Nein.«
»Sicher?«
Ylva nickte.
»Ganz sicher«, sagte sie.
»Okay, okay, es sieht dir zwar nicht ähnlich, aber okay.«
»Dann bis Montag.«
»Ja, bis Montag. Grüße an die Familie.«
Ylva blieb stehen und drehte sich um.
»Aus eurem Mund klingt das, als sei Familie etwas Schlechtes«, sagte sie und legte die Hand unschuldig auf die Brust.
Nour schüttelte den Kopf.
»Wir sind einfach nur neidisch.«
Ylva zog ihren iPod aus der Tasche und schlenderte das Gefälle hinunter. Das Kopfhörerkabel hatte sich verheddert, und sie blieb stehen, um es zu entwirren, die Stöpsel in die Ohren zu stecken und eine Wiedergabeliste auszuwählen. Nur Musik im Ohr und ein in die Ferne gerichteter Blick verschonten einen vor Gerede über das Wetter. Es gab immer redselige Leute, die nach Aufmerksamkeit heischten und einem den neuesten Klatsch anvertrauen wollten. Das war der Nachteil einer Kleinstadt.

Obwohl Ylva eine Zugezogene war. Mike, der in der Stadt aufgewachsen war, konnte keinen Schritt tun, ohne über die Vorfälle der letzten Zeit Rechenschaft ablegen zu müssen.

Ylva ging durch die menschenleere, malerische Gasse

und kam an einem parkenden Wagen mit getönten Scheiben vorbei, ohne ihn weiter zu beachten. Die Musik war so laut, dass sie nicht hörte, wie der Motor angelassen wurde.

Erst als das Auto langsam neben ihr herfuhr, ohne sie zu überholen, bemerkte sie es und drehte sich um. Das Seitenfenster glitt herunter.

Ylva vermutete, dass jemand sie nach dem Weg fragen wollte. Sie blieb stehen und überlegte, ob sie den iPod abstellen oder einfach die Ohrstöpsel herausnehmen sollte. Sie entschied sich für Letzteres und trat einen Schritt auf das Auto zu, beugte sich vor und schaute hinein. Auf dem Beifahrersitz standen ein Karton und eine Handtasche. Die Frau am Lenkrad lächelte sie an.

»Ylva?«, sagte sie.

Eine Sekunde verging, dann verspürte sie ein unbehagliches Gefühl in der Magengrube.

»Ich dachte doch, dass du das bist«, sagte die Fahrerin freundlich.

Ylva erwiderte ihr Lächeln.

»Das ist wirklich lange her.«

Die Frau am Steuer wendete sich an einen Mann auf dem Rücksitz.

»Siehst du denn nicht, wer das ist?«

Er beugte sich vor.

»Hallo, Ylva.«

Ylva streckte den Arm durch das Seitenfenster und gab beiden die Hand.

»Was machen Sie denn hier?«

»Was wir hier machen? Wir sind gerade hierhergezogen. Und du?«

Ylva begriff überhaupt nichts.

»Ich wohne hier«, sagte sie. »Seit fast sechs Jahren.«

Die Frau am Steuer schüttelte den Kopf, als könnte sie es nicht fassen.

»Und wo?«

Ylva sah sie an.

»In Hittarp«, antwortete sie.

Die Frau am Steuer drehte sich erstaunt zu dem Mann auf dem Rücksitz um und wandte sich dann wieder an Ylva.

»Du machst wohl Witze! Wir haben dort gerade ein Haus gekauft. Sagt dir Sundsliden was, eine Straße, die zum Ufer hinunterführt?«

Ylva nickte.

»Da wohne ich auch.«

»Sag bloß!«, sagte die Frau am Steuer. »Ist das die Möglichkeit! Hast du das gehört, Liebling? Sie wohnt in unserer Straße.«

»Ja«, sagte der Mann.

»So ein Zufall«, meinte die Frau. »Dann sind wir ja wieder Nachbarn. Bist du auf dem Weg nach Hause?«

»Ja, doch.«

»Steig ein, du kannst mitfahren.«

»Aber ich ...«

»Steig schon ein. Hinten. Auf dem Beifahrersitz liegt so viel Kram.«

Ylva zögerte, aber ihr fielen keine Einwände ein. Sie

nahm den anderen Ohrhörer aus dem Ohr, wickelte das Kopfhörerkabel um den iPod, öffnete die Autotür und stieg ein.

Die Frau fuhr an.

»Also, so was«, sagte der Mann, »dass du hier wohnst. Gefällt es dir hier?«

»Ja«, sagte Ylva. »Die Stadt ist zwar kleiner, aber der Sund und die Strände sind fantastisch. Der Himmel ist ganz großartig. Es ist allerdings immer sehr windig, und die Winter sind auch kein Spaß.«

»Nicht? Wie meinst du das?«

»Nass und ungemütlich. Immer nur Schneeregen, nie weiß.«

»Hast du das gehört?«, sagte der Mann zu der Frau. »Keine richtigen Winter. Nur Schneeregen.«

»Ja«, erwiderte die Frau und sah Ylva im Rückspiegel an. »Aber jetzt ist es schön. In dieser Jahreszeit hat man keinen Grund zur Klage.«

Ylva lächelte und nickte.

»Ja, jetzt ist es schön.«

Sie versuchte, positiv zu klingen und ein unbeschwertes Gesicht zu machen, aber ihr Gehirn arbeitete auf Hochtouren. Was hatte es zu bedeuten, dass die beiden hierhergezogen waren? Wie würde das ihr Leben beeinflussen? Was wussten sie?

Das aufsteigende Unbehagen ließ sich nicht wegwischen.

»Das klingt wunderbar«, sagte der Mann auf der Rückbank. »Oder, Liebling? Herrlich!«

»Stimmt«, sagte die Frau am Steuer.

Ylva sah sie an. Ihr Wortwechsel klang eingeübt. Gestelzt. Das konnte natürlich an dem unerwarteten Wiedersehen liegen, an der unangenehmen Situation. Sie redete sich ein, dass die Angst, die sie empfand, unbegründet war.

»Stell dir vor, nach all den Jahren treffen wir dich wieder«, sagte der Mann.

»Ja«, erwiderte Ylva.

Er musterte sie, ohne auch nur den Versuch zu unternehmen, sein Grinsen zu verbergen. Ylva wich ihm schließlich mit dem Blick aus.

»Welches Haus haben Sie denn gekauft?«, fragte sie und strich sich nervös das Haar aus der Stirn. »Das oben am Hang? Das weiße?«

»Genau das«, erwiderte der Mann und schaute geradeaus.

Er sah ganz normal aus. Ylva beruhigte sich wieder.

»Ich habe mich schon gefragt, wer da wohl eingezogen ist. Mein Mann und ich haben uns gestern noch darüber unterhalten. Wir haben allerdings auf eine Familie mit Kindern getippt ...«

Ylva unterbrach sich.

»In diese Gegend ziehen vorwiegend Familien mit Kindern«, erklärte sie. »Da war doch eine große Baustelle. Musste viel renoviert werden?«

»Wir haben nur den Keller umgebaut«, sagte der Mann.

»Dein Mann«, sagte die Frau und sah Ylva im Rückspiegel an. »Du bist also verheiratet?«

Es klang so, als wüsste sie die Antwort auf diese Frage bereits.

»Ja.«

»Kinder?«

»Wir haben eine Tochter. Sieben, fast acht.«

»Eine Tochter«, wiederholte die Frau. »Wie heißt sie?«

Ylva zögerte.

»Sanna.«

»Sanna. Das ist ein schöner Name«, erwiderte die Frau.

»Danke«, sagte Ylva.

Sie sah den Mann an. Er schwieg. Sie schaute auf die Frau. Beide schwiegen. Die Stille war unangenehm, und Ylva sah sich gezwungen, etwas zu sagen.

»Wieso sind Sie hierhergezogen?«, fragte sie.

Sie wollte die Frage beiläufig klingen lassen, schließlich war sie naheliegend. Aber sie hatte einen trockenen Mund, und die Sprachmelodie klang irgendwie falsch.

»Ja, wieso eigentlich?«, sagte der Mann. »Liebling, erinnerst du dich, warum wir hierhergezogen sind?«

»Du hast die Stelle am Krankenhaus bekommen«, sagte die Frau.

»Stimmt«, meinte der Mann. »Ich habe die Stelle am Krankenhaus bekommen.«

»Wir wollten noch einmal neu anfangen«, sagte die Frau und blieb an der Tågagatan an einer roten Ampel stehen.

Dreißig Meter weiter warteten ein paar Leute an der Bushaltestelle.

»Hören Sie«, sagte Ylva. »Danke für das Angebot, mich

mitzunehmen, aber ich würde doch lieber den Bus nehmen.«

Sie öffnete den Sicherheitsgurt und betätigte den Türöffner, ohne dass sich etwas tat.

»Kindersicherung«, sagte der Mann.

Ylva beugte sich zwischen den Sitzen vor und legte der Frau eine Hand auf die Schulter.

»Öffnen Sie bitte die Tür, ich will aussteigen. Mir ist übel.«

Der Mann steckte eine Hand in die Innentasche seines Jacketts und zog einen viereckigen Gegenstand heraus, der etwas größer war als seine Handfläche.

»Weißt du, was das ist?«

Ylva nahm ihre Hand von der Schulter der Frau und betrachtete ihn.

»Komm schon«, sagte der Mann. »Wie sieht das aus?«

»Wie ein Rasierapparat?«, fragte Ylva.

»Stimmt«, sagte der Mann. »Sieht aus wie ein Rasierapparat, ist aber kein Rasierapparat.«

Ylva zerrte erneut an dem Türöffner.

»Machen Sie die Tür auf, ich will ...«

Der Elektroschock führte dazu, dass sich Ylva aufbäumte. Der lähmende Schmerz hinderte sie daran zu schreien. Eine Sekunde später erschlafften ihre Muskeln, und ihr Kopf sank auf den Schoß des Mannes. Es erstaunte sie, dass ihre Atmung noch funktionierte, obwohl ihr sonst nichts mehr gehorchte.

Der Mann streckte die Hand nach Ylvas Handtasche aus, öffnete sie und nahm ihr Handy heraus. Er entfernte den Akku und schob ihn in die Innentasche seines Jacketts.

Ylva merkte, wie der Wagen anfuhr und die Bushaltestelle passierte. Der Mann hielt den Elektroschocker bereit.

»Die Lähmung ist nur vorübergehend. Bald kannst du dich wieder ganz normal bewegen und sprechen.«

Er tätschelte sie tröstend.

»Alles wird gut. Du wirst schon sehen. Alles wird gut.«

5. Kapitel

Sein Vermögen betrug eine Viertelmilliarde Kronen, und was tat er? Er stand nur mit einer Unterhose bekleidet im Keller und wühlte in unausgepackten Umzugskartons herum, auf der Suche nach einem alten Schülerjahrbuch. Auch eine Art, sich die Zeit zu vertreiben.

Jörgen Petersson hatte gut und gern die Hälfte der Kartons geöffnet und ihren Inhalt in Augenschein genommen, als er fand, was er suchte.

Er blätterte in dem Heft und betrachtete die Fotos, las die Namen. Natürlich. Er. Und der da. War das nicht die Schwester von …? Die Tochter seines Lehrers wirkte auf dem Foto, als würde sie am liebsten im Erdboden versinken. Und da, der Typ, der das Jugendzentrum angezündet hatte. Und die da hatte sich das Leben genommen. Und das arme Würstchen, das sich um seine Geschwister kümmern musste und im Unterricht immer eingeschlafen war.

Eine Erinnerung nach der anderen wurde wach.

Schließlich seine Klasse. Jörgen zuckte zusammen. Sie waren Kinder, Haarschnitte und Kleider zeugten von vergangenen Zeiten. Trotzdem erfüllte ihn das Schwarz-Weiß-Foto mit Unbehagen.

Er ließ den Blick wandern, betrachtete ein Gesicht nach dem anderen.

Seine ehemaligen Mitschüler starrten ihn an. Jörgen hörte fast die Geräusche in den Schulfluren, die Kommentare, Schreie, das Gerangel, Gelächter. Der Kampf um eine Position in der Hierarchie, noch nichts anderes. Auf welcher Stufe man sich befand. Die Mädchen mehr im Verborgenen, die Jungen handgreiflicher.

Die vier Aufmüpfigen ganz hinten. Die Arme verschränkt, starrten sie selbstsicher in die Kamera, als gehörte ihnen die ganze Welt. Ihren zufriedenen Mienen nach zu urteilen, konnten sie sich keine andere Welt oder Zeit als die vorstellen, in der sie sich befanden.

Einer der vier, Morgan, war vor einem Jahr an Krebs gestorben. Jörgen fragte sich, ob er jemandem fehlte. Ihm fehlte er nicht.

Er ging die Namen durch. Einige hatte er vergessen, und er musste immer wieder das Foto anschauen, um seinem Gedächtnis auf die Sprünge zu helfen. Ach ja.

An zwei oder drei Mitschüler erinnerte er sich überhaupt nicht. Die Gesichter und Namen lösten nichts aus. Sie waren aus seinem Gedächtnis gelöscht wie die Gesichtslosen auf dem Bild von Lasse Åberg.

Jörgen betrachtete sich selbst, eingeklemmt in der ersten Reihe, kaum sichtbar und mit einem Gesichtsausdruck, als wünsche er sich weit weg.

Calle Collin wirkte fröhlich. Etwas abwesend, unbekümmert, was sein Außenseitertum betraf, in sich selbst ruhend.

Die Lehrerin. Um Gottes willen! Die alte Krähe war auf dem Foto jünger als er jetzt.

Er stellte die Umzugskartons zurück und nahm das Schülerjahrbuch mit nach oben. Er wollte die Bilder so lange anschauen, bis sie ihm keine Angst mehr machten.

Jörgen ging in die Küche und rief seinen Freund an.

»Gehen wir ein Bier trinken?«

»Nur eins?«, erwiderte Calle Collin.

»Zwei, drei, so viel du willst«, meinte Jörgen. »Ich habe das alte Schülerjahrbuch gefunden. Ich bringe es mit.«

»Muss das sein?«

6. Kapitel

Mike Zetterberg holte seine Tochter um halb fünf vom Hort ab. Sie saß an einem der Tische ganz hinten im Raum und war in einen alten Zauberkasten vertieft. Als sie ihren Vater kommen sah, strahlte sie wie in den ersten Jahren, wenn er sie vom Kindergarten abgeholt hatte.

»Papa, guck mal.«

Sanna hatte einen Eierbecher aus Plastik vor sich stehen. Einen dreigeteilten Eierbecher mit Plastikdeckel. Mike war klar, dass die Wiedersehensfreude davon gespeist wurde, dass er Publikum spielte.

»Hallo, meine Kleine.«

Er küsste sie auf die Stirn.

»Schau mal«, sagte sie und hob den Deckel von dem Eierbecher. »Hier ist ein Ei.«

»Das sehe ich«, erwiderte Mike.

»Jetzt werde ich es wegzaubern.«

»Das geht doch wohl nicht?«, sagte Mike.

»Doch. Schau mal.«

Sanna setzte den Deckel wieder auf und ließ die Hand über dem Eierbecher kreisen.

»Simsalabim.«

Sie hob den Deckel ab. Das Ei war verschwunden.

»Was? Wie hast du das denn gemacht?«

»Aber Papa, das weißt du doch.«

»Nein«, erwiderte Mike.

»Doch, ich habe es dir doch gezeigt.«

»Ach?«

»Das ist gar kein richtiges Ei.«

Sanna hielt ihm das hohle Zwischenteil unter die Nase, das im Deckel des Eierbechers verschwunden war.

»Das wusstest du«, sagte Sanna.

Mike schüttelte den Kopf.

»Da muss ich es wohl vergessen haben«, meinte er.

»Nein.«

»Doch, ganz sicher. Vermutlich, weil du es so gut hingekriegt hast.«

Sanna verstaute die Sachen wieder in den Fächern des Kastens.

»Zauberst du gern?«, fragte Mike.

Sanna zuckte mit den Schultern.

»Manchmal.«

Sie stülpte den bunten Deckel auf den Zauberkasten, der nach fleißiger Benutzung an den Ecken schon eingerissen war.

»Vielleicht solltest du dir ja einen Zauberkasten zum Geburtstag wünschen?«

»Wie lange ist es bis dahin?«

Mike schaute auf die Uhr.

»Nicht in Stunden«, meinte Sanna.

»Fünfzehn Tage«, antwortete Mike. »Auf der Uhr steht das Datum.«

»Echt?«

Mike zeigte es ihr.

»Die Zahl in dem kleinen Fenster ist das Datum. Heute ist der fünfte Mai, und du hast am zwanzigsten Geburtstag. In fünfzehn Tagen.«

Sanna nahm diese Information recht unbeeindruckt zur Kenntnis. Armbanduhren waren keine Statussymbole mehr wie früher, stellte Mike fest.

Mike war nur wenig älter gewesen als seine Tochter jetzt, als seine Eltern mit ihm nach Schweden gezogen waren. Sie hatten gesagt, sie kehrten nach Hause zurück, obwohl das einzige Zuhause, das Mike bis dahin gekannt hatte, Fresno war, eine glühend heiße Stadt in Kalifornien zwischen der Coast Range und der Sierra Nevada. Die Temperaturen schwankten dort meist zwischen dreißig und fünfundvierzig Grad. Es war zu heiß, um sich im Freien aufzuhalten, und die meisten Leute bewegten sich nur von ihren klimatisierten Häusern in ihre ebenfalls klimatisierten Autos, um zu ihren klimatisierten Schulen und Arbeitsplätzen zu fahren.

Fast niemand in The Big Sauna, wie seine Eltern die Stadt getauft hatten, war von der Sonne gebräunt gewesen, und so war es für Mike fast ein Schock gewesen, als er im Sommer 1978 nach Helsingborg gekommen war und braun gebrannte Menschen im Wasser hatte planschen sehen, obwohl die Lufttemperatur eisig kalte fünfundzwanzig Grad betragen hatte.

Mike beherrschte die schwedische Sprache, da seine Eltern mit ihm Schwedisch gesprochen hatten, aber sie sagten häufig, dass er die Sprache wie ein Amerikaner spreche. Sie fanden das süß. Mike hingegen hatte wahnsinnig Angst davor gehabt, dass man ihn in der Schule wegen seines Akzents hänseln würde.

Die Gleichaltrigen, die er am ersten Abend am Strand traf, hatten nichts daran auszusetzen. Sie fanden, dass er wie Columbo oder McCloud klang. Mike verstand instinktiv, dass das etwas Positives war.

Den anderen Kindern war der viel zu warm angezogene Junge aufgefallen. Schließlich waren sie zu ihm gegangen und hatten ihn gefragt, ob er mit ihnen Fußball spielen wolle. Als er sich nach einer halben Stunde warm gespielt hatte und den dicken Pullover auszog, entdeckten seine neuen Freunde die Uhr ohne Zeiger mit den eckigen Zahlen, die die Zeit anzeigten.

Ihre Bewunderung kannte keine Grenzen. Das Faszinierendste war, dass ein einziger Knopf verschiedene Funktionen hatte. Drückte man einmal, geschah eine Sache, bei zweimaligem Drücken eine andere. Obwohl es derselbe Knopf war. Niemand begriff, wie das zuging.

»Wie sieht's aus?«, sagte er jetzt, dreißig Jahre später, zu seiner Tochter. »Bist du fertig?«

Sanna nickte.

✻

Ylva Zetterberg war bei Bewusstsein.

Sie lag auf der Rückbank, und die Welt zog an ihr vorbei, vertraute Baumkronen und Hausdächer. An den Bewegungen des Fahrzeugs konnte sie die Strecke nachvollziehen und wusste zu jedem Zeitpunkt, wo sie sich befanden.

Sie war fast zu Hause, als der Wagen ohne Eile ein anderes Fahrzeug vorbeiließ und dann auf den Kiesplatz vor dem frisch renovierten Haus einbog. Die Frau öffnete das Garagentor mit einer Fernbedienung und fuhr in die Garage. Sie wartete, bis sich das Tor hinter ihnen geschlossen hatte. Dann stieg sie aus und öffnete die hintere Tür. Gemeinsam mit ihrem Mann führte sie Ylva wortlos in den Keller.

Der Mann und die Frau legten Ylva auf ein Bett und ketteten ihre Hände mit Handschellen am Kopfende fest.

Der Mann nahm eine Fernbedienung und richtete sie auf einen Fernseher, der unter der niedrigen Decke hing.

»Du schaust doch gerne zu«, sagte er und schaltete den Fernseher ein.

7. Kapitel

»Wir müssen noch einkaufen«, sagte Mike.
»Darf ich vorne sitzen?«
Sanna sah ihn erwartungsvoll an.
»Natürlich«, erwiderte ihr Vater.
Es war schließlich Freitag.
»Welche Strecke sollen wir nehmen?«, fragte er, nachdem er seiner Tochter beim Anschnallen geholfen hatte.
»Am Wasser«, sagte Sanna.
»Am Wasser«, wiederholte Mike und nickte, wie um zu unterstreichen, wie klug diese Wahl war.
Er fuhr im zweiten Gang den Sundsliden hinunter, damit der Motor auf dem steilen Stück den Wagen abbremste. Der Sund breitete sich ungeniert, fast exhibitionistisch vor ihnen aus. Es war jetzt alles offener als damals, als Mike noch ein Kind gewesen war, obwohl das Ufer inzwischen dichter besiedelt war. Die Preise waren gestiegen, die Aussicht war immer teurer geworden, und immer mehr Bäume waren gefällt worden. Solide Häuser, die Wind und Wetter standhielten, waren von protzigen Häusern, die Aquarien glichen, ersetzt worden.

»Jetzt können wir bald wieder schwimmen gehen«, meinte Mike.

»Wie warm ist es denn?«

»Das Wasser? Ich weiß nicht, vielleicht fünfzehn oder sechzehn Grad.«

»Da kann man doch schon baden gehen?«

»Klar«, meinte Mike. »Aber etwas kalt ist es schon.«

Er fuhr links um das Haus herum, das er als Kind das Taxi-Johansson-Haus genannt hatte. Seinem Besitzer hatte das einzige Taxi des Dorfes gehört, ein recht alter, schwarzer Mercedes. Darin hatte er die Schulkinder einmal im Jahr zum Schulzahnarzt nach Kattarp gefahren. Jetzt wohnte jemand anderes in dem Haus, und kaum jemand wusste noch, wer Taxi-Johansson war, obwohl das alte Taxi-Schild immer noch an der Garage hing.

Es hatte sich allerhand verändert, seit Mike aus den USA gekommen war. Die Frauen lagen nicht mehr topless in der Sonne, es gab eine stattliche Anzahl privater Fernsehsender, unnötig große Autos fuhren auf den Straßen herum, und es war keine Schande mehr, andere Jeans als Levis 501 zu tragen.

Gleich nachdem sie nach Schweden gezogen waren, hatte seine Mutter ein Kleidergeschäft in der Kullagatan aufgemacht. Jeans und Sweatshirts mit UCLA- und Berkeley-Aufdrucken. Fast alle Schüler aus Mikes Klasse hatten dort eingekauft. Seine Freunde bekamen Rabatt.

Der Laden lief gut, und sein Vater hatte eine Arbeit.

Als er erwachsen war, hatte Mike zu rekonstruieren versucht, ab wann alles schiefgegangen war. Manchmal glaubte er, die Antwort zu kennen, aber wenn er dann den Blick auf einen einzelnen Punkt richtete, fiel ihm etwas anderes ein, was genauso entscheidend gewesen war.

Der Tod seines Vaters war das große Ereignis gewesen. Er war mit dem Auto in der Nähe von Malmö gegen einen Brückenpfeiler gerast, als Mike dreizehn Jahre alt war. Seine Mutter hatte den Vorfall immer als unglücklichen und unnötigen Unfall bezeichnet.

Mit siebzehn kam Mike zu dem Schluss, dass es sich mit größter Wahrscheinlichkeit um einen geplanten Selbstmord gehandelt hatte. Er hatte das auf Umwegen erfahren. Als er seine Mutter darauf ansprach, antwortete sie ausweichend, und er sah ein, dass sie ihn vier Jahre lang hinters Licht geführt hatte.

Er konnte sich noch an das Gefühl der Distanz und Leere erinnern. Niemanden zu haben. Sein Magen war leer, und er hatte einen metallischen Geschmack im Mund.

»Das lässt sich nicht mit Sicherheit sagen«, hatte seine Mutter erklärt. »Er hat keinen Brief oder so etwas hinterlassen. Und kurz zuvor wirkte er noch so fröhlich.«

Das, meinten die Experten, sei nicht ungewöhnlich. Wie eine Kerze, die ein letztes Mal aufflackert, ehe sie erlischt, konnte man häufig eine kurze Phase der Gelassenheit bei denen beobachten, die den Beschluss gefasst hatten, sich das Leben zu nehmen.

Mike hatte sich schon lange mit dem Verrat seiner Mutter ausgesöhnt, aber die Erkenntnis, im Grunde allein auf sich gestellt zu sein und sich auf niemanden verlassen zu können, hatte sich ihm auf ewig eingebrannt.

Das klang irgendwie albern. Ihm hatte es an nichts gefehlt. Und ging es ihm inzwischen nicht richtig gut? Mit Frau und Kind und einer gut bezahlten Arbeit.

Ehrlicherweise musste gesagt werden, dass er die Veränderung schon lange vor dem Tod seines Vaters gespürt hatte. Veränderung war vielleicht das falsche Wort, es war eine Verschiebung gewesen. Von gut zu schlecht.

Sein Vater hatte einige Jahre nach seiner Rückkehr nach Schweden seine Arbeit verloren. Der Jeansladen, der bislang nur ein einträglicher Zeitvertreib gewesen war, wurde zur einzigen Einkommensquelle der Familie. Er lief immer schlechter, da die Kunden nicht mehr im Ort, sondern im Väla-Shoppingcenter einkauften.

Es wurde zunehmend schwerer, in dem Villenviertel Schritt zu halten, in dem man mit einer Uhr ohne Zeiger keinen Eindruck mehr schinden konnte.

*

»Kannst du sprechen?«

Der Mann schlug Ylva leicht auf die Wange.

»Wasser«, lallte sie.

»Man bekommt Durst«, meinte der Mann.

Er war umsichtig genug gewesen, ein Glas mitzunehmen. Er hielt es Ylva an den Mund, ließ sie trinken. Ein Teil lief ihr aus dem Mundwinkel, und Ylva versuchte ihn instinktiv mit der festgeketteten Hand wegzuwischen.

»Du kannst selbst trinken«, sagte der Mann.

Er zog einen Schlüssel hervor und öffnete die Handschelle, die Ylvas rechte Hand fesselte. Sie rückte ans Kopfende zurück, bis sie aufrecht saß. Dann nahm sie das Glas und trank es in einem Zug leer.

»Mehr?«, fragte der Mann.

Ylva nickte und reichte ihm das Glas. Er ging zum Spülbecken und füllte nach. Der Raum war mit einer Miniküche ausgestattet, wie in Bauwagen oder Studentenappartements. Ein Herd mit zwei Kochplatten, ein Spülbecken und ein Kühlschrank mit Gefrierfach. Ylva glaubte sich zu erinnern, dass die Dinger Kitchenette hießen. Sicher war sie sich nicht, und sie wusste auch nicht, warum sie in dieser abwegigen Situation, in der sie sich befand, darüber nachdachte.

Der Mann kehrte zurück, reichte ihr das Glas und ging auf den Fernseher zu.

»Warum bin ich hier?«, fragte Ylva.

»Ich denke, das weißt du.«

Ylva drehte sich um und versuchte, ihre linke Hand aus der Handschelle zu ziehen.

»Wie gefällt dir das Bild?«

Der Mann deutete auf den Fernsehmonitor.

»Ich verstehe nicht«, sagte Ylva.

»Etwas unscharf, aber das liegt daran, dass das Bild gezoomt ist. Du weißt das vielleicht jetzt noch nicht zu schätzen, aber warte nur ein paar Tage oder eine Woche. Dann sieht es schon ganz anders aus. Ich kann mir vorstellen, dass du dann deine Uhr danach stellst. Einfach dasitzen und zuschauen, ohne die Möglichkeit einzugreifen. Aber das ist für dich ja wohl kein Problem? Danebenzustehen und zuzuschauen, meine ich.«

Ylva sah ihn besorgt an.

»Ich verstehe nicht, was Sie meinen.«

Der Mann schlug ihr mit dem Handrücken ins Gesicht. Der Schlag kam plötzlich und ohne Vorwarnung. Ylva stieg die Röte ins Gesicht, aber es war mehr das Erstaunen über die Gewalt als der Schmerz, was sie nach Luft schnappen ließ.

»Stell dich nicht dumm«, sagte der Mann. »Wir wissen genau, was passiert ist. Morgan hat alles erzählt. Er hat auf dem Sterbebett gebeichtet. Ausführlich und detailliert. Bis dahin hatten wir uns jeden Tag Vorwürfe gemacht. Und dann hat sich gezeigt, dass ihr es getan habt. Die ganze Zeit ihr.«

Ylva zitterte. Ihre Augen brannten, und sie blinzelte unentwegt. Ihre Unterlippe bebte.

»Glauben Sie etwa, dass mir das nicht auch zu schaffen macht?«, sagte sie leise. »Es vergeht kein Tag, an dem ich nicht ...«

»Es macht *dir* zu schaffen?«

Die Frau war durch die Tür gekommen.

»Es macht ... dir zu schaffen?«, wiederholte sie, trat auf das Bett zu und starrte Ylva an, die automatisch die Schultern hochzog.

Als sie schließlich aufschaute, war ihr Blick flehend.

»Wenn ich eine Sache in meinem Leben ändern könnte, eine einzige Sache ...«

»Morgan hatte nur noch wenige Tage zu leben«, meinte

der Mann. »Das hat mich fast in den Wahnsinn getrieben vor Wut. Dass er so glimpflich davonkommt. Aber ich vermute, dass du das über Anders gelesen hast?«

Ylva konnte nicht folgen.

»Der Hammermord in der Fjällgatan«, sagte der Mann. »Nicht? Na ja, wahrscheinlich hält man sich für wichtiger, als man eigentlich ist, wenn man selber beteiligt ist. Aber immerhin hat die Tat ein ganz eigenes Etikett bekommen: der Hammermord. Darüber stand tatsächlich einiges in den Zeitungen.«

*

Mike und Ylva hatten sich bei der Arbeit kennengelernt. Natürlich. Dort lernten sich Leute in der Regel kennen, in nüchternem Zustand und mit einer Aufgabe befasst. Mike war frisch von einer Arzneimittelfirma in Stockholm angestellt worden. Ylva arbeitete im Marketing und sollte ihn für die Personalzeitschrift interviewen.

Es handelte sich auf beiden Seiten nicht um die große Leidenschaft, aber eine gewisse Attraktion war da, und sie hatten ihren Spaß zusammen. Mikes Kindheit war im Vergleich zu Ylvas glücklich gewesen. Sie hatte ihren leiblichen Vater nie kennengelernt, und ihre Mutter war Alkoholikerin gewesen. Im Alter von sechs Jahren war sie zu Pflegeeltern gekommen. Sie hatte sie als aufbrausender Teenager verlassen und seither keinen Kontakt mehr zu ihnen.

Mike wollte die Stockholmer Schären kennenlernen,

von denen sein Vater so geschwärmt hatte. Sie kauften sich ein sechs Meter langes Kunststoffboot, in dem sie drei Sommer verbrachten. Mike las die Seekarte, und Ylva saß am Ruder. In jeder geschützten Bucht zwischen Furusund und Nynäshamn schliefen sie miteinander.

Als Ylva schwanger wurde, versprachen sie sich hoch und heilig, dass sich an ihrem bisherigen Leben nichts ändern würde. Nichts sollte sie behindern, am allerwenigsten ein kleines Kind, das sich mühelos überallhin mitnehmen ließ.

Noch ehe Sanna sechs Monate alt war, war das Boot verkauft und das Geld in eine Eigentumswohnung investiert worden.

Ein Jahr später bekam Mike eine bessere Arbeit in seiner alten Heimatstadt und zog zur Freude seiner Familie mit Frau und Tochter nach Schonen.

Das Leben mit Kind brachte Veränderungen mit sich, ein neuer Lebensabschnitt begann. Statt einer Monatskarte für den öffentlichen Nahverkehr gab es einen Dienstwagen, statt Abende in der Kneipe zu verbringen, luden sie andere Paare zu sich ein, und statt auf einer Matratze auf dem Fußboden schliefen sie in einem Doppelbett, aber an Ausschlafen war nicht mehr zu denken. Die Pornofilme, für die sie sich beide begeistert hatten, waren weggeräumt worden, nachdem Ylva der damals dreijährigen Sanna schlaftrunken dabei geholfen hatte, das Videogerät einzuschalten, und statt eines Bärenzeichentrickfilms ein Blowjob auf dem Bildschirm zu sehen gewesen war.

Ylva hatte den Fernseher schleunigst ausgeschaltet.

»Was war denn das?«, hatte sie verlegen gerufen.

»Eis!«, hatte Sanna gemeint. Eine naheliegende Assoziation.

Es war ein anderes Leben, fern von den Sommern auf dem Segelboot. Aber es war ein gutes Leben.

8. Kapitel

»Nein, nein, nein, Morgan ist tot«, meinte Jörgen Petersson. »Das weiß ich, weil es mir immer noch peinlich ist, wie sehr ich mich beim Lesen der Todesanzeige gefreut habe. Bauchspeicheldrüsenkrebs, hat nur ein paar Monate gedauert.«
Calle Collin nickte.
»Schon möglich«, meinte er. »Aber Anders ist auch tot.«
»Und wie ist er gestorben?«
»Er wurde ermordet.«
»Soll das ein Witz sein?«
»Nein, das ist mein Ernst. Der Hammermord in der Fjällgatan. Die Zeitungen waren voll davon. Das war Anders.«
»Hammermord?«, sagte Jörgen und kramte vergeblich in seinem Gedächtnis.
Calle nickte.
»Nie gehört«, meinte Jörgen. »Wann war das?«
»Vor einem halben Jahr etwa.«
»Du meinst ermordet wie in vorsätzlich töten?«
»Ja.«
»Von wem?«

Calle zuckte mit den Achseln.

»Ich glaube nicht, dass der Fall aufgeklärt wurde.«

»Warum hast du mir nichts davon erzählt?«

»Ich habe es erst kürzlich erfahren.«

»Bei einer Schlägerei in der Stadt, oder was?«

»Keine Ahnung.«

Jörgen schwieg.

»Unglaublich!«

»Ja.«

Jörgen holte tief Luft.

»Ich kann nicht behaupten, dass es mich mit Trauer erfüllt.«

Calle wandte das Gesicht ab und hob die Hand.

»Das geht dann doch etwas weit.«

Jörgen trank einen Schluck Bier und stellte das Glas wieder ab.

»Stimmt«, erwiderte er. »Aber es hätte kein größeres Schwein erwischen können, da musst du mir recht geben.«

»Darüber weißt du nichts«, meinte Calle. »Menschen können sich verändern.«

»Ach, wirklich?«

Calle antwortete nicht. Jörgen betrachtete das Klassenfoto und nickte nachdenklich.

»Morgan und Anders tot«, sagte er. »Dann sind also nur noch Johan und Ylva übrig. Aus der Viererbande ist ein dynamisches Duo geworden.«

»Viererbande?«

Calle schüttelte den Kopf.

»Johan lebt in Afrika«, fuhr er fort.

»Afrika?«, erwiderte Jörgen. »Was macht er da?«

»Keine Ahnung. Was machen Westeuropäer in der Dritten Welt? Vermutlich läuft er in komischen Klamotten rum und ist die halbe Zeit betrunken.«

»Klingt wie ein Tag in den Schären«, meinte Jörgen. »Was macht er beruflich?«

Calle lehnte sich zurück.

»Woher soll ich das wissen? Ich habe ihn seit zwanzig Jahren nicht mehr gesehen. Woher dieses plötzliche Interesse? Warum denkst du über diese Klassenekel von früher nach?«

Jörgen wirkte unglücklich.

»Als ich das Schülerjahrbuch aufgeschlagen habe, war das wie ein Flashback«, sagte er.

»Und du hattest das Gefühl, dass du ihnen dein Sparbuch unter die Nase halten willst?«

»Zumindest einen Kontoauszug. Ich dachte, vielleicht stehe ich ja mal zufällig in der Schlange vor ihnen und vergesse die Quittung im Geldautomaten. Was meinst du?«

Calle Collin schüttelte lächelnd den Kopf.

»Begreifst du eigentlich, *wie* gestört du bist?«

»Alle anderen werden zu Klassenfesten und Jubiläen eingeladen, nur wir nicht«, meinte Jörgen.

»Und dafür bin ich zutiefst dankbar«, meinte Calle. »Und das solltest du auch sein. Hast du nicht diesen Film gesehen? Alles wiederholt sich, alle fallen in ihre alten Rollen zurück. Es ist egal, ob man hinter Gittern gesessen oder seine erste Milliarde verdient hat.«

»Ich dachte, das läuft irgendwie vollautomatisch, über eine Datenbank oder so«, meinte Jörgen zerstreut.

»Was?«, erwiderte Calle uninteressiert.

»Die Einladungen«, meinte Jörgen, »zu den Klassenfesten.«

Calle seufzte laut, trank sein Glas leer und deutete auf Jörgens noch fast halb volles Glas. Dieser nickte. Calle stand auf und ging zur Bar. Jörgen zog das Schülerjahrbuch zu sich heran und betrachtete das Klassenfoto erneut. Auf dem Bild waren sie noch so klein. Doch trotzdem wollte er sie zur Rechenschaft ziehen, und zwar jeden Einzelnen, für alles, was sie ihm angetan hatten. In Jörgens Augen gab es keine Verjährung. Obwohl es etlichen noch viel schlechter ergangen war.

Calle stellte zwei gefüllte Biergläser auf den Tisch und setzte sich wieder.

»Das lässt dir keine Ruhe. Warum?«

»Ich weiß nicht.«

»Hast du nichts Wichtigeres zu tun?«

Jörgen zuckte mit den Achseln.

»Das ist es nicht, es ist eher ...«

»Was?«

»Ich weiß nicht. Ich wüsste nur einfach gerne, was aus allen geworden ist.«

»Weil du es am weitesten gebracht hast?«, meinte Calle.

»Das ist es nicht.«

Jörgen klang beleidigt. Calle sah ihn skeptisch an.

»Vielleicht«, räumte Jörgen schließlich ein. »Ist das so abwegig? Schau mich an.«

Er klopfte mit dem Zeigefinger auf das Schülerjahrbuch.

»Mich gibt es dort nicht.«

Calle betrachtete seinen Freund lange und eingehend. Er lächelte nicht.

»Was?«, sagte Jörgen.

»Ich finde das beklemmend.«

»Was?«

»Was du vorhast«, meinte Calle. »Schau lieber mich an. Unverheiratet, kinderlos, Journalist für die Regenbogenpresse. Ich schreibe freundliche Interviews mit abgehalfterten Fernsehstars und abgedrehten Leuten aus der Provinz, schreibe mitreißende Erzählungen über Frauen, Siebenundzwanzigjährige, die mitten im Leben stehen, die dann von Zweiundsiebzigjährigen gelesen werden. Ich habe keinen Ehrgeiz und keine Perspektive. Der einzige Luxus in meinem Leben ist Eis in der Frühlingssonne, ein Bier in der Kneipe und gelegentlich ein spontaner Kinobesuch unter der Woche, wenn ich in Laune bin.«

»Dann kannst du also nicht klagen«, meinte Jörgen.

9. Kapitel

Breaking in violence

Fast alle Frauen, die zur Prostitution gezwungen werden, bezeugen, dass sie von ihrem Zuhälter einleitend misshandelt und vergewaltigt wurden. Damit wird ein deutliches Machtverhältnis etabliert. Der Täter untergräbt so effektiv den anfänglichen Widerstand des Opfers. Jeder, der Gewalt ausgesetzt war oder dem Gewalt angedroht wurde, kennt die weitreichenden psychischen Konsequenzen. Gewalt ist die deutlichste Sprache der Macht.

Die Frau löste die Handschelle, mit der Ylvas linke Hand am Bettgestell festgekettet war. Ylva massierte sich das Handgelenk und zog die Beine an.

Der Mann und die Frau flankierten das Bett. Ylva wusste nicht, wen sie anschauen sollte.

»Bitte«, sagte sie. »Wir müssen …«

Die Frau sah sie interessiert an.

»Was müssen wir?«

»Reden«, sagte Ylva und wandte sich flehend um.

Der Mann hatte die Hand in der Hose. Was tat er?

Ylva sah die Frau an, die sie anlächelte.

»Natürlich kann man reden. Du kannst reden, und wir können zuhören. Stimmt, das wäre eine Möglichkeit.«

Der Mann knetete an sich herum, verschaffte sich eine Erektion.

»Reich mir deine Hände«, sagte die Frau zu Ylva.

Der Mann knöpfte die Hose auf und zog sie aus. Dann zog er seine Unterhose aus. Unter dem Hemd zeichnete sich sein erigierter Penis ab.

»Die Hände«, wiederholte die Frau.

Ylva sprang aus dem Bett und lief zu der verschlossenen Tür. Der Mann hatte sie rasch eingeholt. Er packte ihren Arm, riss sie herum und schlug ihr erneut mit der flachen Hand ins Gesicht. Dann drehte er ihren Arm hinter den Rücken und trieb sie vor sich her zum Bett.

Ylva wehrte sich und schrie, aber das schien die Entschlossenheit des Paares nur zu erhöhen. Die Frau zog Ylvas Jeans bis unter die Knie herunter. Der Mann stieß sie vornüber aufs Bett. Dann ging die Frau um das Bett herum und zog Ylvas Kopf an den Haaren hoch.

»Ich habe nichts gemacht«, flehte Ylva.

»Nein«, sagte die Frau, »das hast du nicht.«

In diesem Augenblick spürte Ylva, wie der Mann brutal in sie eindrang.

Ihr traten vor Schmerzen die Tränen in die Augen, und alles verschwamm. Trotzdem sah sie deutlich, dass die Frau sie anlächelte.

✣

»Wann kommt Mama?«

»Ich weiß nicht, meine Kleine. Sie ist vielleicht noch mit ihren Kollegen ausgegangen.«

»Schon wieder?«

»Das war nicht sicher.«

»Sie ist immer unterwegs.«

»Nein, meine Kleine, das stimmt nicht.«

»Doch, immer, die ganze Zeit«, sagte Sanna und hopste Richtung Fernseher und Wohnzimmer.

Sie blieb in der Tür stehen und drehte sich um.

»Was gibt es zu essen?«

»Spaghetti mit Hackfleischsoße.«

»Rote?«

»Ja, rote.«

Aus unerklärlichen Gründen mochte ihre Tochter die schnelle Mogelpackung mit der Fertigsoße lieber als Ylvas raffiniertere Variante. Wenn es Ylvas Soße gab, popelte Sanna mit chirurgischer Präzision alle lebensbedrohlichen Zwiebel- und Paprikastücke heraus, ehe sie mit dem Essen begann. Im Übrigen war sie eigentlich erfreulich neugierig auf alles, was auf den Tisch kam. Gab es etwas zu kritisieren, dann vielleicht die Langsamkeit, mit der sie aß. Ihr Verhältnis zur Zeit war das eines tibetanischen Mönchs.

Mike schaute auf die Straße und überlegte sich, ob er sie nicht doch anrufen sollte. Um sie zu fragen, ob sie zum Abendessen nach Hause kam oder nicht. Er beschloss, es zu unterlassen. Aus taktischen Gründen. Stolz war er nicht.

Ylva hatte vor einem Jahr eine Affäre mit einem Kunden gehabt. Ein Restaurantbesitzer mit einem bösartigen Grinsen, von dem Ylva offenbar nicht genug bekommen konnte.

Mike war außer sich gewesen. Das Ganze war ein nicht enden wollendes Drama gewesen. Mike war von seiner Frau abhängig. Er würde sich lieber bis ans Ende seiner Tage betrügen lassen, als ohne sie zu leben.

Trotzdem überkam ihn in schwachen Momenten Hass. Er hakte sich bei ihm unter und schlenderte neben ihm her, kam ihm viel zu nahe, stieß ihn an, pochte auf seine Aufmerksamkeit und lähmte ihn.

Tu was, ermahnte ihn die Stimme. Unternimm etwas.

In diesen Augenblicken schrumpfte die Welt, und der Himmel senkte sich wie eine Kellerdecke über Mikes Kopf.

Er hatte gelesen, dass es dem Betrügenden häufig am schlechtesten ging. Es ging um Bestätigung und um Projektion der Selbstverachtung auf andere. Dieser ganze Psychologenschwachsinn, den nur die Betrüger verstanden und auf den sie sich gerne beriefen.

Ein wenig genoss Mike seine Opferrolle auch. Zwar blieb ihm als betrogenem Ehemann die Anerkennung seiner Umwelt versagt, aber innerhalb der eigenen vier Wände konnte er dem Selbstmitleid und den vorwurfsvollen Blicken freien Lauf lassen.

Das war am Ende so weit gegangen, dass Ylva ihm ein Ultimatum gestellt hatte.

»Es ist nun mal geschehen. Entweder lassen wir

die Angelegenheit hinter uns und blicken nach vorne, oder ...«

Sie hatte an der Spüle gestanden und Kartoffeln geschält. Sie hatte innegehalten und sich mit dem Kartoffelschäler in der einen und einer zur Hälfte geschälten Kartoffel in der anderen Hand umgedreht.

»Oder wir müssen eine andere Lösung finden.«

Danach hatte Mike den Namen ihres Liebhabers nie mehr erwähnt.

*

Die Frau hielt Ylvas Haar fest und zog ihren Kopf hoch.

»Wie fühlt sie sich an?«, fragte sie ihren Mann.

Sie sprach nicht lauter, obwohl Ylva schrie und weinte und zusammenhanglos über das sprach, was passiert war.

Die Frau wollte sich keine Sekunde der Erniedrigung entgehen lassen, dieser lange erwarteten Genugtuung.

»Als würde man den Schwanz in einen Eimer mit warmem Wasser hängen? Bestimmt ist sie ausgeleiert. Bei so vielen Männern, die in ihr drin waren.«

Die Frau zog sie an den Haaren.

»Bist du das? Ausgeleiert?«

Ylva heulte, Rotz lief ihr aus der Nase. Ihr Kopf bewegte sich im Takt mit den Stößen des Mannes. Vor Schmerzen verzog sie das Gesicht.

»Ich glaube, es gefällt ihr«, sagte die Frau. »Man sieht, dass es ihr gefällt. Du musst das öfter machen, Liebling.«

Ylva flehte.

»Bitte nicht.«

Die Frau beugte sich zu Ylva vor.

»Ich mache nichts«, flüsterte sie. »Ich schaue einfach nur zu.«

Die Bewegungen wurden schneller und hörten schließlich ganz auf. Der Mann erhob sich atemlos, zog seine Unterhose an und stieg wieder in seine Hose.

Die Frau ließ Ylvas Haare los und stand auf. Sie ging vor dem Mann her und schloss die Tür auf. Sie ließ den Mann vorgehen und folgte ihm dann.

»Sei froh, dass es nur einer war«, sagte sie und schloss die Tür hinter sich.

10. KAPITEL

Mike kochte Spaghetti und bereitete die rote Hackfleischsoße zu. Das Rezept sah folgendermaßen aus: Hackfleisch in der Pfanne anbräunen, Tomatensoße von Barilla darüberkippen, umrühren. Dazu gab es Ketchup und geriebenen Parmesan. Sanna trank Limonade, weil Freitag war, und er gönnte sich ein Glas Rotwein, weil ihm danach war.

»Wie war es in der Schule?«

»Gut.«

»Was habt ihr gemacht?«

»Weiß nicht, alles Mögliche.«

Sanna sprach mit vollem Mund.

»Und es gefällt dir in der Schule?«

Sanna nickte, während sie darauf achtete, mit geschlossenem Mund zu kauen.

»Das ist gut«, sagte Mike. »Du sagst doch Bescheid, wenn dir was nicht gefällt?«

Er bereute diese idiotische Frage sofort. Übertriebene Unruhe der Eltern pflegte in Erfüllung zu gehen. Glücklicherweise schien Sanna an etwas anderes zu denken. Ausnahmsweise kaute sie recht schnell und rutschte rastlos auf ihrem Stuhl hin und her.

»Fertig«, teilte sie mit und erhob sich.

Sie stellte ihren Teller auf die Spüle und kehrte zu ihrem Video zurück.

Mike räumte die Küche auf, und das schlechte Gewissen von Eltern, die ihre Kinder vor dem Fernseher parken, überfiel ihn. Er ging ins Wohnzimmer und setzte sich neben seine Tochter aufs Sofa. Ein Zeichentrickfilm. Sanna hatte ihn schon oft gesehen und konnte ihn auswendig. Aus irgendeinem Grund sah sie am liebsten Filme, die sie bereits kannte. Als ob die größte Freude darin bestünde, zu wissen, was sie erwartete.

»Was gleich kommt, ist so super«, teilte sie mit, schmiegte sich an Mike und lachte über die lustige Szene, die gleich kommen würde. Mike seinerseits freute sich über den Luxus, neben seiner Tochter zu sitzen und sich diesen idiotischen Film anzusehen, der sonst spurlos an ihm vorübergegangen wäre.

»Spielen wir was?«, fragte Sanna beim Nachspann.

»Klar.«

Sanna holte einen Stapel Spiele, die sich alle auf verschiedene Zeichentrickfilme bezogen. Die Regeln waren kompliziert und der Unterhaltungswert gleich null.

»Wollen wir nicht lieber einen Turm bauen?«

»Du willst immer einen Turm bauen.«

»Ich mag Türme.«

»Meinetwegen.«

Sanna seufzte, legte die Schachteln mit den Spielen an ihren Platz zurück und kam mit einem großen Kasten mit Bauklötzen in verschiedenen Größen zurück.

Es ging darum, einen so hohen Turm wie möglich zu bauen. Man legte abwechselnd einen Klotz, und wer den Turm zum Einsturz brachte, hatte verloren. Mike achtete darauf, glaubwürdig zu verlieren. Für Eltern, die ihre Kinder verlieren ließen, hatte er nichts übrig.

Er hatte diese Frage mit einigen seiner Kollegen diskutiert. Einer von ihnen weigerte sich, seine Kinder gewinnen zu lassen. Das sei das einzig Richtige, meinte er, denn einer seiner Söhne sei kürzlich in die Nationalmannschaft der Handballjunioren aufgenommen worden.

Mike verstand diese Argumentation nicht. Außerdem begriff er nicht, was an der Juniornationalmannschaft so erstrebenswert war.

Sanna und er bauten Türme, bis es Zeit zum Zubettgehen war.

»Wann kommt Mama?«, fragte Sanna und kuschelte sich unter der Decke zurecht.

»Bald«, erwiderte Mike.

»Wie bald?«

»Sehr bald.«

»Ich will wach bleiben, bis sie kommt.«

»Das geht nicht.«

»Warum nicht?«

»Weil ich nicht genau weiß, wann sie kommt. Aber wenn du morgen früh aufwachst, dann liegt sie in ihrem Bett, versprochen. Aber dann musst du leise sein, denn Mama ist sicher müde.«

✻

Ylva blieb im Bett liegen. Sie hatte nicht die Kraft aufzustehen. Vor ein paar Stunden hatte sie ihren Arbeitskollegen ein schönes Wochenende gewünscht und war zum Bus gegangen, um nach Hause zu fahren. Der Mann und die Frau hatten auf sie gewartet und ihr angeboten, sie mitzunehmen. Sie hatte nicht ablehnen können. Das tat man nicht, wenn einem neue Nachbarn eine Mitfahrgelegenheit anboten.

Alles war geplant gewesen, auch die Vergewaltigung. Der Keller, in dem sie sich befand, war extra für sie umgebaut worden.

Ylva war nur hundert Meter von ihrem eigenen Haus entfernt, in dem ihr Mann und ihre Tochter darauf warteten, dass sie nach Hause kam.

Falls sie überhaupt warteten. Sie hatte gesagt, dass sie nach der Arbeit eventuell noch rasch ein Glas Wein mit ihren Kollegen trinken würde. Ob Mike sich traute, sie anzurufen? Vermutlich nicht. Um ja keine Schwäche zu zeigen. Wann würde er ahnen, dass etwas nicht in Ordnung war?

Ylva drehte sich mit Mühe auf die Seite. Ihr tat alles weh, und es fiel ihr schwer, sich zu rühren. Jede Bewegung war eine Kraftanstrengung. Sie lag da und versuchte, ruhig durchzuatmen.

Der Monitor war eingeschaltet.

Draußen war es dunkel, die Straßenlaterne sah aus wie ein weißer Kreis, der Rest des Bildes war grauschwarz. Es fiel ihr schwer, die Konturen des Hauses zu erkennen. In Sannas Zimmer brannte noch Licht.

Wie lange es wohl dauerte, bis Mike die Polizei anrief?

Ob sie sie vorher laufen ließen? Sie konnten sie schließlich nicht ewig festhalten.

Oder doch?

Dieser Gedanke war zu unerhört, um ihn begreifen zu können. Natürlich würde sie ihn anzeigen. Alle beide würde sie anzeigen. Was vor fünfundzwanzig Jahren geschehen war, spielte keine Rolle.

Sie schienen nicht zu verstehen, dass das, was damals geschehen war, auch sie verfolgte. Nicht auf dieselbe Art, natürlich nicht. Aber auch nicht weniger. In gewisser Weise war es fast noch schlimmer. Sie traf keine Schuld, und sie brauchten nicht darüber nachzudenken, was sie vielleicht hätten anders machen können.

Es war kein Tag vergangen, an dem sich Ylva nicht Vorwürfe gemacht hatte. Sie hatte alle Stadien des Leugnens und des Selbsthasses durchlaufen, ohne je zur Ruhe zu kommen. Sie war dazu verdammt, mit ihrer Tat zu leben.

Sie quälte sich aus dem Bett und ging dann auf zittrigen Beinen auf die Türe zu, drückte die Klinke und rüttelte daran. Die Tür war abgeschlossen. In der Tür war ein Spion. Ylva schob das Auge davor und stellte fest, dass er ins Zimmer gerichtet war, sodass man von draußen zu ihr hineinschauen konnte.

Sie trat gegen die Tür, aber davon tat ihr nur der Fuß weh. Sie trommelte mit den Handflächen gegen die Tür und hoffte, so auf der anderen Seite ein Geräusch zu erzeugen. Sie hielt inne und lauschte auf Schritte, hörte aber nur ihr eigenes Schluchzen. Schließlich begann sie hysterisch auf die Tür einzuschlagen und so laut zu schreien, wie sie konnte.

Ylva wusste nicht, wie viel Zeit vergangen war, als sie mit tauben Handflächen und dem Rücken zur Tür zusammensackte.

Sie weinte eine Weile. Als sie irgendwann den Blick hob, bemerkte sie, dass der Keller wie eine Wohnung eingerichtet war.

Sie stützte sich mit den Händen auf dem Boden ab und stand mit Mühe auf. Sie ging in die Kochnische und öffnete den Kühlschrank. Bis auf eine halb volle Tube Schmelzkäse mit Krabbengeschmack war er leer.

Gegenüber der Kochnische gab es eine Tür. Ylva öffnete sie. Ein Badezimmer mit WC, Duschkabine und Waschbecken. Keine Fenster, nur ein Ventilator.

Ylva schloss die Tür und sah sich um. Die Wände bestanden aus Gasbetonsteinen. Alles in allem zwanzig Quadratmeter, also nur ein kleiner Teil der gesamten Kellerfläche.

Ylva erinnerte sich an die Paletten mit Baumaterial, die vor dem Einzug der neuen Eigentümer vor dem Haus gestanden hatten. Die polnischen Bauarbeiter waren kaum in der Lage gewesen, die neugierigen Fragen der Nachbarn zu beantworten.

Der Keller. Sie bauten den Keller um. Ein Musikstudio?

*

Nach dem Märchen zeichnete Sanna wie immer mit dem Finger das Muster der Tapete nach. Sie fragte erneut, wann ihre Mama nach Hause kommen würde, und Mike war fast ein bisschen beleidigt.

»Bin ich nicht gut genug?«

Er sagte das in scherzendem Ton, aber seine Worte klangen trotzdem verletzt.

»Mama kommt bald, sie trifft sich nur noch mit ihren Freundinnen. Erwachsene müssen auch manchmal ihre Freunde treffen.«

Mike fand, dass seine Worte wenig überzeugend klangen, aber Sanna schien das nicht aufzufallen.

Eine Viertelstunde später schreckte er hoch. Sanna schlief. Auf den Ellbogen gestützt, richtete er sich vorsichtig auf. Die schwachen Bettfedern knarrten und spannten sich unter seinem Gewicht, aber Sanna schlief ruhig weiter.

Mike ließ die Tür des Kinderzimmers offen stehen. Er erinnerte sich an das unbehagliche Gefühl von damals, wenn er als Kind im Stockfinstern aufgewacht war, ohne zu wissen, wo er war. Das wollte er Sanna ersparen.

Er ging in die Küche hinunter, öffnete den Kühlschrank und betrachtete den Inhalt, ohne etwas von Interesse zu finden. Dann öffnete er die Tür zur Speisekammer. Er hatte Glück: Hinter den Cornflakes entdeckte er eine angebrochene Tüte Erdnüsse. Er beschloss, dass er sie als tapferer, im Augenblick allein die Stellung haltender Vater verdient hatte, und goss sich dazu einen Whisky ein.

Mike setzte sich mit seinem Proviant ins Wohnzimmer,

schaltete den Fernseher ein und sah die zweite Hälfte eines Films, den er schon mal gesehen hatte. Er war besser, als er ihn in Erinnerung hatte, und plötzlich konnte er seine Tochter verstehen, dass sie sich immer wieder dieselben Filme anguckte. Dass einem die Überraschungen erspart blieben, war gar nicht so dumm.

Nach Ende des Filmes zappte er herum, ohne irgendwo etwas Sehenswertes zu finden. Er schaltete den Fernseher aus und holte sein Handy. Er hatte keinen Anruf verpasst, und eine SMS mit einer Entschuldigung war auch nicht eingetroffen.

Ganz schön dürftig, dass sie sich nicht gemeldet hatte. Schließlich war morgens noch nicht sicher gewesen, ob sie abends mit ihren Kollegen ausgehen würde. Sie hätte ruhig anrufen können, ob sie zum Abendessen zu Hause ist.

Mike beschloss, sie trotz allem anzurufen. Ganz allgemein, um sich zu erkundigen, ob alles in Ordnung sei, und um darauf zu bestehen, dass sie für den Heimweg ein Taxi nehme. Reine Fürsorge, redete er sich ein, sonst nichts. Und nicht, weil er befürchtete, sie könnte jemandem schmachtend in die Augen sehen oder gespielt sexy an ihrer Unterlippe knabbern.

Mike legte sich seine Worte genau zurecht, bevor er die grüne Taste drückte.

Bin ein bisschen unruhig. Dachte, du würdest wegen des Abendessens anrufen. Nein, nein, sie schläft tief und fest. Wir hatten einen netten Abend, haben einen Turm gebaut. Meinetwegen brauchst du dich nicht zu beeilen. Ich geh jetzt ins

Bett. Du kannst ja versuchen, leise zu sein, wenn du nach Hause kommst, dann stehe ich morgen früh auf und hole Brötchen. Viel Spaß noch. Und vergiss nicht, ein Taxi zu nehmen.

Statt mehrmaligem Klingeln, das von der Stimme seiner Frau abgeschnitten würde, und lauter Musik, Gekreische und Gejohle im Hintergrund sprang sofort der AB an. Eine Computerstimme teilte ihm mit, welche Nummer er gewählt habe, und Mike verlor den Faden.

»Hallo, ich bin's«, sagte er. »Dein Mann. Wollte nur hören, ob du dich amüsierst. Ich vermute, du bist mit den Kollegen unterwegs. Du, ich leg mich jetzt hin. Sei so nett und nimm dir ein Taxi nach Hause. Ich hab was getrunken und kann dich nicht abholen. Sanna schläft. Kuss. Ciao.«

Er legte auf und bereute im gleichen Moment seine Worte. Sie klangen völlig unnatürlich, und »dein Mann« wirkte unsicher und nervös bevormundend, als wollte er sie ermahnen, keine Dummheiten zu machen.

Er blieb sitzen und starrte auf das Display seines Handys. Als Hintergrundbild hatte er Sanna und Ylva auf dem Badesteg am Hamnplan geladen. Sie waren gerade aus dem Wasser gestiegen und lächelten in die Kamera. Hinter ihnen war die dänische Küste zu sehen.

»Hallo, ich bin's. Dein Mann ...«

11. Kapitel

Ylva atmete unregelmäßig und versuchte, klar zu denken. Sie waren in die Garage gefahren, hatten sie eine Treppe hinuntergetragen, die 90 Grad nach rechts abbog, nach Westen, Richtung Wasser. Sie waren durch einen vielleicht drei Meter langen Flur gegangen und hatten zwei Türen geöffnet, um in den Raum zu gelangen, in dem sie sich jetzt befand.

Sie verglich ihre Eindrücke mit ihren Erinnerungen an das Haus. Sie hatte es nie betreten, nur von außen gesehen, aber sie wusste, dass der Grundriss fast quadratisch war.

Ylva ging davon aus, dass sie den Raum, in dem sie sich befand, in die Mitte des Kellers hatten einbauen lassen, möglichst weit weg von den Außenwänden. Die Gasbetonsteine, die sie vom übrigen Keller trennten, waren über zehn Zentimeter dick, und hinter diesen Blöcken befand sich vermutlich eine weitere Schallisolierung.

Sie hatten ein Musikstudio gebaut, einen schallisolierten Raum, in dem man so viel Krach machen konnte, wie man wollte, ohne dass etwas nach außen drang. Folglich spielte es keine Rolle, wie laut sie schrie. Niemand würde sie hören.

Aber der Raum konnte nicht vollkommen abgeschlossen sein. Es musste eine Luftzufuhr geben, in Form einer Luftklappe oder sonst was. Sauerstoff drang zwar vermutlich auch durch Türritzen und andere Fugen ein, aber es musste ein Abluftsystem geben.

Rasch durchsuchte sie den Raum, öffnete Schranktüren und untersuchte Wände und Decke. Sie kniete sich auf den Boden und schaute unter das Bett.

Es gab eine Luftklappe im Badezimmer und eine weitere in der Ecke, in der das Bett stand. Ylva stellte den Stuhl neben das Bett und stellte sich darauf. Sie hielt ihren Mund vor die Luftöffnung und rief um Hilfe. Sie bekam einen Krampf im Nacken, und es fiel ihr schwer, das Gleichgewicht zu halten. Einige Male fiel sie fast vom Stuhl, gewann aber stets die Balance wieder. Verzweifelt rief sie um Hilfe.

Als sie schließlich in Tränen aufgelöst aufgab, vom Stuhl stieg und sich aufs Bett sinken ließ, wusste sie nicht, wie viel Zeit vergangen war. Sie schaute auf den Bildschirm. Der Lichtkreis der Straßenlaterne war größer geworden und ihr eigenes Haus war vollkommen dunkel. Es war Nacht.

Ylva fragte sich, ob Mike schon versucht hatte, sie anzurufen. Sie war sich nicht sicher. Vielleicht wollte er, hatte sich dann aber nicht getraut. Weil er sie nicht verärgern wollte und fürchtete, dass sie sich verfolgt und eingeengt fühlen würde. Wie oft hatte sie die Luft anhalten müssen, um nicht die Selbstbeherrschung zu verlieren, weil sie das Gefühl hatte, dass er sie kontrollierte. Einschmeichelnd und servil, aber auch ängstlich überwachend.

Obwohl sie es nie direkt gesagt hatte, war ihre Auffassung klar und deutlich:

»Du kannst mich nicht einsperren, Mike. Das geht nicht.«

*

Mike schlief rasch ein, wachte aber kurz nach zwei wieder auf. Er stellte fest, dass Ylva noch immer nicht zu Hause war, ging auf die Toilette und kehrte ins Bett zurück. Er hatte kein Licht im Bad gemacht und sich zum Pinkeln hingesetzt, um die Chancen zu erhöhen, dass er schnell wieder einschlief, aber als er wieder unter die Decke kroch, war er hellwach. Rotwein hatte bei ihm diesen Effekt. Erst wurde er schläfrig und träge, dann weckte ihn sein rascher Puls. Sein Gehirn schloss sich der Achterbahnfahrt an. Seine Gedanken waren dann immer finster und negativ.

Ylva. Er sah sie vor sich. Wie sie sich irgendwo in ein Bett fallen ließ, in das ihr rasch ein ambitiöser Liebhaber folgte, der sie leidenschaftlich auf den Mund küsste, dann auf ihren Hals, ihr die Bluse vom Leib riss, übertrieben und fast wie im Film, aber für die Agierenden selbstverständlich und echt.

Die begierigen Hände des Liebhabers, die sich zwischen Ylvas Beinen zu schaffen machten, ihre schwere Atmung, ihr halb ersticktes Stöhnen, als er in sie eindrang.

Mike öffnete die Augen, um die Bilder in seinem Kopf durch wirkliche Bilder zu ersetzen: das Fenster, der Radiowecker, der Stuhl mit den Kleidern, der Schrank und der Spiegel. Das, was Realität war und was es in der wirklichen Welt gab.

Er knipste die Nachttischlampe an. Seine Augen gewöhnten sich langsam an das Licht. 02.31 Uhr. Es war nicht spät, jedenfalls nicht übertrieben spät.

Ylva war mit ihren Kolleginnen unterwegs. Sie tranken Wein und unterhielten sich laut über Dinge, die mit der Arbeit zu tun hatten, gefühllose Vorgesetzte und eitle Männer, Beförderungen und ausgebliebene Beförderungen. Vielleicht unterhielten sie sich auch über die Vor- und Nachteile ihrer Ehemänner. Wer Probleme hatte, erhielt Beistand und Trost, und wenn dieses Thema abgehandelt war, stießen sie miteinander an und stellten unumstößliche Behauptungen auf.

Ich bin absolut der Meinung …

Was auch immer nach so einer Einleitung kommen mochte.

Oder nein, *Männer* hatten absolute Meinungen. Männer, die nichts zu sagen hatten. Männer, die in billigen Kneipen Bier tranken. Die weibliche Entsprechung lautete vermutlich: *Also, ich finde schon, dass …*

Ylva und ihre Kolleginnen würden bald in den Alltag zurückkehren, erleichtert, nachdem sie sich im Laufe des Abends einiges von der Seele geredet hatten.

Mike fragte sich, ob gelegentlich auch über ihn in seiner Funktion als Abteilungsleiter geredet wurde. Was seine Angestellten in dem Fall wohl sagten? Dass er weich war? Wahrscheinlich nicht, nicht am Arbeitsplatz zumindest. Nicht deutlich genug? Nein. Welche negativen Ansichten hatten sie dann? Mike vermutete nüchtern, dass sie ihn wahrscheinlich für einen Roboter hielten. Leute, die bei ihm in Ungnade gefallen waren, nannten ihn vermutlich einen Psychopathen, womit gemeint war, dass er keine Rücksicht nahm. Fälschlicherweise, dachte Mike, da Psychopathen sensibel auf die Signale aus ihrer Umgebung reagierten. Selbst wenn es ihnen letzten Endes egal war und sie über Leichen gingen, um ihren Willen durchzusetzen.

Mike schob den Gedanken beiseite und war fast ein bisschen gerührt über das Interesse, das seine Mitarbeiter ihm in seiner Fantasie entgegenbrachten.

Mit der sicheren Gewissheit, fast viermal so viel zu verdienen wie Ylva und dass sie ohne sein Einkommen einen ganz anderen Lebensstandard hätte, schlief er ein.

12. Kapitel

Die Viererbande, dachte Calle Collin und seufzte laut.

Jörgen Petersson hatte zu viel Geld, so viel war klar. Zu viel Geld, zu viel Zeit und zu wenig zu tun. War Ylva die Entsprechung von Maos Frau? Stellte er sich das Ganze so vor?

Calle ärgerte sich beinahe. Warum wandten sich alle Irren immer an ihn? Er zog Gestörte an wie ein Magnet. Ob er so tolerant wirkte? War er zu freundlich? Glaubten sie, dass er als Homosexueller den Schmerz des Ausgegrenztseins kannte und daher die Welt mit offenen Armen empfing?

Vermutlich Letzteres. Positive Vorurteile ließen sich ebenso schwer entkräften wie negative. Jörgen hatte ihn einmal als gutmütigen Schwulen bezeichnet. Calle hatte Jörgen gefragt, was er dann war, ein Hetero, der sich lieber mit Schwulen als mit Heteros umgab?

Die Viererbande. So ein Schwachsinn.

Was dachte sich Jörgen eigentlich?

Calle lag im Bett. Er hatte Kopfschmerzen und war zu müde zum Onanieren. Gleichzeitig machte ihn der Restalkohol rastlos. Er holte sich trotzdem einen runter, um den Kater zu vertreiben und sich in eine neue Gemütsverfassung zu versetzen. Er kam auf seinen Bauch, stand aus dem Bett auf und hielt eine Hand gewölbt unter den Bauchnabel, damit die Samenflüssigkeit nicht auf den Fußboden tropfte. Er eilte ins Bad, wischte sich den Bauch ab, pinkelte und kehrte ins Bett zurück.

Die Viererbande. Als wären sie eine Sekte oder so was gewesen, eine Bande Freikirchler in Mönchsgewändern, die sich mittels einer Geheimsprache verständigten und eine Blutsbrüderschaft eingegangen waren.

So eng waren sie gar nicht befreundet gewesen. Irgendwann in der neunten Klasse hatte sich die Gruppe aufgelöst, und neue Konstellationen hatten sich gebildet.

Typisch Jörgen, sich so einen Namen auszudenken. Viererbande.

Er dramatisierte die ihn umgebende Welt wie ein Kind. Aber vielleicht war genau dies ja das Geheimnis seines Erfolgs, dass ihn die Details nicht blind machten, dass er trotz all der Bäume den Wald noch sah.

Das war der letzte Gedanke, der Calle durch den Kopf ging, ehe er genüsslich wieder einschlief.

13. Kapitel

»Wo ist Mama?«

Mike öffnete blinzelnd die Augen. Sanna stand im Schlafanzug neben seinem Bett. Er drehte sich um und sah, dass Ylvas Betthälfte leer und unberührt war. Niemand hatte dort geschlafen.

»Ich weiß nicht, Liebling. Wie spät ist es?«

Er streckte die Hand nach seiner Armbanduhr aus.

»Acht null sieben«, las Sanna vom Radiowecker ab und kroch ins Bett. »Ist Mama nicht nach Hause gekommen?«

»Ich weiß es nicht. Offenbar nicht. Sie hat bestimmt bei einer Freundin übernachtet. Vielleicht ist es ja spät geworden, und es gab keine Taxis.«

»Willst du sie nicht anrufen?«

»Vielleicht später. Wenn es spät war heute Nacht, schläft sie vermutlich noch.«

»Und wenn sie nicht mehr schläft?«

Genau diesen Gedanken versuchte Mike auszublenden, aber sein Gehirn ignorierte seine Vorsätze, und er sah Ylva in der festlichen Kleidung vom Vortag von der Bushaltestelle kommen, barfuß, die Schuhe mit den hohen Absätzen in der Hand. Sie würde in der Tür stehen bleiben, eine

Sekunde beschämt zu Boden schauen, ehe sie Mut fasste und sagte: *Mike, wir müssen miteinander reden.*

Genau so, obwohl sie weder festlich gekleidet gewesen war noch hohe Absätze getragen hatte.

Mike setzte sich auf.

»Sie schläft vermutlich noch. Hast du Hunger?«

Sanna nickte mit übertriebenen Bewegungen und sprang aus dem Bett.

»Schokopops!«

»Okay, Schokopops. Aber ein Brot musst du auch essen.«

Mike setzte Kaffee auf und holte die Zeitung, er tat alles, was ein Mann tut, der nicht außer sich vor Angst ist, dass seine Frau ihn verlassen könnte. Er rief sie mehrmals an. Ihr Handy war ausgeschaltet, und jedes Mal sprang die Mailbox an. Mike sprach einige Male aufs Band.

»Wo bist du? Ich fange an, mir Sorgen zu machen. Sanna auch. Sei so nett und melde dich.«

Beim zweiten Mal:

»Verdammt noch mal, wieso hast du dein Handy ausgeschaltet? Das ist eine Schweinerei. Mir ist scheißegal, wo du bist.«

Weder das Frühstück, die Zeitung noch ein Blick auf die Abendzeitungen im Internet beschleunigten die Zeit bis neun Uhr, einer Uhrzeit, ab der Mike bei anderen Leuten anrufen konnte, ohne verzweifelt zu wirken. Neun Uhr war wahrscheinlich auch noch zu früh, also beschloss Mike, eine Kolumne zu lesen, die er beim ersten Versuch nicht geschafft hatte.

Er war fast durch, als ihn Sanna darum bat, nach einer DVD zu suchen, die auf Abwege geraten war. Um elf Minuten nach neun hatten sie den Film gefunden und eingelegt. Mike ging in die Küche und rief Nour an.

Nour war Ylvas beste Freundin am Arbeitsplatz. Mike war ihr nur ein Mal begegnet und hatte sie sofort sympathisch gefunden. Sie hatte wache Augen und ein entwaffnendes Lächeln.

»Ist sie nicht nach Hause gekommen?«, fragte Nour.

»Sie hat gesagt, dass sie mit euch ausgehen will«, erwiderte Mike.

Nour zögerte einen Augenblick, als müsse sie überlegen, was sie sagen sollte, sah dann aber ein, dass sie nicht lügen konnte.

»Zu uns hat sie gesagt, dass sie nach Hause geht«, meinte sie schließlich. »Hast du es schon auf ihrem Handy probiert?«

»Es ist ausgeschaltet.«

Nour hörte das Misstrauen in Mikes Stimme.

»Also, ich habe keine Ahnung«, sagte sie ausweichend. »Es ist doch wohl nichts passiert? Hast du die Krankenhäuser angerufen?«

»Die hätten sich doch wohl bei mir gemeldet.«

Nour stimmte ihm zu.

»Sie hat also gesagt, dass sie nach Hause will?«, meinte Mike.

Er bereute sofort das Wort *also*, das klang so formell und anklagend.

»Ja.«

»Hat sie gesagt, wie sie nach Hause kommen wollte?«

»Ich vermute, sie wollte den Bus nehmen. Wir haben uns auf der Straße voneinander verabschiedet, und sie ist dann den Abhang heruntergegangen.«

»Allein?«

»Ja. Wir haben versucht, sie zum Mitkommen zu überreden, aber sie wollte unbedingt nach Hause.«

»Okay. Vielen Dank.«

»Sag ihr, sie soll mich anrufen, wenn sie auftaucht«, sagte Nour. »Damit ich weiß, dass alles okay ist.«

»Natürlich«, sagte Mike. »Bis dann. Tschüs.«

*

Ylva sah auf dem Monitor, dass Mike die Zeitung reinholte. Sie sah ihren Mann im Bademantel das Haus verlassen und die Zeitung aus dem Briefkasten nehmen, als wäre nichts geschehen.

Was glaubte er denn? Dass sie jemanden aufgerissen hatte oder betrunken bei einer Freundin auf dem Sofa eingeschlafen war?

Inzwischen musste er doch wohl jemanden angerufen und sich erkundigt haben?

Sie bemerkte hinter dem Wohnzimmerfenster eine Bewegung. Mike betrat gerade wieder das Haus, dann konnte das nur Sanna sein. Ihre Tochter war nur etwa hundert Meter von ihr entfernt und doch unerreichbar für sie.

Ylva stand mit Mühe vom Bett auf. Alles tat weh, und sie stank. Nach der Vergewaltigung hatte sie ins Bett gemacht, sie war einfach liegen geblieben und hatte alles aus sich herauslaufen lassen. Sie hatte nicht geduscht. Sie weigerte sich. Sie weigerte sich, etwas in dem Gefängnis zu benutzen, in das man sie gebracht hatte. Das hätte Akzeptanz, Nachgeben bedeutet. Außerdem wollte sie sich von einem Arzt untersuchen lassen, der die Vergewaltigung dokumentieren sollte.

Sie stellte sich vor die Tür, ballte die Fäuste, hämmerte dagegen und schrie.

Die Schläge klangen gedämpft, als sei die Tür auf der anderen Seite gepolstert. Trotzdem muss auf der anderen Seite etwas zu hören sein, dachte sie.

Eine Waffe. Sie musste sich bewaffnen.

Ylva durchsuchte die Schubladen in der Kochnische. Plastikbesteck, ein Buttermesser, ein Käsehobel, ein Schneidebrett, eine Rolle Plastiktüten. Keine Messer, kein Metallbesteck, nicht einmal ein Dosenöffner. Der Hängeschrank über der Spüle war bis auf ein angebrochenes Paket Knäckebrot und ein Paket weiße Plastikbecher leer.

Sie durchsuchte das Badezimmer. Handtücher, Seife, Shampoo, Waschmittel, eine Haarbürste, Gleitcreme und Nagelfeilen aus Pappe. Nichts, was sie verwenden konnte. Sie verließ das Badezimmer und sah sich im Zimmer um.

Der Stuhl.

Wenn es ihr gelänge, den Stuhl zu zerschlagen, könnte sie eins der Stuhlbeine als Waffe verwenden, es der Person, die den Keller betrat, über den Schädel schlagen.

Sie packte den Stuhlrücken und knallte den Stuhl gegen die Wand. Sie fuhr damit fort, bis eines der Beine einknickte und sie es vom Stuhl lostreten konnte.

Sie nahm das Stuhlbein, setzte sich auf das Bett und betrachtete es. Das Ende, an dem es abgebrochen war, war schmal und spitz.

Eine Waffe.

*

Mike wollte seine Mutter anrufen. Er wollte sie anrufen, damit sie es ihm so erklärte, dass er es verstand. Er versuchte, ein guter Mann zu sein, er strengte sich wirklich an, jeden Tag, dachte kaum noch an etwas anderes. War das vielleicht das Problem? Dieser übertriebene Wunsch, es ihr recht zu machen?

Mike fand, dass er das gut verbarg.

War er langweilig? Wahrscheinlich, oder ganz sicher. Trotzdem hatten sie ihren Spaß zusammen und unternahmen Dinge.

Warum tat sie das dann? Warum behandelte sie ihn so? Denn es war ja wohl nichts passiert? Natürlich konnte er das Krankenhaus anrufen. Er konnte sich erkundigen. Sicherheitshalber. Damit er es getan hatte.

Er ging ins Wohnzimmer und betrachtete seine Tochter. Sie war vollkommen in das, was sich auf dem Bildschirm abspielte, vertieft. Ein Zeichentrickfilm, brutal und hektisch und mit viel Gekreische.

Er ging in die Küche zurück und machte vorsichtig die Tür hinter sich zu. Dann rief er die Auskunft an und bat darum, mit dem Krankenhaus verbunden zu werden. Die Vermittlung des Krankenhauses stellte ihn zur Notaufnahme durch. Er brachte etwas verlegen sein Anliegen vor und erhielt den Bescheid, eine Patientin namens Ylva Zetterberg sei nicht eingeliefert worden, und auch keine Frau in ihrem Alter.

Die Frau, mit der er sich unterhielt, bemerkte, wie wenig ihn die Antwort beruhigte.

»Sie kommt sicher bald nach Hause«, meinte sie, um ihm Mut zu machen. »Es gibt sicher eine ganz natürliche Erklärung. Ich vermute, dass sie bei einer Freundin ihren Rausch ausschläft.«

»Vermutlich.«

»Einen Unfall hatte sie jedenfalls nicht«, meinte die Krankenschwester. »Das wüssten wir hier.«

»Danke, vielen Dank.«

»Keine Ursache. Noch einen schönen Tag.«

Mike wählte die Nummer von Nour. Es war ihr offenbar nicht schwergefallen, nach Mikes erstem Anruf wieder einzuschlafen.

»Ich bin es noch einmal. Entschuldige die Störung.«

»Kein Problem«, erwiderte Nour schlaftrunken. »Ist sie zurück?«

»Ich habe das Krankenhaus angerufen. Dort ist sie nicht.«

»Schön.«

»Natürlich, aber langsam mache ich mir wirklich Sorgen. Du weißt nicht zufällig, ob sie mit jemand anderem ausgegangen sein könnte?«

Die Pause war eine Zehntelsekunde zu lang.

»Sie sagte, sie wolle nach Hause.«

»Nour, entschuldige, dass ich so direkt bin, aber du weißt sicher, dass wir vor einiger Zeit Probleme hatten.«

»Sie sagte, sie wolle nach Hause«, wiederholte Nour.

»Aber sie *ist* nicht nach Hause gekommen, also ist sie offenbar nicht nach Hause gefahren.«

»Nein.«

»Nein, was?«, sagte Mike.

»Nein, dann kann sie nicht nach Hause gefahren sein«, meinte Nour.

»Weißt du, wo sie ist?«, fragte Mike. »Du brauchst es mir nicht zu erzählen, aber falls du es weißt, dann ruf sie bitte an und sag ihr, sie soll sich bei mir melden. Ein kurzer Anruf genügt, damit ich Bescheid weiß.«

»Also, sie hat gesagt, dass sie nach Hause will.«

»Okay, okay.«

»Ich schwöre«, sagte Nour. »Ich weiß nichts. Wie spät ist es eigentlich?«

»Gleich zehn.«

»Das ist doch noch früh. Vielleicht hat sie unterwegs eine alte Freundin getroffen, und es ist spät geworden, und sie ist auf irgendeinem Sofa eingeschlafen. Es gibt sicher eine ganz harmlose Erklärung.«

»Ja«, sagte Mike.

»Es kann schließlich nichts passiert sein.«

»Nein.«

»Denn dann wäre sie im Krankenhaus gewesen«, meinte Nour.

»Ja.«

»In einer Stunde ist sie zu Hause, bestimmt.«

Mike sagte nichts. Nour fragte sich, ob er weinte.

»Du ...«, sagte sie leise.

»Ich halt das nicht aus«, sagte er. »Ich schaffe das nicht.«

»Mike, hör zu. Denk nicht gleich das Schlimmste, es gibt sicher einen guten Grund. Es ist vermutlich einfach spät geworden, und sie wollte dich nicht anrufen und wecken, wahrscheinlich hat sie zu viel getrunken, und jetzt schläft sie ihren Rausch aus ... Hat sie denn keine SMS geschickt?«

»Nein.«

Die Stimme war so leise, dass Nour sie kaum hörte.

»Ihr Handy ist ausgeschaltet«, fügte er mit einem unterdrückten Schluchzer hinzu.

»Vielleicht ist der Akku leer«, meinte Nour. »Es gibt sicher tausend Erklärungen. Ich kann etwas herumtelefonieren und mich umhören. Willst du das?«

»Das wäre wahnsinnig nett.«

»Gut. Dann mache ich das. Ganz egal, wie sich das Ganze aufklärt, sie wird von sich hören lassen. Das ist wirklich nicht in Ordnung. Das muss dir also nicht peinlich sein. Hörst du? Schließlich hat sie das versiebt und nicht du. Okay?«

14. Kapitel

Hunger

Besonders widerspenstige Frauen werden ausgehungert. Zu wenig Essen verringert die Kraft, Widerstand zu leisten, drastisch. Schließlich hat die Frau keine Kraft mehr, sich zu wehren, egal, was ihr angetan wird.

Ylva saß auf dem Bett und starrte auf den Bildschirm. Holst fuhr in seinem alten, gepflegten Volvo Kombi vorbei. Er kaufte sich alle zwanzig Jahre ein neues Auto und fuhr es vom Montageband bis auf den Schrottplatz. Das deutete auf Sicherheit und altes Geld hin und ein gesundes Desinteresse an Statussymbolen.

Zwei Mädchen, die ein paar Jahre älter waren als Sanna, radelten in der Straßenmitte vorbei. Sie standen auf den Pedalen, ruhten aus, strampelten weiter.

Gunnarsson ging eiligen Schrittes und mit seinem weißen Hund an der Leine vorbei.

Das kleine Wohnviertel erwachte zum Leben. Alles war wie immer. Vor Ylvas Haus waren keine Aktivitäten zu bemerken.

Wie verhext starrte sie auf den Bildschirm, ihr einziges Fenster zur Außenwelt.

Die Kamera war im Obergeschoss installiert und schräg auf Mikes und ihr Haus gerichtet. Im Bild war auch die Allmende zu sehen, die große Wiese zwischen Gröntevägen und Sundsliden, auf der die Kinder viel zu selten Fußball und Völkerball spielten, sowie der Anfang des Bäckavägen.

Lange Zeit tat sich nichts. Die Zweige der Bäume schaukelten leicht im Wind. Dann fuhr ein Auto vorbei, oder ein Jogger eilte durchs Bild. Meistens aber Autos, deren Halter wahrscheinlich auf dem Weg zu einem Laden waren, um zu besorgen, was zum perfekten Wochenendfrühstück fehlte. Frische Brötchen, teurer Orangensaft, frischer Käse.

Ylva war schwindlig. Sie hatte seit dem Mittagessen am Vortag nichts mehr gegessen und kaum einen Tropfen getrunken.

Mit dem spitzen Stuhlbein in der Hand ging sie in die Kochnische und trank Wasser direkt aus dem Hahn. Sie musste Pausen einlegen, um zwischen den Schlucken zu atmen. Dann nahm sie das Knäckebrot aus dem Schrank, verteilte großzügig Schmelzkäse aus dem Kühlschrank darauf und aß im Stehen.

Die Energie des Essens verteilte sich sofort in ihrem Körper. Ihr Blick war auf einmal nicht mehr verschwommen, und sie ermahnte sich selbst, wie wichtig es war, klar zu denken. Nicht fühlen, denken.

Sie wusste nicht, was sie vorhatten oder planten. Wollten sie sie hierbehalten? Sollte sie im Keller eingesperrt bleiben?

Dieser Gedanke nahm immer mehr Raum ein, ihr schwindelte vor Unbehagen. Sie musste mit ihnen sprechen, die Sache klären, sie zur Vernunft bringen. Hatten sie nicht mit der Vergewaltigung ihr Ziel erreicht? Auge um Auge, Zahn um Zahn. Aber warum war sie dann immer noch in diesem Keller?

Der Keller ... Sie hatten ein Haus gekauft und den Keller schallisoliert. Sie hatten eine Küche und ein Bad installiert, ein Haus im Haus eingerichtet.

Das war kein plötzlicher Einfall, das war eine kostspielige und sorgfältig geplante Handlung.

Sie hatten vor, sie für längere Zeit gefangen zu halten.

✻

Nour seufzte laut. Was hatte sie mit der Sache zu schaffen? Überhaupt nichts.

Das war alles Ylvas Schuld. Diese bestätigungsgeile Fremdschläferin sollte sich in Grund und Boden schämen.

Und diese Heulsuse von Mann, der nichts begriff. War ihm denn nicht klar, wie lächerlich er sich machte?

Warum hatte sie sich bloß angeboten herumzutelefonieren? Wen sollte sie anrufen? Und wozu sollte das gut sein?

Hallo, hier ist Nour. Ist Ylva bei dir?
Nein, wieso?

Mike hat mich angerufen. Sie ist offenbar gestern nicht nach Hause gekommen.
Hoppla.
Du weißt also nicht, wo sie ist?
Nein.
Alle würden es genüsslich rumerzählen.
Ylva ist offenbar gestern nicht nach Hause gekommen. So was aber auch. Wo die sich wohl rumgetrieben hat. Ha ha.
Nour befand sich in einer Zwickmühle. Eigentlich konnte sie nichts tun. Was sie auch tat, es machte die Sache nur noch schlimmer und stellte Mike als Loser hin.

Außerdem war Ylva vermutlich bald wieder zu Hause, beschämt und beteuernd:
Nie mehr wieder. Versprochen.
Nour setzte sich aufs Bett, lehnte sich zurück und starrte an die Decke.

»Ylva, Ylva, Ylva ...«, sagte sie laut vor sich hin.

Die meisten hübschen Frauen verbaten sich übertriebene Aufmerksamkeit, zumindest von Männern, die weiter unten auf der sozialen, sexuellen oder finanziellen Leiter standen. Ylva konnte davon nicht genug bekommen. Jeder Mann wurde mit aufmerksamem Blick von ihr fixiert. Dass alle anderen Frauen das unmöglich fanden, kümmerte sie nicht.

Wie so oft bei Leuten, die gerne flirten, war das Interesse gespielt, nicht echt. In den meisten Fällen blieb es auch beim Flirten und Fummeln. Der Einzige, von dem Nour mit Sicherheit wusste, dass Ylva mit ihm eine Affäre gehabt hatte, war Bill Åkerman.

Nour kannte ihn nur flüchtig, wusste aber, dass er jede Krone durchgebracht hatte, die seine reiche Mutter in seine vielen hirnrissigen Projekte investiert hatte. Erst nach dem Tod seiner Mutter war es Bill wider Erwarten gelungen, mit einem exklusiven Restaurant Erfolge zu feiern.

Nour war sich so gut wie sicher, dass Ylva bei ihm zu finden war.

15. Kapitel

Mike räumte den Frühstückstisch ab und duschte. Er schloss die Augen und ließ das warme Wasser über sein Gesicht laufen. Das Geräusch der Dusche sperrte die Außenwelt aus, und er sah ein, dass er so nicht weiterleben konnte.

Er dachte an Scheidung, stellte sich vor, wie er sie mit eiskalter Großzügigkeit durchziehen würde, um keinen Sorgerechtsstreit zu riskieren. Er würde sich eine Dreizimmerwohnung mit Balkon und Blick auf den Sund weiter nördlich zulegen. Sanna nur jede zweite Woche? Auch das hatte Vorteile.

Er stellte sich einen neuen und gesünderen Lebensstil vor. Er würde sich seine Bekannten aussuchen, nicht mehr einfach nur still danebensitzen und zu allem nicken und lächeln.

Internetdating? Es schwammen viele Fische im Meer.

Ein Geräusch vor dem Badezimmer veranlasste ihn, sofort das Wasser abzudrehen. Er stieg aus der Duschkabine und öffnete die Badezimmertür.

»Hallo?«, rief er.

Keine Antwort.

»Ylva?«

Nur das ferne Geräusch von Sannas Zeichentrickfilm.
»Sanna!«
»Was ist?«
»Ist jemand gekommen?«
»Was?«
»Ist Mama gekommen?«
Mike schrie laut.
»Nein.«
»Es klang so, als wäre jemand gekommen.«
»Nein.«
»Okay.«
Mike trocknete sich ab und zog sich an, dann ging er runter zu Sanna ins Wohnzimmer. Er betrachtete sie, bis sie den Blick vom Fernseher abwandte und ihn fragend ansah.

»Ich dachte, wir könnten einen Ausflug nach Väla machen«, meinte er munter.

Er kannte nichts Schlimmeres als dieses Shoppingzentrum, insbesondere an einem Samstag, aber er hatte nicht die Ruhe, zu Hause auf und ab zu gehen und auf die Ankunft der Königin zu warten.

»Jetzt?«
»Ja, bevor es zu voll wird.«
»Können wir nicht warten, bis Mama kommt?«
»Nein, wir fahren jetzt.«
Er nahm die Fernbedienung vom Tisch.
»Zieh dir was an.«
»Kannst du den Film anhalten? Ich will ihn fertig sehen, wenn wir nach Hause kommen.«

Sanna sprang vom Sofa und rannte in ihr Zimmer.

Mike schaltete auf Bildschirmtext und überflog die Überschriften. Nichts von Interesse, stellte er fest und schaltete den Fernseher aus.

Er ging in die Küche, nahm ein Papier aus Sannas Bastelecke und schrieb »RUF MICH AN« darauf. Dann legte er das Papier deutlich sichtbar mitten auf den Esstisch.

*

Mike und Sanna verließen das Haus.

Ylva saß im Bett und starrte auf den Bildschirm. Sie sah, wie ihr Mann und ihre Tochter ins Auto stiegen und wegfuhren.

Ylva sah nicht jedes Detail, aber die Bewegungen waren vertraut. Es fiel ihrem Gehirn nicht schwer zu ergänzen, was das Auge nicht sah. Die üblichen Bewegungen, millionenmal ausgeführt, völlig undramatisch: Die Haustür ging auf, Sanna eilte zum Auto, stellte sich neben die Beifahrertür, offenbar hatte Mike ihr versprochen, dass sie vorne sitzen durfte. Mike schloss die Haustür ab, öffnete die Zentralverriegelung. Sie stiegen ein. Mike half seiner Tochter beim Anschnallen, schloss die Tür auf seiner Seite. Die roten Rücklichter gingen an. Der Wagen setzte zurück, blieb einen Augenblick stehen und fuhr dann vorwärts, links in den Bäckavägen und dann wieder links und den Sundsliden hinauf.

Ylva wusste, dass es keinen Sinn hatte, aber sie schrie trotzdem laut und verzweifelt, als sie das Dach des Autos vor dem Haus vorbeigleiten sah.

Sie hatten das Haus verlassen. Was bedeutete das? Wen hatte Mike angerufen? Was glaubte er?

Sie konnte sich gut vorstellen, was er dachte. Vielleicht ertrug er es nicht, noch länger zu warten. Oder er fuhr Sanna vorsorglich zu seiner Mutter. Damit ihr der Auftritt erspart blieb, mit dem Mike vermutlich rechnete.

Warum rief er nicht bei der Polizei an? Oder hatte er das bereits getan, und man hatte ihm geraten, abzuwarten?

Sie werden sehen, sie kommt nach Hause.

Anschließend hatte der diensthabende Polizist den Hörer aufgelegt, seinen Kollegen angeschaut, die Augen verdreht und sich eine weitere Tasse Kaffee eingegossen.

Sanna war wie immer gut gelaunt zum Auto getänzelt. Sie ahnte nichts.

Mikes Körperhaltung ließ sich nicht so leicht deuten. Die Angst vor Kontrollverlust war sein ausgeprägtester Charakterzug, obwohl er im Grunde genommen eine Heulsuse war. Mike war mehr in seiner Geschlechterrolle gefangen, als Ylva es je gewesen war.

Er hatte doch wohl im Krankenhaus angerufen? Das hätte sie getan. Und sei es nur aus taktischen Gründen, um es hinterher als Vorwurf verwenden zu können.

Ich habe sogar im Krankenhaus angerufen. Verstehst du!

Der doppelte Märtyrer. Aufopfernd und betrogen.

※

»Warum starrst du die ganze Zeit auf dein Handy?«

Sanna sah ihren Vater vorwurfsvoll an.

»Tue ich das?«

Er lächelte sie verlegen an.

»Ja, die ganze Zeit.«

»Ich wollte nur nachsehen, ob Mama vielleicht angerufen hat.«

»Wo ist sie?«

»Ich weiß nicht so genau.«

»Weißt du nicht, wo sie ist?«

Sanna konnte das nicht verstehen, und Mike merkte, wie ihm Tränen in die Augen stiegen.

»Ich weiß, dass sie mit ihren Freundinnen unterwegs ist oder zumindest unterwegs war. Sie sind gestern zusammen ausgegangen. Vermutlich ist es spät geworden, und sie hat bei jemandem übernachtet.«

»Hat sie nicht angerufen?«

»Schau mal!«, sagte Mike und zeigte nach rechts.

Sanna drehte sich um, und Mike wischte sich rasch ein paar Tränen aus den Augenwinkeln.

»Was?«, sagte Sanna.

»Der Vogel. Da war ein großer Vogel.«

»Wo?«

»Scheint weggeflogen zu sein.«

»Ich habe keinen Vogel gesehen.«

»Nicht? Der war groß, vielleicht ein Adler. Hast du schon mal einen Adler gesehen? Die sehen aus wie eine fliegende Tür. Mama ist sicher bald wieder zu Hause. Sie wartet auf uns, wenn wir aus Väla zurückkommen.«

»Ich finde trotzdem, dass man anrufen muss«, sagte Sanna.

16. Kapitel

Ich kann nicht behaupten, dass es mich mit Trauer erfüllt.
Jörgens Worte gingen Calle Collin nicht aus dem Kopf. Das Schlimmste war, dass sie ihm so spontan über die Lippen gekommen waren. Jörgen hatte sie nicht ausgesprochen, um etwas Gemeines zu sagen. Es war eine natürliche Reaktion auf die Information gewesen, dass Anders Egerbladh ermordet worden war.
Calle suchte im Internet nach dem Hammermord. Eine halbe Stunde später wusste er das Wesentliche. Anders Egerbladh, der in allen Artikeln als »Sechsunddreißigjähriger« bezeichnet wurde, war erschlagen auf der Sista Styverns Trappa aufgefunden worden, einer Holztreppe, die von der Fjällgatan hoch zur Stigbergsgatan führte. Die Mordwaffe, ein Hammer, hatte sich noch am Tatort befunden, jedoch ohne Fingerabdrücke.
Der Mord wurde als bestialisch bezeichnet. Die Brutalität ließ auf einen grenzenlosen Hass auf das Opfer schließen, und die Polizei ging von der Hypothese aus, dass Täter und Opfer sich kannten. Am Tatort war ein Blumenstrauß mit den Fingerabdrücken des Opfers gefunden worden, offenbar hatte das Opfer einer Frau einen

Besuch abstatten wollen. Unausgesprochen: einer verheirateten Frau.

Die besten Artikel hatte der Kriminalreporter der Abendzeitung verfasst, bei der Calle Collin ein halbes Jahr seines Berufslebens vergeudet hatte. Er hatte das Gefühl, dass der Reporter mehr wusste, als er in seinen Texten der Allgemeinheit preisgab. Calle kannte den Reporter nicht persönlich, hingegen die Chefredakteurin der Zeitung. Wenn sie für ihn bürgte, konnte er vielleicht ein paar Worte mit dem Kriminalreporter wechseln.

Calle hatte vertretungsweise für die Frauenbeilage der Zeitung gearbeitet, in der sämtliche Artikel nach dem ersten Gebot des McCarthy-Feminismus geschrieben wurden: Es gibt keinen Unterschied zwischen Männern und Frauen, außer dass Männer von Natur aus böse und Frauen von Natur aus gut sind.

Die Überschriften und Blickwinkel waren vorgeschrieben, und die redaktionelle Arbeit bestand darin, Argumente für Behauptungen zu sammeln und Vorbehalte zu streichen, die für das Gegenteil sprachen. Die Kolumnisten der Beilage zogen mit unbeschwerter Leichtigkeit Leute durch den Dreck, die sich erdreisteten, Übergriffe infrage zu stellen, die im Namen des Kampfes verübt wurden.

Dass viele von denen, die der Lächerlichkeit preisgegeben und verfolgt wurden, in Leben und Taten gute Vorbilder für die Gleichberechtigung waren, spielte keine Rolle, wenn sie in einem Nebensatz eine falsche Ansicht geäußert hatten.

All das zusammengenommen überzog eine im Grunde wichtige Frage mit einem Schimmer der Lächerlichkeit, und das halbe Jahr bei der Zeitung hatte Calle Collin ein ewiges Misstrauen der öffentlichen Debatte gegenüber eingeimpft. Das einzig Positive an seiner Zeit bei der Zeitung war gewesen, dass er die Chefredakteurin kennengelernt hatte, eine kluge, großherzige Frau. Als Calle nach sechs Monaten bedient gewesen war, hatte sie ihn gefragt, ob er vielleicht lieber in der Nachrichtenredaktion arbeiten wolle.

»Wenn ich mich auch nur im Geringsten für Nachrichten interessieren würde, hätte ich mich wohl an eine Nachrichten-Zeitung gewendet«, hatte Calle erwidert.

Diese Antwort war noch lange und oft in der Redaktion zitiert worden. Die meisten hatten gelacht, waren vielleicht sogar seiner Meinung gewesen, aber der übersensible Feuilletonchef der Zeitung hatte sich wahnsinnig geärgert und geschworen, dass er, soweit es in seiner Macht stünde, verhindern würde, dass Calle je wieder einen Fuß in die Redaktion setzte.

Calle griff zum Telefonhörer und rief die kluge, großherzige Frau an.

17. Kapitel

Je hässlicher ein Ort, desto mehr Menschen drängten sich dort. Die Nationalparks waren ausgestorben, aber jedes abartige Einkaufszentrum des Landes war überlaufen von Menschen ohne Geschmack, mit leerem Blick und vollen Geldbörsen.

Nirgends gab es mehr und widerliche Leute als im Väla-Shoppingzentrum. Trotzdem fuhr Mike mindestens einmal in der Woche dorthin. Weil es praktisch war. Weil es dort alles gab, und nicht zuletzt, weil dort das Parken nichts kostete. Einfach den Kofferraum vollladen und nach Hause fahren.

Ylva schlenderte meistens genüsslich durch dieselben Läden wie in der Woche zuvor und machte mit geübtem Blick neue Waren in dem enormen Angebot aus, während Mike fast panisch durch die verglasten Gänge eilte, aus Angst dass etwas von diesem unerträglichen Mist an ihm kleben bleiben könnte.

Sannas Einstellung lag irgendwo dazwischen. Die Eisdiele, das Zoogeschäft und die vielen Menschen lockten. Hier waren Leben, Bewegung, Licht und Eindrücke, für viele Besucher der Höhepunkt der Woche.

Ylva breitete ihre Einkäufe nach dem Nachhausekommen wie Trophäen auf dem Bett aus. Sie erzählte Sanna, was sie gekauft hatte, warum sie es gekauft hatte und wie sich die neuen Kleidungsstücke mit denen kombinieren ließen, die sie bereits besaß.

Mike fragte sich, ob das eine Art Schule war, ob so die neuen Konsummonster herangezogen wurden.

Ganz gleichgültig, er hatte nicht die Ruhe herumzuschlendern und so zu tun, als ob nichts wäre.

»Was meinst du, Sanna, wollen wir zu McDonald's gehen und dann nach Hause fahren?«

»Wir sind doch gerade erst gekommen.«

»Bist du denn nicht hungrig?«

»Nein.«

»Okay, dann gehen wir erst in die Läden und essen anschließend eine Kleinigkeit. Okay?«

Ylva hatte immer noch nicht angerufen, und zu seiner Wut gesellte sich eine leise Unruhe.

Der Gedanke, dass etwas passiert sein könnte, dass es einen legitimen Grund gab, warum sie nicht von sich hören ließ, war fast tröstlich. Unruhe war leichter zu ertragen als Angst.

Aber er hatte Angst, Angst, abserviert und aus der Handlung gestrichen zu werden.

Als Tröstender oder, Gott bewahre, Trauernder hätte Mike zumindest eine Aufgabe zu erfüllen.

✻

Sanna kaute langsam und betrachtete mit großen Augen ihre Umwelt: übergewichtige Familien, nicht abgeräumte Tische und gestresstes Personal.

Mike war mit dem Essen fertig und wippte unter dem Tisch rastlos mit dem Fuß.

»Lecker?«

Er lächelte seine Tochter an und war bemüht, sich nicht anmerken zu lassen, dass er gern auf einen großen Teil seines Lohnes verzichtet hätte, wenn er sofort das Lokal verlassen dürfte. McDonald's war der letzte Stopp. Sie hatten die Zoohandlung hinter sich gebracht, in der Buchhandlung DVDs angeschaut und in einer Bijouterie billigen Schmuck.

Sanna nickte und biss ein Stück von einer Pommes ab. Ganz langsam. Mike war fertig gewesen, da hatte seine Tochter noch nicht einmal die Gurke aus ihrem Hamburger gefischt.

»Konzentrier dich auf den Hamburger, dann können wir deine Pommes mitnehmen«, sagte er mit einem gezwungenen Lächeln.

»Haben wir es eilig?«

»Was? Ach so, nein. Wir haben es nicht eilig.«

Sanna kaute nachdenklich auf ihrer Pommes, während sich zwei Jungen im Kindergartenalter am Nachbartisch um die Spielsachen ihres Happy Meal prügelten.

Mike sah ein, dass er noch mindestens ein halbstündiges Leiden vor sich hatte.

Er zog sein Handy aus der Innentasche, warf einen Blick auf das Display, um sich zu vergewissern, dass ihm kein Anruf entgangen war, und rief dann erneut Ylvas Handy an. Die Mailbox sprang sofort an. Er unterbrach die Verbindung, ohne etwas aufs Band zu sprechen. Dann rief er zu Hause an, ließ es ein halbes Dutzend Mal klingeln und gab dann auf.

Er sah seine Tochter an und hielt das Telefon mit elterlicher Überdeutlichkeit in die Höhe.

»Ich muss telefonieren«, sagte er. »Ich stelle mich einen Moment draußen hin, aber so, dass ich dich durch das Fenster sehen kann. Okay?«

»Kannst du nicht hier telefonieren?«, fragte Sanna.

»Ich muss mit jemandem reden.«

»Aber du hast doch eben auch telefoniert.«

»Das hier ist ein anderer Anruf. Ich will nicht, dass im Hintergrund so ein Lärm ist. Bleib einfach sitzen, ich stehe direkt vor der Tür.«

Er trat ein paar Schritte vor das Lokal, winkte seiner Tochter zu und suchte Nours Privatnummer aus dem Nummernverzeichnis.

»Hallo, hier ist Mike.«

»Hallo, hallo. Ist sie aufgetaucht?«

»Nein, ist sie nicht. Zumindest nicht, dass ich wüsste. Ich bin mit Sanna im Einkaufszentrum in Väla, aber ich habe einen Zettel für sie hinterlassen und sie gebeten, mich anzurufen. Das hat sie bisher nicht getan. Es geht auch niemand dran, weder zu Hause noch an ihrem Handy. Hast du was rausgekriegt?«

»Also ... ich. Bislang kein Treffer, aber ich mache weiter. Ich melde mich, sobald ich was weiß.«

»Okay, danke. Noch etwas.«

»Ja?«

»Falls es wirklich so sein sollte, du weißt schon, dass sie eine Dummheit begangen hat oder so, will ich trotzdem, dass sie von sich hören lässt. Irgendwie ist das nicht so toll im Augenblick. Ich mache mir fast Sorgen.«

»Aber im Krankenhaus war sie nicht?«

»Nein, Gott sei Dank.«

*

Nour rief im Restaurant an, das Ylvas ehemaligem Liebhaber gehörte. Es war kurz nach eins, und sie vermutete, dass es gerade aufgemacht hatte. Sie nannte ihren Namen und bat darum, mit Bill Åkerman sprechen zu dürfen. Glücklicherweise war er da, was die Wahrscheinlichkeit, dass er die Nacht mit Ylva verbracht hatte oder wusste, wo sie war, verringerte, aber Nour wollte sich in jedem Fall Gewissheit verschaffen.

»Ja.«

Seine Stimme war so aggressiv wie seine ganze Person.

»Hallo, ich heiße Nour, ich bin eine Kollegin von Ylva Zetterberg.«

Bill wartete, ohne etwas zu sagen.

»Wir sind uns schon mal begegnet«, fuhr Nour fort, »aber ich glaube nicht, dass Sie wissen, wer ich bin.«

»Ich weiß, wer Sie sind.«

Die Stimme war kalt und sachlich und lud weder zu Vertraulichkeiten noch zu einem längeren Gespräch ein.

Trotzdem fühlte sich Nour irgendwie geschmeichelt. Sie fragte sich, ob Bills Erfolg bei den Frauen vielleicht auf seiner sozialen Inkompetenz beruhte. Oder war es einfach Desinteresse? Bill wirkte uninteressiert, und das weckte bei Frauen, die Aufmerksamkeit gewöhnt waren, einen gewissen Ehrgeiz.

»Sie müssen entschuldigen, dass ich einfach anrufe, aber es handelt sich um einen Notfall. Ylva ist verschwunden. Sie ist gestern nicht nach Hause gekommen. Ihr Mann hat mich angerufen und mich gefragt, ob ich eventuell weiß, wo sie sein könnte.«

»Ich habe keine Ahnung.«

»Sie war also nicht bei Ihnen?«

»Was zum Teufel hätte sie hier zu suchen gehabt?«

»Ich weiß, dass Sie ...«

»Das ist schon hundert Jahre her. Sonst noch was?«

»Nein.«

Bill legte auf. Nour blieb mit dem Hörer in der Hand sitzen. Ihr erster Impuls war, sich zu dem Restaurant zu begeben und sich zu entschuldigen. Ihr war nicht wohl in ihrer Haut, sie fühlte sich wie ein sensationslüsternes Waschweib.

Ylva würde ausrasten, wenn sie erfuhr, dass sie Bill angerufen hatte.

Nour schämte sich. Sie hatte sich von Mikes Unruhe anstecken lassen. Statt ihn zu beruhigen, hatte sie die Hysterie noch einen Schritt weiter getrieben.

Wusste Mike überhaupt, dass seine Frau mit Bill eine Affäre gehabt hatte? Nour war sich nicht sicher.

Wenn Ylva nicht bald auftauchte, dann würde Mike wieder anrufen und von ihr wissen wollen, mit wem sie gesprochen hatte. Sie konnte ihm nicht sagen, dass sie nur bei Bill angerufen hatte. Sie war gezwungen, noch ein paar weitere Leute anzurufen, um einige Namen nennen zu können, obwohl sie schon jetzt wusste, dass diese Leute keine Ahnung haben würden, wo Ylva sich aufhielt. Diese Anrufe würden sie nur noch mehr als hysterisches Klatschmaul erscheinen lassen.

Nour war sauer. Warum musste sie sich um Ylvas Angelegenheiten kümmern? Schließlich war nicht sie es, die sich durch die Betten vögelte.

18. Kapitel

Sanna hob sich die längste Fritte bis zum Schluss auf.
»Schau mal«, sagte sie und hielt sie in die Luft.
»Oh! Wirklich lang«, sagte Mike.
Er sah Sanna rasch an und schaute dann wieder auf die Straße. Er fuhr gerade durch den Kreisverkehr auf die Autobahn.
»Ich hatte schon längere«, meinte Sanna weltgewandt. »Eine war superlang.«
»Noch länger als die?«, fragte Mike.
»Viel länger. Doppelt so lang.«
»Ist das wahr?«
»Vielleicht nicht gerade doppelt so lang.«
»Aber lang?«
»Ja.«
Sanna schob sich die Fritte zufrieden in den Mund.
Mike überlegte, ob er durch die Stadt fahren und seine Mutter bitten sollte, sich ein paar Stunden um Sanna zu kümmern. Damit er ungestört herumtelefonieren und Leute aushorchen konnte. Und Sanna würde der Auftritt erspart bleiben, der fällig war, falls es Ylva irgendwann behagte wiederaufzutauchen. Dann würde er sich aller-

dings den Fragen seiner Mutter aussetzen und sich ihre Vorwürfe anhören müssen. Ylva und sie begegneten einander zuvorkommend, aber diese Freundlichkeit kostete Kraft, und Mike wollte das Gleichgewicht nicht stören.

Eigentlich müsste er die Polizei verständigen. Nicht weil er das für nötig hielt, sondern weil Ylva es nicht besser verdient hatte. Das verlieh der Angelegenheit einen gewissen Ernst und unterstrich das Bild von ihm als dem Betrogenen. Das Gegenteil – dass er den Verdacht hegte, betrogen zu werden, aber nicht agierte – war unangenehmer.

Er beschloss, nach Hause zu fahren. Mit größter Wahrscheinlichkeit erwartete ihn Ylva dort bereits.

Mike redete sich das ein und bog in Berga Richtung Norden ab.

*

Die Haustür war abgeschlossen, und es standen auch keine weiteren Schuhe in der Diele. Trotzdem rief Mike.

»Hallo?«

Sanna schaute zu ihm hoch.

»Ist Mama immer noch nicht zu Hause?«

Mike schüttelte kurz den Kopf.

»Wo ist sie?«

»Ich weiß es nicht.«

»Weißt du das nicht?«

Mike antwortete nicht.

»Ist sie weg?«

Sanna sagte das wie im Scherz.

»Nein, nein, sie ist nicht weg«, erwiderte Mike und zwang sich zu einem Lächeln. »Irgendwo ist sie natürlich.«

»Aber wo?«

»Vermutlich bei einer Freundin.«

Er schaute auf die Uhr. Viertel vor zwei.

»Ich muss ein paar Leute anrufen«, sagte er.

»Du telefonierst die ganze Zeit.«

»Ich muss. Kannst du nicht eine Freundin besuchen?«

»Welche?«

»Vielleicht Klara?«

»Die ist nicht zu Hause.«

»Und was ist mit Ivan?«

»Ich will auf Mama warten.«

»Dann sei so nett und schau dir den Film zu Ende an. Ich komme, wenn ich mit dem Telefonieren fertig bin.«

Sanna seufzte und verschwand.

Mike wartete, bis er die Geräusche des Films hörte, und rief dann Nour an.

»Mit wem hast du gesprochen?«, fragte er, nachdem sie ihm erklärt hatte, niemand wisse etwas.

»Mit Pia und Helena«, meinte Nour. »Ich wusste nicht, wen ich sonst anrufen soll.«

Mike nahm seinen Mut zusammen.

»Könnte sie bei diesem Restauranttypen sein?«

Er lachte aufgesetzt, als er das sagte, als mache er einen Witz und als sei das im Grunde undenkbar.

»Nein«, antwortete Nour. »Ich habe ihn sicherheitshalber auch angerufen. Sie waren nicht zusammen.«

Mike war erleichtert, auch wenn das womöglich bedeutete, dass ihn seine Frau mit einem weiteren Mann betrog.

»Um wie viel Uhr habt ihr euch gestern getrennt?«, fragte Mike.

Nour holte tief Luft und atmete dann seufzend aus.

»Das muss ungefähr Viertel nach sechs gewesen sein.«

»Sie hätte also um sieben zu Hause sein müssen, wenn sie direkt nach Hause gefahren wäre?«, meinte Mike.

»Ich vermute.«

»Und sie ist den Abhang hinuntergegangen?«

»Sie sagte, dass sie nach Hause will.«

»Ich werde wohl doch bei der Polizei anrufen müssen«, meinte Mike.

Nour fand, dass er verlegen klang, fast so, als wolle er sie um Rat bitten. Sie wusste nicht, was sie antworten sollte. Mike brach selbst das Schweigen.

»Ich habe einen Freund in Stockholm. Er hat das Schloss angepinkelt. Er war im Café Opera gewesen und torkelte die Skeppsbron entlang nach Hause, als er sich erleichtern musste. Und das hat er dann ausgerechnet bei diesem Brunnen gemacht, du weißt schon. Die Polizei hat ihn über Nacht eingesperrt. Er durfte nicht mal zu Hause anrufen. Seine Freundin erwartete ihn mit dem Nudelholz, weil sie glaubte, er habe eine Affäre.«

Die Geschichte passte nicht in den Zusammenhang, und er sprach angestrengt, als müsse er sich selbst überzeugen. Mike war einem Zusammenbruch nahe.

»Ich meine, so etwas könnte es auch sein.«

Ja, dachte Nour, falls Ylva ein Mann wäre und wenn es

ein Schloss gäbe, gegen das man pinkeln könnte, dann schon.

»Natürlich«, erwiderte sie, »so könnte es sein. Ich denke, es ist wirklich das Beste, wenn du die Polizei verständigst.«

»Sicherheitshalber«, entgegnete Mike.

19. Kapitel

Ylva starrte auf den Monitor. Mike und Sanna waren zurück, das Auto stand wieder in der Auffahrt. Gute hundert Meter von ihr entfernt saß ihr geliebter, geduldiger und etwas langweiliger Mann und fragte sich, wohin sie verschwunden war. Ylva sehnte sich dorthin.

Sie wickelte das Küchenkrepp von einer Haushaltsrolle und ließ es zu Boden fallen. Dann nahm sie die leere Papprolle und stellte sich aufs Bett. Sie rief in die Rolle und hoffte, durch den gelenkten Schall die Aufmerksamkeit Vorbeigehender zu wecken. Den Blick auf den Fernsehbildschirm gerichtet, wartete sie gespannt.

Als das erste Paar vorbeikam, schrie sie, so laut sie konnte. Leider fuhr gleichzeitig ein Auto vorbei und übertönte das leise Geräusch, das sie eventuell erzeugt hatte. Als Nächster kam ein Jogger, der Musik hörte, er war nicht einmal die Mühe wert. Anschließend kam ein älteres Paar, das tatsächlich stehen blieb, woraufhin Ylva noch lauter schrie, damit sie begriffen, dass etwas nicht in Ordnung war. Sie standen wirklich da und betrachteten das Haus. Ylva war sich sicher, dass sie sie hörten, ohne zu begreifen, wo das Geräusch herkam. Sie sahen allerdings nicht besonders verwundert aus, und nach einer Weile gingen sie trotz Ylvas lauter Hilferufe weiter.

Sie konnten sich natürlich nicht vorstellen, dass das neu zugezogene Ehepaar einen Menschen im Keller gefangen hielt.

Ylva versuchte stattdessen zu lauschen. Sie hielt die leere Papprolle vors Ohr und drückte sie gegen die Luftschlitze. Sie hörte einen elektrischen Ventilator, aber von draußen hörte sie nichts. Ein paar Autos fuhren vorbei, ohne dass das Motorengeräusch im Keller zu hören gewesen wäre.

Als schließlich Lelle, Virginias lächerlicher Mann, lautlos auf seiner Harley-Davidson ohne Schalldämpfer vorbeirollte, verstand sie, dass der Keller von der Umwelt abgeschirmt war, zumindest was die Geräusche anging.

Es war unfassbar. Da baute jemand einen Würfel unter sein Haus, mit Luftzufuhr und Abluft, Wasser und Abwasser, aus dem nicht das leiseste Geräusch nach draußen drang.

Ylva ermahnte sich, konstruktiv zu denken. Sie konnte also nicht mithilfe ihrer Stimme auf sich aufmerksam machen. Statt weiter ihre Gedanken daran zu verschwenden, wie das möglich sein konnte, musste sie nach anderen Lösungen suchen.

Hätte sie ein Feuerzeug oder Streichhölzer gehabt, hätte sie das Küchenkrepp anzünden können. Der Rauch würde nach draußen dringen und hoffentlich bemerkt werden. Der Nachteil dieser Methode wäre aber auch, dass sie selbst eine Rauchvergiftung riskierte oder womöglich in den Flammen umkam. Und falls der Abluftkanal in einem Schornstein mündete, würde der Rauch kein Aufsehen erregen, nicht einmal jetzt, wo es draußen warm war. Die Leute würden denken, dass das neu zugezogene Paar etwas im offenen Kamin verbrannte, und nicht weiter darüber nachdenken.

Es war sehr wahrscheinlich, dass die Abluft im Schornstein mündete. Das erklärte auch, warum ihre Schreie von niemandem gehört wurden.

Und weiter? Feuer, Luft ... Wasser.

Im Badezimmer gab es Wasser. Es floss durch Rohre und verschwand im Abfluss. Konnte sie irgendeine wasserbeständige Mitteilung im Klo runterspülen und darauf hoffen, dass man sie in der Kläranlage bemerkte? Sie sah Tampons, Kondome und Wattestäbchen in einem Brei aus Fäkalien und Toilettenpapier vor sich. Das lud kaum zu näherer Betrachtung ein.

Papier. Sie könnte die Toilette verstopfen und für eine Überschwemmung sorgen. Dann mussten sie die Tür öffnen.

Sie hörte ein Geräusch. Ein Schlüssel wurde in die Stahltür gesteckt, die sie von der Umwelt trennte.

Sie sah sich um, packte das abgeschlagene Stuhlbein und hielt es vor sich.

Sie war bereit.

*

Der Polizist, der Mikes Anzeige telefonisch entgegennahm, war ruhig und verständnisvoll. Er fragte, ohne dass es peinlich geworden wäre, ob Ylva niedergeschlagen gewesen sei, ob sie früher schon einmal verschwunden sei, ohne sich zu melden, ob Mike und sie sich vielleicht gestritten hätten oder ob es bei ihnen zu Hause Meinungsverschiedenheiten gegeben habe.

»Sie verließ also ihre Arbeitskolleginnen kurz nach sechs und sagte, dass sie nach Hause fahren würde?«, fragte er, als Mike geendet hatte.

»Ja.«

»Und Ihnen teilte sie mit, sie wolle ausgehen?«

»Sie hatte so etwas erwähnt, aber es war noch nicht sicher.«

»Und wann haben Sie das letzte Mal miteinander gesprochen?«

»Gestern in der Früh, bevor sie zur Arbeit ging.«

»Und ihr Handy ist jetzt ausgeschaltet?«, fragte der Polizist.

Mike hörte selbst, wie das klang. Sie hatte die Nacht mit ihrem Liebhaber verbracht. Es war wunderbar gewesen, und sie wollte den Zauber noch etwas genießen, bevor die Schuldgefühle kamen und Porzellan zerschlagen wurde.

»Die Sache ist die«, sagte der Polizist. »Wir bekommen solche Anrufe fast täglich. Fast immer tauchen die Verschwundenen innerhalb von vierundzwanzig Stunden wieder auf. Ihre Frau ist jetzt seit zwanzig Stunden verschwunden. Ich schlage Folgendes vor: Wenn sie sich im

Laufe des Abends nicht meldet, rufen Sie wieder an. Ich bin bis neun Uhr hier.«

Der Polizist gab Mike die Durchwahl.

»Noch etwas«, meinte er abschließend. »Wenn sie nach Hause kommt, bleiben Sie gelassen, machen Sie keine Dummheiten.«

»Nein«, antwortete Mike gehorsam wie ein Erstklässler.

»Denken Sie daran, dass morgen auch noch ein Tag ist.«

»Ja.«

Mike nickte sogar, während er den Telefonhörer ans Ohr drückte.

»Gut«, sagte der Polizist. »Dann hoffe ich, dass ich nicht mehr von Ihnen höre. Alles Gute.«

Mike legte mit dem Gefühl auf, das Richtige getan zu haben. Er hatte Nour angerufen, und die wiederum hatte ihre Freundinnen und diesen schmierigen Restaurantbesitzer gefragt. Er hatte beim Krankenhaus und jetzt auch bei der Polizei angerufen. Er konnte nichts weiter tun.

Mike ging zu seiner Tochter ins Wohnzimmer. Sie sah ihn an.

»Wann kommt Mama?«

»Sie kommt bestimmt bald. Jeden Augenblick, kann ich mir denken.«

»Glaubst du, sie hat was gekauft?«

»Was? Nein, das glaube ich nicht.«

Mike schaute auf den Fernseher und hoffte, dass Sanna das auch tun würde. Er wollte nicht, dass sie ihn so schwach erlebte.

Im nächsten Augenblick überkam ihn ein Gefühl der Schuld. Das Gefühl, bislang alles richtig gemacht zu haben, wurde von einem Gefühl der Reue abgelöst. Wie ein Erstklässler war er zur Lehrerin gelaufen und hatte gepetzt. Er sah Ylvas vorwurfsvollen Blick vor sich.

Eine einzige, verdammte Nacht, konnte sie keine einzige verdammte Nacht für sich haben?! Ohne dass er hysterisch wurde und sich wie ein Idiot benahm.

»Wollen wir einen Turm bauen?«

»Lego«, gab Sanna zurück.

»Okay, Lego.«

20. Kapitel

Gewalt/Androhung von Gewalt

Gewalt und Androhung von Gewalt sind im Leben des Opfers allgegenwärtig. Das Opfer, das weiter gegen sein Schicksal ankämpft, wird der Gewalt ausgesetzt. In Fällen, in denen sich Opfer weigern nachzugeben, können die Misshandlungen so brutal ausfallen, dass sie zum Tode führen.

Der Mann lächelte, als er die Tür öffnete und Ylva mit einem erhobenen spitzen Stuhlbein bewaffnet sah. Das war nicht die Reaktion, auf die Ylva gehofft hatte.
»Lassen Sie mich raus«, sagte sie.
Sie hätte sich gewünscht, dass ihre Stimme mehr Kraft hatte. Der Mann machte die Tür hinter sich zu.
»Ich habe gesagt: Lassen Sie mich raus!«
Jetzt klang sie verzweifelt. Der Mann antwortete nicht. Die Tür schnappte zu. Ylva fuchtelte drohend mit dem Stuhlbein vor sich herum.
»Der Schlüssel! Her mit dem Schlüssel!«
Der Mann hielt den Schlüsselbund vor sich in die

Höhe. Die Situation amüsierte ihn, und es fiel ihm schwer, das zu verbergen.

»Fallen lassen.«

Der Mann tat, was Ylva sagte.

»Gehen Sie weg.«

Sie fuchtelte weiter mit dem Stuhlbein.

»Küche?«, meinte er und deutete fragend auf die Kochnische.

Ylva sah ein, dass das keine gute Idee war. Der Abstand zur Tür war nicht groß genug.

»Badezimmer«, befahl Ylva und trat einen Schritt zurück, um ihn vorbeizulassen.

Er nickte und ging ins Badezimmer.

»Tür zumachen.«

Er gehorchte.

»Und abschließen«, rief Ylva.

Er verriegelte die Tür. Ylva sah sich hektisch nach etwas um, womit sie von außen die Tür blockieren konnte, aber nur der von ihr zerschlagene Stuhl hätte sich geeignet.

Sie beugte sich vor und nahm den Schlüsselbund auf, ohne das Stuhlbein loszulassen. Mit zitternden Händen suchte sie nach dem richtigen Schlüssel. Es gab zwei, die passen könnten. Sie steckte den ersten ins Schloss. Er ließ sich nicht herumdrehen. Sie zog ihn heraus, der Schlüsselbund fiel zu Boden, und sie hob ihn auf.

Der zweite Schlüssel passte gar nicht erst ins Schlüsselloch. Sie versuchte es noch einmal mit dem ersten. Sie hatte ihn gerade wieder ins Schlüsselloch geschoben, als die Badezimmertüre geöffnet wurde.

»Brauchst du Hilfe?«

Ylva drehte sich um und hielt das Stuhlbein mit ausgestreckten Armen vor sich hin.

»Ich schlage zu, ich schwöre, ich schlage zu.«

Der Mann öffnete die Badezimmertüre und trat auf sie zu. Er steckte die Hand in die Hosentasche und zog einen einzelnen Schlüssel heraus.

»Ich glaube, du hast den falschen«, meinte er.

»Her damit!«

Der Mann trat lächelnd zurück.

»Du musst ihn mir schon abnehmen.«

Ylva folgte ihm. Sie hob die Arme über den Kopf und stürzte auf ihn zu. Er stieg mit einem raschen Schritt auf das Bett.

»Das ist lustig«, sagte er. »Fast wie früher, als man noch ein Kind war.«

»Lassen Sie mich raus, Sie verdammter Irrer.«

»Selbstverständlich. Du musst dir nur den Schlüssel holen.«

Er hielt ihn aufreizend vor sich. Ylva stieg auf das Bett, der Mann blieb stehen.

»Her damit.«

»Nimm ihn dir.«

»Legen Sie ihn hin«, sagte Ylva. »Legen Sie den Schlüssel hin.«

»Nimm ihn dir.«

»Ich steche zu.«

»Komm schon, nimm den Schlüssel.«

Ylva stieß mit dem Stuhlbein zu und traf den Mann an

der Hand. Sie blutete. Er betrachtete seine Hand und das hervorquellende Blut.

»Das hat wehgetan«, sagte er und leckte sich das Blut von der Hand.

»Ich stoße wieder zu«, schrie Ylva. »Ich tue das. Geben Sie mir den Schlüssel. Sofort!«

Der Mann nahm die Hand vom Mund. Sein bislang amüsierter Gesichtsausdruck war plötzlich verärgert.

»Okay. Jetzt reicht's.«

Er streckte die Hand aus, um Ylva das Stuhlbein wegzunehmen. Sie stieß es erneut in seine Richtung. Er packte ihren Arm und hielt ihn fest. Mit der anderen Hand entriss er Ylva das Stuhlbein, warf es beiseite und schleuderte sie aufs Bett.

»Ich muss dich, verdammt noch mal, erziehen.«

Er setzte sich auf ihre Oberschenkel, zog ihre Jeans herunter und drosch mit der Handfläche auf ihren Hintern ein. Er schlug, bis die Haut rot war, dann riss er ihr die Hose ganz herunter und vergrub seine Hand in ihrem Schoß.

Sie hörte ihn seine eigenen Jeans aufknöpfen.

*

Mike steckte die Legosteine an der Kante der Grundplatte aufeinander. Sanna betrachtete sein Werk kritisch.

»Brauchst du keine Fenster?«

»Ich finde keine.«

»Du kannst doch einfach eine Öffnung haben. Wenn man ein Fenster hat, wird einem nie langweilig.«

Mike betrachtete seine altkluge Tochter. Sie bemerkte es.

»Die Lehrerin sagt das«, erklärte sie. »Das ist ein Sprichwort.«

Das passt zu dieser fürchterlichen Klatschtante, dachte Mike. Sie fragte die Kinder ganz schamlos aus, was für einer Arbeit die Eltern nachgingen, was für ein Auto sie fuhren oder so etwas.

»Du hast recht«, meinte er und nahm ein paar Steine weg. »Wenn man ein Fenster hat, wird es einem nie langweilig.«

»Und eine Tür«, sagte Sanna. »Sonst kommt man nicht rein.«

»Oder raus«, meinte Mike.

»Dazu muss man doch erst mal reingekommen sein, oder?«

»Damit hast du auch wieder recht.«

Mike schaute auf die Uhr. Viertel vor sechs.

»Kommt Mama nicht bald? Ich habe Hunger.«

»Sie kommt jeden Moment.«

Sanna seufzte genervt.

»Wir können eine Pizza holen«, sagte Mike und bekam prompt ein schlechtes Gewissen.

Hamburger und Pizza an ein und demselben Tag, das war wirklich keine gesunde Ernährung. Das sollte ihm aber jetzt egal sein. Schließlich war das kein Tag wie jeder andere.

Er stand auf. Seine Muskeln waren ganz steif. Er wusste nicht, ob das an seiner Angespanntheit lag oder weil er anderthalb Stunden mit Legosteinen auf dem Fußboden gesessen hatte.

Er ging in die Küche. Die Speisekarte der Pizzeria war mit einem Magneten am Kühlschrank befestigt. Der letzte Ausweg an tristen Tagen, an denen einem jede Lust und Fantasie abgingen.

»Mit Schinken?«

»Wie immer.«

Mike rief an und bestellte.

»Wenn wir gleich fahren, können wir vorher noch Süßigkeiten kaufen.«

Sanna war schneller auf den Beinen als ein Blitz.

»Können wir auch noch eine DVD ausleihen?«

»Wenn es nicht zu lange dauert. Wäre schade, wenn die Pizza kalt wird.«

Mike sagte das als vorbeugende Maßnahme, da Sanna sich für gewöhnlich die Filme mit einer Sorgfalt aussuchte, als hinge der Weltfrieden von ihrer Entscheidung ab. Obwohl es in neun von zehn Fällen Filme waren, die sie schon einmal gesehen hatte. Die Macht der Gewohnheit.

21. Kapitel

Demütigung

Die Opfer werden mit negativen Beurteilungen gefüttert und gehirngewaschen, bis sie glauben, dass sie keinerlei menschlichen Wert besitzen. Man macht sich über sie lustig, demütigt sie und redet ihnen ein, sie seien widerliche, schmutzige Huren, deren Körper nur einem Zwecke diene. Mit verbalen und physischen Angriffen wird den Opfern das Recht auf den eigenen Körper und auf die eigenen Gedanken genommen.

»Zweimal in weniger als vierundzwanzig Stunden. Wir sind damit praktisch ein Paar.«
    Ylva weinte leise, sie lag mit einer Wange auf dem Bett und starrte an die Wand.
    »Du warst richtig nass.«
    Er stand auf und knöpfte sich die Hose zu.
    »Ich habe noch nicht einmal deine Brüste gesehen.«
    Er gab ihr einen Klaps auf die Wade.
    »Dreh dich um. Ich will mir deine Brüste anschauen.«
    Ylva lag reglos da. Der Mann stützte sich mit einem

Knie auf dem Bett ab, packte sie an der Hüfte und drehte sie um.

»Deine Brüste. Mach es dir nicht noch schwerer. Glaubst du etwa, ich hätte noch nie Brüste gesehen?«

Ylva zog mit abgewandtem Gesicht den Pullover hoch.

»Setz dich hin, damit ich was sehen kann. Jeder Busen ist platt, wenn man auf dem Rücken liegt.«

Er zog sie an einem Arm hoch und trat einen Schritt zurück.

»Hoch mit dem Pullover. Den BH auch. Hier wird nicht geschummelt.«

Er wackelte mit dem Kopf hin und her und verzog das Gesicht wie ein skeptischer Pferdehändler.

»Du bist mager«, meinte er schließlich. »Das sind alle Weiber hier draußen. Du musst ein paar Kilo zunehmen. Das ist anfangs vielleicht nicht so einfach bei dem ganzen Stress, aber du wirst dich schon noch daran gewöhnen.«

Er setzte sich aufs Bett.

»Ich glaube, ich weiß, was du denkst. Du versuchst, herauszufinden, wie du hier wegkommst. Du denkst über die Ungerechtigkeit nach, dass wir dich gegen deinen Willen hier festhalten. Du starrst auf den Fernseher und erwartest, dass irgendetwas passiert, etwas Dramatisches, das zu deiner Befreiung führt. Das ist natürlich.« Nach einer kurzen Pause fuhr er fort. »Glaube mir, ich will deinen Träumen und Fantasien nicht im Wege stehen. Aber je früher du dich einlebst und deine Situation akzeptierst, desto leichter wird es.«

Er fasste sie am Kinn und hob ihren Kopf hoch. Sie sah ihm ins Gesicht, ohne sein Lächeln zu erwidern.

»Sie sind gestört«, sagte sie.

Der Mann zuckte mit den Achseln.

»Wenn es dir gelingt, hier rauszukommen, was ich stark bezweifle, dann geistere ich vermutlich eine Woche lang durch die Schlagzeilen. Aber weißt du, wenn man von einem Unglück, einem Verlust heimgesucht wird, dann verändert sich das ganze Leben. Dinge, die wichtig waren, werden unwichtig, und was man als Unsinn abgetan hat, vereinnahmt einen vollkommen.«

Er tätschelte ihren Unterarm und stand auf.

»Du wirst bescheiden werden. Du kannst es dir vielleicht jetzt noch nicht vorstellen, aber ich verspreche dir, eines Tages bist du so weit. Und die Reise dorthin unternehmen wir gemeinsam.«

*

Sie aßen die Pizza direkt aus dem Karton.

»Vergiss nicht den Salat«, sagte Mike versuchsweise.

»Ich mag keinen Pizzasalat«, wandte Sanna ein.

Mike drängte nicht weiter. Er hatte mit schmeichelnder Stimme »Milch?« gesagt, als er die Pizza auf den Tisch gestellt hatte, aber kapituliert, als Sanna mit Nachdruck »Es ist Samstag« erwidert hatte.

Mike hatte Sannas Pizza in Stücke geschnitten. Während sie aß, betrachtete sie das Cover der DVD »Ein Zwilling kommt selten allein«, ein Film über Zwillingsschwestern, die ohne voneinander zu wissen heranwachsen, die eine bei der Mutter in England, die andere bei dem Vater in den USA. Nachdem sie sich in einem Sommerlager kennengelernt haben, beschließen sie, die Plätze zu tauschen. Als der Vater plant, eine Frau zu heiraten, die nur auf sein Geld aus ist, wissen die Zwillinge das gemeinsam zu verhindern.

Einer der besten Filme überhaupt, fand Sanna. Mike war ganz ihrer Meinung.

Von Sannas Pizza tropfte das Fett.

»Hier«, sagte Mike und reichte ihr ein Stück Küchenkrepp. »Es tropft.«

Sanna nahm das Papier und wischte sich unbeholfen die Hände ab. Mike wollte schon eingreifen, als er sich plötzlich an die verärgerte Bemerkung seines eigenen Vaters erinnerte: »Ja, merkst du denn nicht selbst, dass deine Finger ganz klebrig sind?!«

»Du kannst dir die Hände waschen, wenn du fertig bist«, sagte er mit sanfter Stimme.

»Okay.«

Wie immer hatte Mike seine Pizza aufgegessen, bevor Sanna noch die erste Ecke bewältigt hatte. Er drängte sie, noch ein weiteres Stück zu essen, das er auf einen Teller legte. Anschließend stellte er sein Glas und sein Besteck in die Spülmaschine und ging aus dem Haus, um die Pizzakartons direkt in die Mülltonne zu werfen.

Die Gemeinde Helsingborg hatte im Rahmen einer ehrgeizigen Umweltschutzaktion beschlossen, dass der Abfall in seine atomaren Bestandteile zerlegt werden sollte.

Das Ganze war die reinste Wissenschaft mit Dutzenden verschiedener Plastikbehälter. Die Männer von der Müllabfuhr nahmen sich deswegen plötzlich so wichtig, dass sie sich weigerten, Tonnen zu leeren, die nicht rechtzeitig zur Leerung an den Straßenrand gestellt wurden.

Mike zerriss die Kartons in handliche Stücke und blieb noch eine Weile vor dem Haus stehen, um die frische Luft einzuatmen, nicht ahnend, dass ihn seine weinende Frau knapp hundert Meter von ihm entfernt auf einem unscharfen Monitor beobachtete.

22. Kapitel

»Ich gehe davon aus, dass du nicht über diese Sache schreiben wirst?«

Erik Bergman schaute Calle Collin amüsiert an. Die kluge, großherzige Frau hatte das Treffen eingefädelt.

»Anders Egerbladh und ich sind in dieselbe Klasse gegangen«, sagte Calle.

Erik Bergman nickte interessiert.

»Und wie war er?«

»Er war ein Schwein.«

»Mir ist die Bezeichnung Tagungsficker zugetragen worden«, meinte Bergman.

»Das war er vermutlich auch«, meinte Calle. »Der Ehrlichkeit halber muss ich jedoch sagen, dass ich ihm in erwachsenem Alter nie mehr begegnet bin. Vielleicht hat er sich ja verändert.«

Erik Bergman sah ihn skeptisch an.

»Und ist ein guter Mensch geworden«, meinte Calle. »Ich kann es mir nicht so recht vorstellen.«

»Was möchten Sie wissen?«, fragte Bergman.

»Ich habe Ihre Artikel im Internet gelesen«, meinte Calle, »und möglicherweise habe ich etwas missverstanden, aber ich hatte das Gefühl, dass Sie mehr wissen, als Sie verlauten lassen haben.«

»Warum interessiert Sie das alles?«

Calle zuckte mit den Achseln und schüttelte gleichzeitig den Kopf.

»Neugier. Es klang so theatralisch. Hammermord. Bestialisch.«

»In diesem Fall war es eine zutreffende Bezeichnung. Wir hatten Probleme, unter welcher Rubrik wir den Fall laufen lassen sollten. Wir erwogen erst ›Mord in der Fjällgatan‹ oder ›Treppenmord‹. Hammermorde gab es schließlich schon einige. Aber dieser war wirklich spektakulär. Wie gesagt: Anders Egerbladh war ein richtiger Stecher. Er selbst war geschieden, aber die meisten Frauen, die er im Internet kennenlernte, waren verheiratet. Ich weiß nicht, ob ihm das einen zusätzlichen Kick gab oder ob verheiratete Frauen im Internet überrepräsentiert sind. Jedenfalls musste die Polizei eine halbe Kompanie abstellen, um alle betrogenen Ehemänner zu verhören.«

»Und?«

»Nichts. Kein Treffer. Die Auswertung seines Handys und seines Mailkontos ergab, dass er sich mit einer Frau im Gondolen verabredet hatte. Die rief auf den letzten Drücker bei ihm an, wahrscheinlich um ihn zu bitten, zu ihr nach Hause zu kommen. Nach dem Telefonat verließ er das Restaurant, kaufte unten am Slussen einen Strauß Blumen und begab sich in die Fjällgatan.«

»Es war also eine Falle?«

»Zweifellos. Die Frau gab es nicht wirklich. Sie hatte

ihn von einem Prepaidhandy aus angerufen, und die Mails waren von öffentlich zugänglichen Computern in der Stadt geschickt worden. Das Bild bei der Kontaktbörse war von einem ausländischen Blog runtergeladen worden.«

»Die Artikel haben bei mir den Eindruck hinterlassen, dass die Gewalt eher, wie soll ich mich ausdrücken, männlich gewesen sei.«

Erik Bergman nickte.

»Ich glaube, Sie würden gut in die Nachrichtenredaktion passen. Die Polizei ging davon aus, dass der Mord von einem Mann verübt wurde, aber dass eine Frau Anders Egerbladh an den Tatort gelockt hatte.«

»Und keinerlei Spuren?«

»Nein. Das Einzige, was sie mit Sicherheit sagen konnten, war, dass der Mord mit größter Überzeugung verübt wurde.«

23. Kapitel

Als Mike das Haus betrat, nachdem er die Pizzakartons weggeworfen hatte, wusste er, was er tun musste.

Vorsichtig schloss er die Tür zwischen Küche und Wohnzimmer und wählte.

»Kristina.«

»Hallo, Mama.«

Mike erzählte, dass Ylva seit über vierundzwanzig Stunden verschwunden war und dass weder Freunde, Polizei noch Krankenhaus wussten, wo sie sich befand.

»Ist ihr etwas zugestoßen?«, fragte sie.

»Wenn ich das wüsste«, erwiderte Mike. »Ich will, dass du dir ein Taxi nimmst und hierherkommst. Ich will, dass du hierbleibst, bis Ylva zurück ist.«

Zwanzig Minuten später traf Kristina mit gehetztem Gesichtsausdruck ein. Sie begrüßte Sanna rasch und mit affektierter Stimme und ging dann zu ihrem Sohn in die Küche. Sie hatte tausend Fragen.

»Ich weiß es nicht, Mama«, antwortete Mike auf jede ihrer Fragen. »Ich weiß es nicht.«

»Könnte sie …?«

Mike hob die Hände und schloss entnervt die Augen.

»Mama, bitte. Ich weiß nichts. Könntest du nicht einfach so nett sein und dich um Sanna kümmern, während ich bei der Polizei anrufe?«

Es war zu spät. Sanna stand bereits in der Tür.

»Warum willst du die Polizei anrufen?«, fragte sie.

Mike trat auf sie zu, beugte sich vor und lächelte, um nicht in Tränen auszubrechen.

»Weil ich nicht weiß, wo Mama ist.«

Sanna verstand ihn nicht und sah ihre Großmutter fragend an, als sei diese eine zuverlässigere Informationsquelle als ihr Vater.

»Ist sie weg?«

Mike beantwortete die Frage für seine Mutter.

»Nein, nein«, sagte er. »Weg ist sie nicht. Irgendwo ist sie natürlich. Aber sie hat nichts von sich hören lassen, und ich will wissen, wo sie steckt. Da ist weiter nichts dabei. Wenn du dir jetzt zusammen mit Oma den Film anschaust, kann ich in Ruhe telefonieren.«

»Aber ich will, dass Mama nach Hause kommt.«

»Mama kommt nach Hause«, sagte Kristina. »Deswegen muss Papa jetzt telefonieren. Komm, Kleine, wir gehen jetzt den Film anschauen.«

Sie streckte die Hand aus, und Sanna begann zu weinen. Mike hob sie rasch hoch und drückte sie an sich.

»Ganz ruhig, mein Schatz, keine Gefahr. Mama ist bald zu Hause. Alles ist in Ordnung. Mama kommt bald.«

✻

Sie saßen um den Küchentisch. Mike hatte Kaffee angeboten, und die Beamten hatten abgelehnt, wegen der späten Stunde. Die Polizistin hatte um ein Glas Wasser gebeten. Kristina hatte ihr eines hingestellt und sich anschließend als Zuhörerin an die Spüle gelehnt. Sanna saß schweigend auf dem Schoß ihres Vaters und verfolgte mit großem Ernst das Gespräch.

Die Beamtin lächelte sie an, ihr Kollege stellte die Fragen und schrieb die Antworten auf.

»Okay. Ich fasse jetzt noch einmal zusammen. Ihre Ehefrau hat gestern kurz nach achtzehn Uhr ihren Arbeitsplatz verlassen und ist seither verschwunden?«

Mike nickte. Der Polizist betrachtete seine Notizen und fuhr fort:

»Ihren Kollegen hat sie gesagt, sie mache sich auf den Heimweg. Zu Ihnen hatte sie jedoch gesagt, dass sie mit ihren Kollegen noch ein Glas Wein trinken würde?«

Der Polizist stützte seinen Stift auf seinem Block auf und schaute zu Mike hoch, ohne den Kopf zu heben.

»Nein, sie hat gesagt, dass sie *vielleicht* noch was trinken gehen würde. Morgens beim Frühstück.«

»Geht sie häufiger mit ihren Kollegen aus?«

»Sie hatten einen Abgabetermin. Manchmal verzögert sich da was. Wahrscheinlich dachte sie, dass sie es nicht rechtzeitig zum Abendessen nach Hause schaffen würde.«

»Sie haben sich also keine Sorgen gemacht, als sie nicht nach Hause kam?«

Mike schüttelte den Kopf.

»Ich bin davon ausgegangen, dass sie mit ihren Freundinnen unterwegs ist.«

»Haben Sie versucht, sie anzurufen?«

»Erst später, ich wollte nicht ...«

Die Polizistin faltete die Hände auf dem Tisch und beugte sich interessiert vor.

»Was wollten Sie nicht?«

»Ich finde, dass man gelegentlich ruhig mal allein ausgehen kann, auch wenn man verheiratet ist. Wir vertrauen einander.«

»Sie glauben also nicht ...?«

Mit Rücksicht auf Sanna sprach die Polizistin die Frage nicht aus.

»Nein«, erwiderte Mike.

Es wurde eine Sekunde lang still. Das reichte, damit auch bei Kristina der Groschen fiel.

»Sanna, Liebes, hör mal, Papa muss etwas mit den Leuten von der Polizei bereden, allein. Du kannst dir doch schon mal die Zähne putzen.«

»Aber ich will das auch wissen.«

Mike hob Sanna von seinem Schoß.

»Liebes, ich komme sofort.«

»Das ist meine Mama«, klagte Sanna.

Mike und die beiden Beamten lächelten freundlich, bis sie die Küche verlassen hatte. Sie hörten ihre weiteren Proteste und die klugen, beruhigenden Worte ihrer Großmutter.

Mike beugte sich vor und schaute abwechselnd auf den Mann und die Frau.

»Ylva meldet sich«, sagte Mike. »Sie meldet sich immer. Es ist schon vorgekommen, dass sie sich verspätet hat, das stimmt. Und gut, wir hatten unsere Probleme, genau wie alle anderen. Aber, und das ist wichtig, sie meldet sich immer.«

»Ihre Probleme«, meinte die Polizistin vorsichtig. »Denken Sie da an etwas Bestimmtes?«

Mike beherrschte sich. Er konnte es sich nicht erlauben, ausfällig zu werden.

»Nein«, erwiderte er.

*

Sobald die Beamten gefahren waren, kümmerte sich Mike um seine Tochter. Zum ersten Mal hatte Sanna sich deutlich von ihrer Großmutter distanziert und zu verstehen gegeben, dass sie unzureichend war.

Mike legte sich neben seine Tochter, strich ihr übers Haar und tröstete sie, so gut es ging. Er beteuerte, dass Mama sicher bald wieder zu Hause sein würde. Sie sei in keinen Unfall verwickelt, das wisse er, weil er mehrere Male mit dem Krankenhaus telefoniert habe. Mama sei nicht verletzt.

»Lasst ihr euch scheiden?«

»Warum sollten wir?«

»Veras Eltern lassen sich scheiden«, sagte Sanna. »Ihr Papa ist auch weg.«

»Ach so, nein. Wir bleiben zusammen. Das hoffe ich zumindest.«

Sanna begann, mit dem Finger das Muster der Tapete nachzuzeichnen. Eine Viertelstunde später war sie eingeschlafen. Mike ließ die Tür weit offen stehen und ging zu seiner Mutter in die Küche hinunter.

»Ich hoffe, du nimmst dir das nicht zu Herzen?«, sagte er.

»Nein, nein, nein«, versicherte sie. »Ich kann sie gut verstehen.«

»Wie spät ist es?«

Er schaute auf seine Armbanduhr und beantwortete die Frage selbst.

»Elf.«

»Ich setze einen Kaffee auf. Wir können ja sowieso nicht schlafen.«

Mike saß mit gefalteten Händen und starrem Blick am Küchentisch. Er formte seine Lippen zu stummen Worten. Kristina goss zwei Tassen Kaffee ein und nahm ihm gegenüber Platz.

»Willst du nach so einer Sache wirklich noch bei ihr bleiben?«, fragte sie.

Er sah sie streng an.

»Mama, wir wissen nicht, was passiert ist.«

Sie wandte das Gesicht ab.

»Nein, das wissen wir nicht, wohl wahr.«

Sie probierte den Kaffee, stellte die Tasse ab, Stille erfüllte den Raum.

»Mit wem hast du gesprochen?«, fragte sie schließlich.

»Mit Nour.«

»Ihrer Arbeitskollegin?«

»Ja. Und mit Anders und Ulrika, Björn und Grethe, Bengtsson.«

»Und niemand weiß etwas?«

»Nein.«

Seine Mutter rutschte auf dem Stuhl hin und her. Ihr war nicht wohl bei der Frage, die sie stellen wollte.

»Dieser, du weißt schon ...«

Mike hatte seiner Mutter in einem schwachen Augenblick von Ylvas Affäre mit Bill Åkerman erzählt, und zwar hauptsächlich deshalb, weil es sonst niemanden gab, dem er sich hätte anvertrauen können. Er hatte dies zutiefst bereut und das Gefühl gehabt, sein Verrat sei fast noch größer gewesen als Ylvas.

Mike sah seine Mutter an.

»Nein«, sagte er. »Nour hat ihn angerufen. Dort war sie nicht.«

Seine Mutter wechselte das Thema.

»Wen könntest du sonst noch anrufen?«

»Ich will niemanden mehr anrufen. Es ist so schon schlimm genug. Wenn ich daran denke, dass ich vor ungefähr zwei Stunden mit Bengtsson gesprochen habe, würde es mich erstaunen, wenn mittlerweile nicht ohnehin alle Bescheid wüssten.«

»Ich dachte mehr an ihren Arbeitsplatz«, meinte seine Mutter.

»Ich habe mit Nour gesprochen. Das ist ihre engste Freundin.«

»Genau«, antwortete seine Mutter. »Sie ist Ylvas beste Freundin.«

»Mama, hör schon auf. Sie hätte von sich hören lassen. Schließlich muss sie ja keine Angst vor mir haben.«

»Nein, das kann man wirklich nicht sagen.«

»Was soll das heißen?«

Kristina starrte auf die Tischplatte und strich mit einem Finger über die Tischkante.

»Entschuldige«, sagte sie. »Das war dumm. Ich entschuldige mich.«

Mike holte tief Luft und räusperte sich dann.

»Ich brauche deine moralische Unterstützung mehr als deine Hilfe, Mama. Deine moralische Unterstützung.«

24. KAPITEL

Schuld

Viele Opfer werden gezwungen, eine Schuld abzuarbeiten. Sie müssen für die Reise, die Unterkunft, das Bett, die Kondome, das Essen sowie ihren Schutz zahlen. Diese Schuld ist natürlich eine Konstruktion. Das Opfer kann sich niemals freikaufen. Die einzige Chance besteht darin, unrentabel zu sein, aber das ist in der Praxis unmöglich, da es immer eine Neigung gibt, die das Opfer befriedigen kann, zu irgendetwas taugt es immer.

Der Mann und die Frau betraten gemeinsam den Keller. Sie rissen die Tür auf und schlossen sie nicht einmal hinter sich. Ylva lag auf dem Bett. Sie war in ihren Kleidern eingeschlafen. Es dauerte ein paar Sekunden, einen Augenblick der Verwirrung, bis sie einsah, dass ihr Traum nicht Wirklichkeit war, die Hölle, in der sie sich befand, jedoch schon.

Der Mann und die Frau näherten sich dem Bett von beiden Seiten. Ylva versuchte, dem Mann zu entkommen und geriet in die Arme der Frau. Die Frau war kleiner als Ylva, aber es ging hier nicht um Körpergröße. Die Frau schlug ihr ins Gesicht, fest, mit der flachen Hand. Gleichzeitig packte sie der Mann an den Füßen und zog sie zu sich. Ylva fiel auf den Bauch, packte die Bettkante und versuchte, sich zu wehren.

»Versuch ja nicht abzuhauen«, sagte die Frau und löste gewaltsam Ylvas Finger von der Bettkante.

Der Mann zog sie mühelos zu sich her, packte ihre Oberarme, zerrte sie auf die Knie und hielt sie mit festem Griff vor sich fest.

Die Frau kletterte zu ihr aufs Bett. Sie war für ihr Alter erstaunlich gelenkig und schien sich in der gewalttätigen Rolle erschreckend wohlzufühlen. Die Frau kniete sich vor Ylva, die angestrengt atmete und mit dem Blick umherirrte.

»Sieh mich an.«

Ylva hob verunsichert den Blick. Ihr Haar hing ihr ins Gesicht, die Frau schob es ihr hinter die Ohren.

»Hör auf zu keuchen.«

Die Frau sprach ganz leise, sie flüsterte beinahe. Ylva schluchzte ein paarmal auf. Die Frau schloss die Augen und lächelte. Sie wartete.

»Können wir jetzt miteinander reden?«, sagte die Frau so leise, dass es kaum zu hören war.

Ylva nickte schwach.

»Gut.«

Die Frau sah ihren Mann an, und dieser ließ ihre Arme los.

»Es ist ganz einfach«, fuhr sie geduldig, fast didaktisch, fort. »Du bist hier, und du weißt, warum.«

Ylva schlug den Blick nieder.

»Sieh mich an.«

Ylva schaute wieder hoch. Die Frau lächelte sie an und zog die Brauen hoch.

»Du weißt, warum du hier bist.«

»Ich …«

Die Frau legte ihren Finger vorsichtig auf Ylvas Lippen.

»Sch, davon wollen wir nichts mehr hören. Du wirst deine Schuld begleichen. Wir blicken jetzt nach vorne.«

Die Frau drehte sich um und streckte den Arm aus.

»Das hier ist deine Welt«, sagte sie. »Was sich in diesem Raum befindet, steht dir zur Verfügung. Du findest vielleicht, dass das alles nichts wert ist und dass du darauf gut und gerne verzichten könntest. Aber da irrst du dich. Du setzt zu viel als selbstverständlich voraus und siehst das Entgegenkommen nicht.«

Die Frau stieg aus dem Bett.

»Ich werde dir zeigen, was wir von dir erwarten. Wenn du hörst, dass wir kommen, stellst du dich dorthin, damit wir dich durch den Spion sehen können. Wir klopfen. Dann legst du die Hände auf den Kopf, sodass wir sie sehen können. Verstehst du?«

Ylva starrte sie an.

»Du übernimmst leichtere Aufgaben wie Wäschewaschen und Bügeln, aber in erster Linie stehst du zur Verfügung. Mein Mann nimmt dich, wenn ihm danach ist, damit du nie vergisst, warum du hier bist. Du wirst deine Dienste willig und überzeugend ausführen. Im Badezimmer gibt es Körperpflegeprodukte, und wir erwarten, dass du diese benutzt. Hast du verstanden?«

Ylva schaute die Frau an. Der Mann stand schräg hinter ihr.

»Ihr seid doch nicht bei Trost«, erwiderte sie. »Ihr seid vollkommen übergeschnappt. Das ist zwanzig Jahre her. Glaubt ihr, dass Annika jetzt stolz auf euch wäre? Glaubt ihr, sie würde das hier als Wiedergutmachung empfinden?«

Die Frau schlug ihr fest ins Gesicht.

»Du nimmst Annikas Namen nicht in deinen schmutzigen Mund.«

Ylva versuchte, sich auf die Frau zu werfen und sie niederzuschlagen, aber der Mann ging dazwischen, riss ihr den Arm hinter dem Rücken hoch und zwang sie auf die Knie. Die Frau hockte sich ganz nah vor sie hin.

»Wenn du zu fliehen versuchst, kugelt dir mein Mann die Füße aus. Kurz gesagt, dein Leben ist von nun an wie in Tausendundeinenacht. Ohne die lästigen Märchen. Du lebst, solange es uns gefällt.«

*

Ein Herr Karlsson von der Polizei rief am Montagmorgen kurz nach acht an. Mike gab zu Protokoll, dass Ylva sich noch nicht gemeldet und er auch nicht anderweitig etwas über ihren Verbleib erfahren habe.

Mike sagte dies mit einer gewissen Verärgerung, da er am Sonntag bereits etwa zehn Mal mit der Polizei telefoniert hatte. Außerdem hatte er von sich aus bei der Zeitung angerufen, die im Lokalteil eine Notiz veröffentlicht hatte, jedoch ohne Ylvas Namen zu nennen oder ein Foto zu zeigen.

»Man muss nicht immer mit dem Schlimmsten rechnen«, meinte Karlsson. »Jeden Tag gehen einige Hundert Vermisstenmeldungen in diesem Land ein. Jährlich sechs-, siebentausend. Von diesen bleibt nur ein gutes Dutzend auf Nimmerwiedersehen verschwunden. Wobei es sich in der Regel um Ertrunkene und Ähnliches handelt. Kollege Gerda und ich würden gerne bei Ihnen vorbeischauen. Sind Sie in der nächsten Stunde zu Hause?« Gerda erwies sich als Mann. Er hieß mit Nachnamen Gerdin, aber da die Frauenquote in seiner Abteilung niedrig sei, hätten ihn seine Kollegen umgetauft, um das Geschlechterverhältnis auszugleichen, erklärte Karlsson.

Mikes erster Eindruck war, dass Gerda der Nettere der beiden war, aus dem simplen Grund, weil Karlsson die Fragen stellte. Beide wirkten inkompetent oder vielleicht eher resigniert. Als hätten sie im Voraus abgemacht, dass ihre Aufgabe darin bestand, hysterische Angehörige zu beruhigen und im Übrigen abzuwarten.

»Sie haben also eine gemeinsame Tochter?«, fragte Karlsson.

»Ja. Sanna. Meine Mutter hat sie gerade eben zur Schule gebracht.«

»Hier oben? Das gelbe Backsteingebäude?«

Karlsson deutete mit dem Daumen hinter sich.

»Ja. Laröd Skola. Ich hielt es für das Beste, dass alles

seinen normalen Gang geht. Ich wüsste nicht, was ich sonst tun könnte.«

Er sah die Polizisten an und wartete auf ihre Zustimmung. Gerda nickte und wechselte sein Standbein.

»Wie alt ist Ihre Tochter?«, fragte er.

»Sie ist sieben und wird in ein paar Wochen acht. Sie geht in die zweite Klasse.«

»Erzählen Sie noch einmal mit eigenen Worten, was passiert ist«, sagte Karlsson.

Mike sah ihn genervt an. Mit eigenen Worten? Wessen Worte sollte er sonst verwenden?

»Sie ist nicht nach Hause gekommen«, sagte er. »Ich habe Sanna gegen halb fünf vom Hort abgeholt. Wir waren einkaufen und sind dann nach Hause gefahren. Ylva hatte morgens beim Frühstück erwähnt, eventuell nach der Arbeit noch ein Glas Wein trinken zu gehen.«

»Mit den Kollegen?«

»Ja. Sie hatten einen Abgabetermin, und ...«

»Abgabetermin?«

»Sie arbeitet in einer Agentur, die Kundenzeitschriften produziert. Vor dem Abgabetermin müssen noch die letzten Korrekturen ausgeführt werden. Dann gehen die Seiten in die Druckerei. Das zieht sich manchmal in die Länge.«

»Und dieses Mal?«

»Nicht so sehr. Kurz nach sechs waren sie fertig.«

»Und das wissen Sie, weil ...?«

»Wie ich Ihren Kollegen mittlerweile bereits etliche Male erläutert habe, habe ich zuerst Nour angerufen, eine

Kollegin meiner Frau. Die erzählte mir, sie hätten sich um Viertel nach sechs auf der Straße verabschiedet. Nour und die anderen wollten in ein Restaurant weiter. Ylva wollte nach Hause.«

Karlsson nickte nachdenklich.

»Ihnen erzählte sie also, sie wolle mit ihren Kollegen ein Glas Wein trinken gehen, und zu ihren Kollegen sagte sie, sie fahre nach Hause?«

»Sie sagte, dass sie möglicherweise noch ein Glas Wein trinken gehe. Das war nicht sicher.«

Karlsson legte den Kopf schräg und lächelte doch tatsächlich dabei. Mike hätte ihm am liebsten eine reingehauen.

»Mir ist scheißegal, was Sie glauben. Sie haben eine bestimmte Vorstellung, aber Sie irren sich. Okay?«

Karlsson breitete die Arme aus.

»Ich finde es nur seltsam. Ihnen erzählt sie das eine und ihren Kollegen etwas anderes. Finden Sie das nicht auch merkwürdig?«

»Meine Frau ist verschwunden. Sie war weder deprimiert noch selbstmordgefährdet. Soweit ich weiß, ist sie auch von niemandem bedroht worden. Und selbst wenn sie tatsächlich irgendwo einen feurigen Liebhaber versteckt haben sollte, würde sie trotzdem zu Hause bei ihrer Tochter anrufen.«

»Wie kommen Sie auf die Idee, dass sie einen feurigen Liebhaber haben könnte?«

Mike sah die Polizisten an. Er schaute von einem zum anderen. Karlsson lächelte ihn an.

»Sie sind doch nicht ganz bei Trost. Sie sind ja vollkommen übergeschnappt. Finden Sie das etwa komisch? Meine Frau ist verschwunden, ist Ihnen der Ernst der Lage überhaupt bewusst?«

»Wir fragen uns nur, ob es nicht eine Erklärung dafür gibt.«

25. Kapitel

Der Mann und die Frau nahmen die Matratze, die Decke und das Kissen mit und stellten den Strom ab.

Ylva lag mit angezogenen Beinen und mit einem Handtuch zugedeckt auf dem Fußboden. Sie wusste nicht, wie lange. Sie lag unter dem Handtuch und weinte und stand nur auf, um Wasser zu trinken oder zu pinkeln. Als der Strom schließlich wieder eingeschaltet wurde, hatte sie das Gefühl, das Leben würde zurückkehren. Die Lampe an der Decke ging an, und der Fernsehmonitor zeigte wieder das Bild. Draußen war Tag, dem Licht und der geringen Aktivität nach zu urteilen, Nachmittag. Das Auto stand nicht in der Auffahrt. Ylva fragte sich, wo Mike war, was er unternahm. Ob er ihre letzten Schritte nachzuvollziehen versuchte und Zettel mit ihrem Foto aufhängte? Hatte irgendjemand sie in das Auto einsteigen sehen? Ylva glaubte es nicht.

Was hätte sie an Mikes Stelle getan? Über die selbstverständlichen Dinge, wie bei Freunden anrufen, bei der Polizei und im Krankenhaus, hinaus? Sie hätte eine Vermisstenmeldung in der Zeitung aufgegeben und mit den Busfahrern gesprochen, die in der fraglichen Zeit gearbeitet hatten. Sie hätte an jedem Haus zwischen der Bushaltestelle und ihrem Haus angeklopft. Gefragt, ob ihn jemand hatte vorbeigehen sehen, sie hätte die ganze Stadt mit seinem Foto und Suchmeldungen tapeziert.

Die Einsicht kam wie ein Schlag ins Gesicht.

Vielleicht fragte Mike ja sogar in dem Haus nach, in dem sie sich befand. Er würde sich dem gerade eingezogenen Paar vorstellen und in kurzen Zügen berichten, was vorgefallen war. Anschließend würde er ihnen ein Foto zeigen. Der Mann und die Frau würden interessiert zuhören, sich das Bild genauer anschauen und anschließend mitleidig die Köpfe schütteln. Die Frau würde die Hand auf die Brust legen und verzweifelt aussehen. Der Mann würde ernst sein, ein paar Fragen stellen, er würde versuchen, durch Denkanstöße weiterzuhelfen, wie es Männern zu eigen ist, die ernsthaft glauben, jedes Problem lösen zu können.

Es würde Ylva nichts nützen, um Hilfe zu rufen. So viel hatte sie verstanden. Gab es denn sonst keine Methode, Aufmerksamkeit zu erregen?

Frau Halonen war die Erste, die auf dem Bildschirm auftauchte. Sie ging mit ihrem Schäferhund vorbei und bog in den Bäckavägen ein. Hastig, fast schuldbewusst, schielte sie zu Mikes und ihrem Haus. Ylva war sicher, dass sie Bescheid wusste. Und wenn die Halonen es wusste, dann wussten es alle.

Ylva versuchte, sich den Klatsch vorzustellen, und tröstete sich mit dem Gedanken an die Unterhaltungen, die vermutlich stattfanden.

Hast du gehört, dass Ylva verschwunden ist?
Wer?
Mikes Frau, die Stockholmerin.
Bitte?
Sie ist nicht nach Hause gekommen. Ist zur Arbeit gegangen und abends nicht nach Hause gekommen.
Ist sie abgehauen?
Keine Ahnung.
Hat sie nichts gesagt?
Nein, sie ist weg. Mike sucht nach ihr. Er hat sie bei der Polizei als vermisst gemeldet und alles.
Das verstehe ich nicht. Meinst du, sie ist einfach nicht nach Hause gekommen?
Genau.
Das klingt ja vollkommen absurd. Hat sie ihn verlassen?
Ich weiß nicht.
Aber das Mädchen, sie kann doch nicht einfach das Mädchen im Stich lassen?
Entweder ist sie abgehauen, oder es ist etwas passiert.
Was sollte passiert sein?
Keine Ahnung.
War sie depressiv?
Das merkt man nicht immer. Mein Vater hatte einen Freund, der …

Ganz gleichgültig, was geschah, es würde irgendwann in Vergessenheit geraten. Es war alles Teil des Schauspiels, das das Leben darstellte. Hunderte von Toten bei einem Flugzeugabsturz? Monate später waren sie vergessen, nur an den Jahrestagen wurde ihrer gedacht. Tausende von

Toten bei einer Naturkatastrophe? Eine Woche lang düstere Meldungen in den Nachrichten, kurze Zeit später musste man bei Wikipedia danach suchen. Der Tsunami. In welchem Jahr war der nochmal gewesen? Ach ja, genau.

Niemand würde sie retten. Sie war gezwungen zu fliehen.

*

Es wurde still, als Mike das Großraumbüro betrat, in dem Ylva arbeitete. Nour stand auf und ging auf ihn zu.

»Komm«, sagte sie. »Wir gehen in die Küche.«

Mike begann sofort zu weinen. Aus dem einfachen Grund, weil ein freundlicher Mensch seine Ohnmacht zur Kenntnis nahm und ihn zu trösten versuchte.

»Trübe«, antwortete er, als sie ihn fragte, wie er sich fühle. »Wie die Schutzfolie auf einem neuen Handy oder einer neuen Armbanduhr. Ich warte darauf, dass sie jemand wegreißt, damit ich wieder klar sehen kann.«

Nour nickte, strich ihm mit dem Daumen eine Träne aus dem Gesicht und reichte ihm ein Glas Wasser.

»Trink.«

Mike trank gehorsam und schaute über ihre Schulter, ob die Tür auch wirklich geschlossen war.

»Hat sie jemanden kennengelernt?«

Er sah sie mit einer Mischung aus Angst und Hoffnung an.

»Nicht dass ich wüsste«, sagte sie schließlich.

Mike schluckte seine Tränen hinunter.

»Ich kann mir nicht vorstellen, was sonst passiert sein könnte.« Er schüttelte den Kopf und fuhr fort: »Wie auch immer, sie hätte sich melden müssen. Sie kann doch Sanna nicht einfach im Stich lassen, das kann sie nicht.«

»Das tut sie auch nicht«, erwiderte Nour.

»Was ist es dann? Ist ihr etwas zugestoßen? Hat jemand sie überfahren, oder ist sie an den falschen Mann geraten? Ich begreife es nicht. Drei Nächte, sie ist jetzt schon drei Nächte weg. Ich weiß nicht einmal, ob ich sie überhaupt noch zurückhaben will, verstehst du?«

»Ich verstehe.«

Mike schluchzte. Nour reichte ihm ein Blatt Küchenkrepp. Er schnäuzte sich wie ein Kind, kraftlos.

»Mike, hör zu. Du musst jetzt stark sein. Wenigstens Sannas wegen. Sie ist ein Kind, du bist der Erwachsene. Hörst du, was ich sage, Mike? Du bist der Erwachsene.«

Sein Handy klingelte. Mike schniefte und schaute auf das Display.

Unterdrückte Nummer. Sein Puls begann zu rasen. Er hob die Hand in Nours Richtung und drehte sich um.

»Mike«, sagte er.

»Hier ist Karlsson. Hätten Sie vielleicht die Möglichkeit, auf der Wache vorbeizuschauen? Wir würden Ihnen gerne etwas zeigen.«

»Haben Sie sie gefunden?«

»Leider nicht. Aber wir haben eine Liste aller Anrufe, die über ihr Handy erfolgten, sowie eine Audiodatei ihres Anrufbeantworters.«

»Ich komme.«

Mike legte auf und wandte sich an Nour.

»Das war die Polizei. Sie haben eine Liste ihrer Telefonkontakte.«

*

Mike saß nervös hinterm Steuer. Gespannt erwartungsvoll, ängstlich resigniert. Wie vor einer Fahrprüfung. Er parkte vor dem Präsidium an der Autobahnauffahrt und ging hinein.

Die Frau am Empfang verständigte Karlsson.

»Sie erwarten Sie«, sagte sie und lächelte freundlich. »Vierter Stock, zweite Tür rechts.«

Karlsson erwartete ihn auf dem Gang, als Mike aus dem Fahrstuhl trat. Er winkte ihn zu sich.

»Schön, dass Sie kommen konnten«, sagte er und lotste ihn in sein Büro. Gerda saß bereits auf einem der Besucherstühle. »Nehmen Sie bitte Platz.«

Karlsson umrundete seinen Schreibtisch und setzte sich an seinen Computer.

»Sie haben zu Protokoll gegeben, dass Sie als Erstes Nour angerufen haben. Aber vorher haben Sie doch wohl versucht, Ihre Frau zu erreichen?«

»Natürlich.«

»Wann haben Sie sie das erste Mal angerufen? Nur damit wir sehen können, ob alles stimmt.«

Karlsson deutete auf die Liste, die er vor sich liegen hatte.

»Ich erinnere mich nicht«, antwortete Mike. »Ich wollte schon recht früh anrufen, um sie zu fragen, ob sie zum Abendessen nach Hause kommt, hab es dann aber bleiben lassen.«

»Warum?«

»Weil ich ihr kein schlechtes Gewissen machen wollte. Ich dachte, dass sie ruhig mal ausgehen und sich alleine amüsieren soll.«

»Und wann haben Sie sie dann angerufen?«

Mike zuckte mit den Achseln.

»Bevor ich zu Bett gegangen bin. Gegen zwölf?«

Gerda fuchtelte unsicher mit den Händen in der Luft, als bereite er sich auf eine unangenehme Frage vor, die er gegen seinen Willen stellen musste.

»Wie läuft es denn so, ich meine, in Ihrer Ehe?«

»Jetzt machen Sie aber mal halblang.«

Karlsson hob abwehrend die Hand.

»Hören wir uns doch mal das hier an«, sagte er, verschob den Cursor mit ungeübten Bewegungen auf eine Audiodatei auf dem Bildschirm und klickte.

Mike hörte seine eigene Stimme und war erstaunt, wie schwach sie klang, devot und entschuldigend.

»*Hallo, ich bin's. Dein Mann. Wollte nur hören, ob du dich amüsierst. Ich vermute, du bist mit den Kollegen unterwegs. Du, ich leg mich jetzt hin. Sei so nett und nimm dir ein Taxi nach Hause. Ich hab was getrunken und kann dich nicht abholen. Sanna schläft. Kuss. Ciao.*«

Danach sagte eine mechanische Frauenstimme: »*Eingegangen: null null vierzehn.*«

Karlsson stoppte die Wiedergabe und wandte sich an Mike.

»Stellen Sie sich Ihrer Frau immer als ›dein Mann‹ vor, wenn Sie sie anrufen?«

»Nein. Das sollte vermutlich ein Witz sein.«

»Wie meinen Sie das?«

»Ich weiß es nicht.«

»Ich auch nicht. Wissen Sie, wie das in meinen Ohren klingt? Das klingt, als wären Sie wahnsinnig wütend und wollten sich das nicht anmerken lassen. Ich finde, das klingt nach einer kläglichen Ermahnung. *Du wirfst dich doch jetzt nicht einem anderen an den Hals? Denk dran, dass du verheiratet bist. Mit mir.*«

Mike starrte ihn an. Karlsson erwiderte gut gelaunt seinen Blick. Als hätte man ihn gerade zum dümmsten Mann des Universums gekürt, worauf er auch noch stolz war.

Gerda fuchtelte nervös mit der Hand.

»Ich frage mich, warum Sie sich fragen, ob sie mit den Kollegen unterwegs ist, obwohl Sie das doch wussten. Es wirkt fast, als vermuteten Sie sie woanders.«

Er war mindestens genauso ein Idiot.

»Sie klingen nervös«, fuhr Karlsson fort. »Sind Sie das?«

Mike sah sie an.

»Haben Sie mich deshalb hierherzitiert?«

Karlsson legte die Fingerspitzen aneinander. Er sah aus wie der Wirtschaftsboss auf dem alten rassistischen Cover von MasterMind. Der Stratege. Der Denker.

Karlsson lehnte sich zurück und tauschte einen Blick

mit Gerda. Als sei dies das Puzzlestück, auf das sie gewartet hatten. Ein Eifersuchtsdrama, das aus den Gleisen geraten war.

Mike lachte nasal. Zynisch.

»Sie müssen schon entschuldigen«, meinte er. »Aber ist das alles, was Sie bisher erreicht haben? Ist das der Grund, weshalb Sie mich hierhergebeten haben?«

Immer noch keine Antwort.

»Ist das eine besondere Vernehmungstechnik, einfach dazusitzen und zu schweigen? Sollte es gar so sein, dass Sie mich verdächtigen, dass ich meine Frau verschleppt oder sie totgeschlagen und ihre Leiche irgendwo vergraben habe? Ist es so?«

»Wir überlegen nur, ob Ihre Frau vielleicht einen Liebhaber hat«, sagte Gerda bemüht beiläufig, als ginge es um die Farbe eines Hauses oder eine Automarke.

»Nein, meine Frau hat keinen Liebhaber. Sie hatte eine Affäre mit einem widerlichen Typen, für den ich aus verständlichen Gründen nicht viel übrighabe. Lassen Sie es mich so sagen: An dem Tag, an dem Bill Åkerman spurlos verschwindet, dürfen Sie mich gerne aufsuchen und fragen, was ich zu der fraglichen Zeit getan habe. Die Affäre liegt über ein Jahr zurück, und nein, ich habe keinen Grund zur Annahme, dass das Verhältnis fortbesteht. Außerdem hat Nour ihn sicherheitshalber bereits am Samstag angerufen. Nein, Ylva war nicht bei ihm.«

Mike erhob sich.

»Wenn Sie mich jetzt entschuldigen würden«, sagte er. »Ich möchte nämlich die Zeitungsredaktion auf der ge-

genüberliegenden Straßenseite aufsuchen, um zu veranlassen, dass ein Foto meiner Frau veröffentlicht wird. Irgendjemand muss sie doch gesehen haben. Sie kann sich doch nicht einfach in Luft aufgelöst haben.«

26. Kapitel

»Was soll das heißen, mit größter Überzeugung ausgeführt? Du hältst doch Informationen zurück!«
 Jörgen Petersson klang verärgert. Calle Collin seufzte.
 »Du willst es nicht wissen«, sagte er.
 »Doch«, beharrte Jörgen.
 »Glaub mir«, sagte Calle. »Das willst du nicht.«
 »Du bist wie diese verlogen-rücksichtsvollen Nachrichtensprecher, die einen vor drastischen Aufnahmen warnen. Es gibt keine bessere Methode, die Neugierde zu wecken. Du klingst wie ein Zirkusdirektor vor der nächsten Nummer.«
 »Mir hat es tatsächlich den Schlaf geraubt.«
 »Ich habe diesbezüglich keine Probleme. Ich schlafe so gut wie die schönen Menschen aus der Werbung.«
 Calle holte tief Luft.
 »Aber beschwer dich nicht anschließend«, sagte er.
 »Warum sollte ich.«
 »Ich meine nur.«
 »Ich werde mich nicht beschweren.«
 »Okay«, meinte Calle. »Jemand hat Anders mit einem Hammer ein Loch in den Schädel geschlagen und ihm an-

schließend den Hammer ins Gehirn gedrückt wie einen Butterstampfer. Der Stiel ragte aus dem Schädel wie ein leicht welker Blumenstängel aus einem Blumentopf.«

»Widerlich.«

»Ich sagte doch, dass du das nicht hören willst.«

»Wirklich ekelhaft.«

»Keine Klagen.«

»Und diese Tat wurde von einem betrogenen Ehemann begangen?«

»Von jemandem, der unserem alten Mitschüler nicht sonderlich gewogen war, so viel lässt sich wohl sagen.«

»Und die Polizei glaubt, dass ein Mann den Mord verübt hat, dass aber eine Frau Anders an den Tatort gelockt hat?«

»So ungefähr.«

»Und sie haben keine Ahnung, wer?«

»Nicht die geringste.«

Jörgen nickte schweigend.

»Er war notorisch untreu ...«

Calle zuckte zusammen.

»Was hast du gesagt?«

»Anders Egerbladh«, erwiderte Jörgen. »Er soll notorisch untreu gewesen sein.«

Calle sah seinen Freund fragend an.

»Hattest du schon mal eine Affäre?«, fragte er schließlich.

Jörgen verstand die Frage nicht.

»Wovon redest du eigentlich?«

»Du hast notorisch gesagt. Das ist ein Codewort, das

Ehebrecher entlarvt. Um die eigenen Ausschweifungen zu verharmlosen, dämonisiert man andere, die es noch schlimmer treiben als man selbst. Ungefähr so, als wenn ein Alkoholiker sagt, dass er sich ein Pils gönnt. Wer Pils statt Bier sagt, ist in der Regel süchtig.«

Jörgen sah seinen Freund lange an.

»Jetzt redest du kompletten Unsinn.«

»Mein Gott, so ist es doch«, meinte Calle.

»Nein, so ist es nicht«, meinte Jörgen. »Und, nein, ich habe keinen Seitensprung begangen.«

»Das will ich hoffen«, meinte Calle, »ich mag deine Frau nämlich lieber als dich.«

»Und falls mir das je einfallen sollte, werde ich es dir sicher nicht auf die Nase binden.«

»Dafür bedanke ich mich schon jetzt.«

»Notorisch«, meinte Jörgen. »Dass ich nicht lache.«

27. KAPITEL

Das Restaurant existierte nach wie vor. Was überaus erstaunlich war. Lokale hielten sich in trendimmunen Kleinstädten in der Regel nur kurze Zeit. Es war immer dasselbe: Ein Restaurant wurde entdeckt, überschwemmt, um dann umgehend wieder in Vergessenheit zu geraten.

Dem Restaurantbesitzer stieg der Erfolg in der Regel in der Anfangsphase zu Kopfe. Er investierte den ganzen Gewinn in den Betrieb und versuchte, die Gäste zu halten, aber die verhielten sich wie ein Fischschwarm, machten plötzlich und ohne Vorwarnung kehrt und verschwanden woandershin.

Es gab drei Gründe, warum Bill Åkermans Restaurant überlebt hatte. Nach einer unerwartet positiven Besprechung im *Helsingborgs Dagblad* hatte er sich entschlossen, beste Qualität zu einem fast schon unanständigen Preis anzubieten. Unternehmer dinierten hier auf Spesen sowie Leute, die sich einmal im Jahr etwas richtig Gutes leisten wollten.

Der zweite Grund war die Lage des Restaurants. Es befand sich im Erdgeschoss einer Patriziervilla oberhalb des Margaretaplatsen und bot freie Sicht über den Sund auf die dänische Küste.

Der dritte Grund war Bills Ehefrau Sofia.

Sofia leitete das Restaurant, wählte das Personal aus, stellte das Menü zusammen, koordinierte die Einkäufe und sorgte für die gemütliche Atmosphäre.

Bill wusste, dass er sich keine bessere Geschäftspartnerin wünschen konnte. Nur schade, dass ihre Hüften etwas aus der Fasson geraten waren, was sie verunsicherte und zu übertriebener Wachsamkeit veranlasste. Aber da sie von seiner Affäre mit Ylva bereits wusste und wie die meisten Leute in Helsingborg ebenfalls mitbekommen hatte, dass Ylva verschwunden war, hatte Bill nicht versucht, vor ihr geheim zu halten, dass die Polizei mit ihm sprechen wollte. Im Gegenteil, das Ganze bestätigte das Bild von Ylva als einer Verführerin, gegen die sich kein halbwegs normaler Mann wehren konnte. Bill hatte bereits am Telefon erklärt, er wisse nicht, wo sich Ylva aufhalte. Er hatte deutlich gesagt, dass sie nicht mehr miteinander intim waren. Trotzdem hatten die Beamten auf einem Treffen bestanden.

Dieses Treffen fand in der Bar des Restaurants statt, die zur geschäftigen Mittagszeit leer war.

»Wann haben Sie Ylva zum letzten Mal getroffen?«, fragte Karlsson, nachdem er sich zu einer Tasse Kaffee hatte einladen lassen.

»Wollen Sie wissen, wann ich zuletzt mit ihr geschlafen habe oder wann ich sie zuletzt gesehen habe?«

»Wann Sie sie zuletzt gesehen haben. Und das andere gerne auch.«

»Wir hatten letzten Sommer eine kurze Affäre. Lassen Sie mich rechnen, vor elf Monaten? Zuletzt habe ich sie auf der Kullagatan gesehen. Ich glaube, im April, ich bin mir nicht ganz sicher.«

»Haben Sie sich unterhalten?«

»Ja. Aber eher vorsichtig.«

»Wie meinen Sie das?«

»Das hier ist keine große Stadt, irgendjemand sieht einen immer.«

»Ach so. Und worüber haben Sie gesprochen?«

»Nichts Besonderes. Sie fragte mich, wann wir wieder vögeln wollten.«

Karlsson und Gerda zuckten zusammen. Wollte er sie auf den Arm nehmen?

»Das waren ihre Worte«, versicherte Bill. »Worauf ich erwidert habe: gar nicht.«

»Warum nicht?«

»Weil ich nicht wollte. Aber das habe ich nicht gesagt. Eine verschmähte Frau ist eine Feindin fürs Leben. Davor sollte man sich hüten.«

»Was haben Sie also gesagt?«

»Ich sagte, ich wolle meine Ehe nicht aufs Spiel setzen.«

»Aber das war nicht der wirkliche Grund?«

»Nein.«

Bill sah sie an und zuckte mit den Achseln.

»Wir hatten unterschiedliche Präferenzen.«

Die Polizisten saßen wie zwei Konfirmanden mit aufgerissenen Augen und Mündern auf ihren Stühlen. Karlsson fing sich als Erster wieder.

»Inwiefern unterschiedliche Präferenzen?«, fragte er und räusperte sich verlegen.

»Tja. Was soll ich verdammt noch mal noch sagen?«

»Sagen Sie einfach, wie's ist«, meinte Karlsson und beugte sich interessiert vor.

»Sie spielte Theater. Warf sich zurück. *Nimm mich.* So in der Art.«

»Ich verstehe nicht.«

»Sie wollte dominiert werden.«

»Sie meinen wie Bondage?«, sagte Karlsson mit demselben verklemmten Interesse wie ein heimlich onanierender Teenager.

»Nicht unbedingt. Und ich glaube auch nicht, dass das auch nur das Geringste mit ihrem Verschwinden zu tun hat. Ich sage nur, dass sie hart genommen, gezwungen werden wollte. Obwohl sie so ätherisch wirkt. Aber so ist das wohl mit Sex. Nicht immer hält das Innere, was das Äußere verspricht. Wir kompensieren in einer Situation, was uns in einer anderen verwehrt bleibt. Toughe Kerle sind zärtliche Liebhaber, magere Männer müssen mehr beweisen.«

»Wie meinen Sie das?«, fragte Gerda.

Bill Åkerman trank einen Schluck Kaffee.

»Sie hätte sich einen dünneren Kerl suchen sollen.«

*

Karlsson warf den Papierstapel nachlässig auf den Schreibtisch, lehnte sich in seinem Schreibtischstuhl zurück und streckte die Beine aus.

»Okay«, sagte er und verschränkte die Arme hinter dem Kopf. »Wir haben es mit einer verschwundenen, geilen Ehebrecherin und einem betrogenen Typen zu tun. Fazit?«

»Sie kommt spät nach Hause, das Ganze artet aus?«, meinte Gerda.

»Ja«, meinte Karlsson seufzend. »Wir müssen mit den Nachbarn reden. Die müssten sie gesehen haben, als sie nach Hause kam.«

»Mitten in der Nacht?«, meinte Gerda skeptisch.

»Irgendjemand ist immer wach.«

»Ich dachte, wir könnten auch mal mit dem Mädchen sprechen«, meinte Gerda und schaute auf die Uhr. »Jetzt müsste sie doch eigentlich in der Schule sein?«

»Wenn wir Glück haben«, meinte Karlsson.

Sie parkten hinter der Schulkantine und fragten einen Schüler nach dem Lehrerzimmer. Dort trafen sie auf eine große Frau, die einmal eine Schönheit gewesen war und jetzt alles unternahm, um zu verbergen, dass sie es nicht mehr war. Karlsson und Gerda brachten ihr Anliegen vor. Die Frau wusste sofort, worum es ging. Der gesamte Lehrkörper hatte in den letzten Tagen über nichts anderes als über Ylvas Verschwinden gesprochen. Sie bat Karlsson und Gerda, im Lehrerzimmer zu warten, und erklärte sich bereit, Sanna aus dem Unterricht zu holen.

Die Frau hielt das Mädchen an der Hand, als sie zurückkam. Sie stellte Sanna den Polizisten vor und erklärte ihr, dass sie mit ihr sprechen, ihr vielleicht auch ein paar Fragen stellen wollten.

»Das ist gar nicht schlimm«, versicherte sie mit ihrer honigsüßesten Stimme und wandte sich dann an Karlsson und Gerda. »Vielleicht sollte ich besser hierbleiben?«

Karlsson nickte zustimmend, und die Frau nahm auf dem Stuhl neben Sanna Platz, ohne ihre Hand loszulassen.

»Wir haben mit deinem Vater gesprochen«, fing Karlsson an. »Er hat erzählt, dass deine Mutter verschwunden ist. Erinnerst du dich, wann du sie zuletzt gesehen hast?«

Sanna nickte.

»Und wann war das?«

Sanna zuckte mit den Achseln. Jetzt versuchte Gerda es. Er sprach mit milderer Stimme als sein Kollege.

»Erinnerst du dich, wo du deine Mama zuletzt gesehen hast?«

»Ja«, antwortete Sanna.

»Und wo war das?«

»Hier in der Schule.«

Die Lehrerin ergänzte.

»Ylva hat Sanna am Freitagmorgen zur Schule gebracht. Sannas Klassenlehrerin hat mit ihr gesprochen. Mike hat Sanna dann abgeholt.«

Gerda nickte dankbar und wandte sich wieder an Sanna.

»Und seitdem hast du deine Mama nicht mehr gesehen?«

Sanna schüttelte den Kopf.

»Was hast du mit deinem Papa am Wochenende gemacht?«

»Wir waren im Väla und bei McDonald's. Dann haben wir einen Film ausgeliehen.«

»Das klingt nett.«

Sanna nickte.

»Ein Zwilling kommt selten allein.«

Gerda verstand nicht.

»Der ist super«, meinte Sanna.

»Ach so, der Film. Okay. Hat dein Papa den Film mit dir zusammen angeschaut?«

»Der hat telefoniert.«

»Wann hat er dir erzählt, dass deine Mama weg ist?«

»Als Oma gekommen ist. Da kam die Polizei.«

»Sanna, diese Männer hier sind auch von der Polizei.«

Sanna nickte gehorsam, aber nicht sehr überzeugt.

»Aber die anderen waren richtige Polizisten«, meinte sie schließlich. »Papa hat gesagt, Mama würde kommen, wenn ich schlafe, aber das stimmt nicht. Er hat gesagt, sie ist zu Hause, wenn ich aufwache. Das war sie nicht.«

Gerda rückte auf die Stuhlkante vor und beugte sich vertraulich zu Sanna.

»Deine Mama und dein Papa«, sagte er, »streiten die manchmal?«

*

Gerda starrte durch die Windschutzscheibe.

»Hoffe nur, dass er es ist. Wenn nicht, haben wir gerade sein Leben ruiniert. Diese alte Scharteke wird es überall herumerzählen.«

Er sprach von der großen Frau, die jedem Wort, das gesagt worden war, mit Spannung gelauscht hatte.

»Du wolltest hierherfahren«, meinte Karlsson.

»Hör schon auf«, sagte Gerda. »Entweder taucht sie mit eingeklemmtem Schwanz wieder auf, wenn sie fertig gefickt hat, oder er hat sie umgebracht. Etwas anderes ist gar nicht vorstellbar. Und wenn er es nicht selbst war, dann hat er jemanden beauftragt.«

Karlsson knabberte nervös an der Seite seines Zeigefingers.

»Er kann uns wegen so einer Sache drankriegen«, meinte Karlsson. »An seiner Stelle würde ich uns anzeigen.«

»Du«, meinte Gerda, »hast im Augenblick wirklich andere Sorgen.«

Karlsson schaltete das Radio ein. Eine Person mit affektierter Intonation sprach unnötig schnell und laut.

»Dass die in diesem blöden Radio alle einen Sprachfehler haben müssen«, sagte er und schaltete es wieder aus.

*

Es war alles so seltsam und unbegreiflich.

Kristina hatte den ganzen Abend vor dem Fernseher gesessen. Sie hatte gesehen, was geschehen war, und gehört, was gesagt worden war, trotzdem hatte sie es nicht verstanden. Sie konnte es nicht begreifen. Die Umwelt war wie blockiert.

Ein Mensch konnte doch nicht so ohne Weiteres verschwinden?

Ein einziger Gedanke füllte ihr Gehirn voll und ganz aus und verhinderte, dass die Fernsehbilder und Kommentare bis in ihr Hirn vordringen konnten.

Es war ein Gedanke, den sie weder denken wollte, noch denken durfte: ein böser Gedanke, der sie gerade deswegen nicht mehr losließ.

Der Verdacht, ihr Sohn könnte etwas mit Ylvas Verschwinden zu tun haben.

Sie konnte sich nur keinen Reim auf die Sache machen. Mike war nie gewalttätig gewesen. Er war ein eher sanfter Mensch.

War das Fass übergelaufen?

Wie auch immer es sich verhielt, was hatte das für Auswirkungen auf die Zukunft? Wer würde sich um Sanna kümmern? Kristina stellte sich die Distanzierung und Berührungsangst der Umwelt vor. Es würde nicht leicht für Sanna werden, Freundinnen zu finden, auf die sie sich verlassen konnte.

Kristina versuchte sich vorzustellen, wie ein Psychopath auf offener Straße mit dem Messer auf ihre Schwiegertochter losging. Sie versuchte, sich Ylva verantwortungslos kichernd im Bett eines anderen Mannes vorzustellen. Nein, nicht verantwortungslos kichernd, sondern höhnisch lachend. Damit Mike endlich begriff, was sie für eine war, und ihr den Laufpass geben konnte.

Aber keine dieser Fantasien konnte den Gedanken erschüttern, den sie um jeden Preis unterdrücken wollte. Dass Mike mehr wusste, als er sagte, dass er etwas mit Ylvas Verschwinden zu tun hatte.

Kristina hörte das Telefon klingeln. Es klingelte bereits eine ganze Weile, sie wusste nicht recht, wie lange schon. Sie stand auf, um zu antworten, schaute auf das Display und sah, dass es Mike war.

Sie holte tief Luft, schloss die Augen und fragte:

»Hast du was gehört?«

Ihr Sohn am anderen Ende weinte.

»Ich habe niemanden, mit dem ich sprechen kann«, schniefte er.

Kristina hielt die Luft an. Sie war bereit. Mike war ihr Sohn, nichts würde daran etwas ändern.

»Erzähl«, sagte sie. »Ich höre zu.«

Sie wartete ab, bis er sich so weit gesammelt hatte, dass er deutlich sprechen konnte.

»Sie haben sie in der Schule aufgesucht«, sagte er schließlich.

»Wer?«

»Die Polizei. Sie haben mit Sanna gesprochen.«

Kristina erwiderte nichts.

»Aber verstehst du denn nicht?«, sagte Mike. »Sie glauben, dass ich es war. Sie glauben, dass ich sie umgebracht habe. Wie können sie so was nur denken?«

Seine Stimme klang resigniert und verzweifelt, aber auch aufrichtig. Kristina spürte, wie der Krampf in ihren Muskeln nachließ.

28. Kapitel

Karlsson und Gerda führten eine Nachbarschaftsbefragung durch. Hatte jemand einen sachdienlichen Hinweis zu Ylva Zetterbergs Verschwinden? Waren Fahrzeuge vor dem Zetterberg-Haus gesichtet worden? Der fragliche Zeitraum erstrecke sich von ungefähr neun Uhr abends bis zum folgenden Morgen.

Sie waren sich bewusst, dass jede Frage, die sie stellten, den Verdacht in ein und dieselbe Richtung lenkte.

Die zweitägige Feldarbeit ergab, dass zwei Zeugen unabhängig voneinander gehört hatten, wie ein Auto etwa um Viertel nach drei Uhr morgens den Bäckavägen verlassen hatte und den Sundsliden hinaufgefahren war. Leider verlief diese Spur im Sande, als sich herausstellte, dass ein Achtzehnjähriger, der den gesamten Freitagabend bei seiner Freundin gewesen war, am Steuer gesessen hatte.

»Typisch, so ein verdammtes Pech«, meinte Karlsson. »Warum konnte er nicht bei ihr übernachten? Das haben wir damals gemacht.«

»Wenn ich eine fünfzehnjährige Tochter hätte, hätte ich einen Achtzehnjährigen auch nicht bei ihr übernachten lassen«, meinte Gerda.

»Nein. Vermutlich ist das anders, wenn man Mädchen hat. Was willst du haben?«

»Weiß nicht.«

»Ich auch nicht.«

Sie standen in der Schlange vor dem Sofiero-Kiosk an, um ein Eis zu kaufen.

»Ein Softeis wäre nicht schlecht«, meinte Gerda.

»Gewagt.«

»Mit Streusel.«

»Du hast heute wohl die Spendierhosen an.«

»Man lebt nur einmal.«

»Wie wahr. Ich glaube, ich gönne mir drei Kugeln. Und dazu Fruchtsoße und Sahne.«

»Ist das nicht ein bisschen üppig?«

»Das bin ich mir wert. Streusel für dich, Fruchtsoße und Sahne für mich.«

Sie bekamen ihr Eis und aßen es in der Sonne, an ihr Auto gelehnt.

»Besser kann's nicht sein«, meinte Karlsson.

»Du hast gut reden«, meinte Gerda. »Meine Streusel sind alle.«

»Wo würdest du dich der Leiche entledigen?«

»Weiß nicht. Du?«

»In einem See. Mit Gewichten beschwert.«

»Sehr umständlich«, meinte Gerda. »Man muss heben und schleppen, braucht ein Boot und muss ständig befürchten, dass die Leiche wieder an die Oberfläche steigt. Verscharren ist besser, wenn du mich fragst.«

»Da muss man richtig tief graben. Und es gibt immer

Tiere, die in der Erde herumwühlen. Lecker, wenn die Sahne auf dem Eis fast gefriert und hart wird.«

»Wenn sie klumpt, ich weiß.«

»Wir müssen noch mal mit ihm reden. Inzwischen sind ein paar Tage ins Land gegangen. Vielleicht hat ihm sein Gewissen ja zugesetzt.«

*

Mike Zetterberg überlegte, was er sonst noch tun konnte. Er versuchte, konstruktiv zu denken und einen losen Faden zu finden, an dem er ziehen konnte.

Sie war nicht mit dem Bus gefahren. Falsch, das wusste er nicht. Was er wusste, war, dass kein Busfahrer oder Fahrgast sich daran erinnerte, sie gesehen zu haben. Es war natürlich möglich, dass niemand sie bemerkt hatte, aber Mike konnte sich das nicht vorstellen. Ylva zog Blicke auf sich, sie besaß dieses offene Lächeln, das zur Kontaktaufnahme einlud. Sie benutzte Kopfhörer, um sich nicht mit allen Leuten unterhalten zu müssen.

Kopfhörer? Hatte sie vielleicht die Straße überquert und war überfahren worden, ohne dass jemand es gesehen hatte? Hatte der Fahrer die Flucht ergriffen, ihre Leiche einfach mitgenommen und irgendwo vergraben oder ins Meer geworfen? Nicht sehr wahrscheinlich. Sie war durch die Stadt gegangen, da waren überall Leute. Extrem unwahrscheinlich, fast unmöglich.

Am wahrscheinlichsten war, und er musste den Polizisten darin recht geben, dass sie sich mit jemandem getroffen hatte. Sie hatte Mike eine Sache gesagt und ihren Kollegen eine andere. Um sich den Rücken freizuhalten. Blieb die Frage, wen sie getroffen hatte.

Die Anrufliste ihres Handys hatte nichts ergeben. Er war sie zusammen mit Karlsson und Gerda durchgegangen. Die Mails an ihrem Arbeitsplatz waren ebenso nichtssagend gewesen. Keine Internetflirts. Sie konnte natürlich alles zwecks Geheimhaltung gelöscht haben oder auch über ein heimliches E-Mail-Konto verfügen, aber Mike bezweifelte das.

Ylva war jetzt seit vier Tagen verschwunden. Sie hatte nicht einfach ein Wochenende mit einem leidenschaftlichen Liebhaber verbracht. Ihr Pass lag in der Kommode, sie hatte also auch keine Last-Minute-Reise angetreten.

Ihr Handy ...

Mike wollte gerade Karlsson und Gerda anrufen, als er sie in seine Auffahrt einbiegen sah. Er öffnete die Haustür und sah ihre ernsten Mienen.

»Haben Sie sie gefunden?«

Karlsson legte ihm seine Hand auf die Schulter.

»Gehen wir rein.«

Während der halben Minute, die es brauchte, in die Küche zu gehen und sich zu setzen, war Mike überzeugt, dass sie Ylvas Leiche gefunden hatten. Es war eine Erleichterung, als ihm klar wurde, dass sie immer noch vermisst wurde.

»Ihr Handy«, sagte er. »Kann man daran nicht nachvollziehen, wo sie gewesen ist?«

»Sie hat ihr Handy in der Tågagatan abgeschaltet.«

»Wann?«

»Am Freitag gegen halb sieben.«

»Dann müsste sie im Bus gesessen haben«, meinte Mike.

»Warum?«

»Der Bus fährt durch die Tågagatan. Das würde auch mit dem Zeitpunkt zusammenpassen, an dem sie ihren Arbeitsplatz verließ.«

»Aber sie saß nicht im Bus«, sagte Gerda.

»Wir sind auch gar nicht deswegen hier«, sagte Karlsson. »Wir haben uns mit Bill Åkerman unterhalten.«

Mike zuckte zusammen.

»Und was hat er gesagt?«

»Er hat letzten Freitag gearbeitet, was seine Angestellten bezeugt haben. Aber er hat uns etwas Interessantes erzählt.«

»Und zwar?«

Mike beugte sich interessiert vor. Karlsson wandte sich Hilfe suchend an Gerda.

»Wie war Ihr Sexleben?«

Mikes Gesicht wurde von einer heftigen Röte überzogen. Eine zornige, keine verlegene Röte.

»Was zum Teufel meinen Sie mit dieser Frage? *Wie war Ihr Sexleben?* Unser Sexleben *ist* ganz ausgezeichnet, vielen Dank. Dass sie mit diesem Typen ins Bett gegangen ist, liegt nicht daran, dass sie mich nicht liebt, sondern daran, dass sie sich selbst nicht liebt. Ich höre selbst, dass das wie ein Klischee klingt, aber in diesem Fall ist es die Wahrheit. Meine Frau flirtet, sie ist ständig auf der Jagd nach diesen sinnentleerten Kicks. Ich habe sie schon so oft mit irgendwelchen Nachbarn eng tanzen sehen, aber mindestens genauso oft habe ich erlebt, und das ist wirklich bedeutend schlimmer, wie mies es ihr anschließend geht, ihren Selbsthass. Dann will sie nur noch sterben.«

»Haben Sie nicht gesagt, sie sei nicht niedergeschlagen gewesen?«

»Bill Åkerman war der Tropfen, der das Fass zum Überlaufen und sie zur Besinnung brachte. Danach haben wir gewissermaßen von vorne angefangen. Das war vermutlich mit ein Grund, weswegen sie nicht mit ihren Kollegen ausgegangen ist.«

Karlsson und Gerda sahen sich an und nickten.
Vermutlich.

29. Kapitel

Er verstand nur mit Mühe, was der Mann vor ihm sagte.

Calle Collin saß an einem Fenstertisch in einem feinen Restaurant. Ihm gegenüber hatte sein Interviewpartner, ein Schauspieler, der seinen Zenit längst überschritten hatte, Platz genommen. Er hatte das Restaurant ausgesucht. Die anderen Gäste gehörten zur selben Generation wie der Schauspieler und schielten immer wieder verstohlen zu ihm hinüber. Zweimal waren Leute beim Verlassen des Restaurants an ihrem Tisch stehen geblieben, um dem Schauspieler für viele unterhaltsame, humorige Stunden zu danken. Dieser hatte die Bauchpinselei mit gespielter Demut und großer Begeisterung entgegengenommen.

Der Grund, weshalb Calle Collin seinem Gegenüber nur schwer folgen konnte, war nicht, dass er undeutlich sprach, sondern dass das Gesagte so uninteressant war.

»Ich Erfolg Anekdote Lachpause Publikumsrekord schwierige Kindheit nicht immer ganz leicht trotzdem Erfolg Ich Demut immer Selbstzweifel Ich ein ständiger Kampf Ich das zentrale Ich gestalte Ich Kraft beziehen aus den Charakteren Ich blabla Ich.«

Calle Collin nickte aufmerksam und notierte sich Stichworte. Er fühlte sich wehmütig. Der Schauspieler war kein schlechter Mensch, seine Egozentrik beruhte auf einem schlecht entwickelten Selbstbewusstsein und einem grenzenlosen Bedürfnis nach Bestätigung. Augenblicke wie dieser waren Sauerstoff für ihn.

Calle Collins Interview würde sich in nichts von all den anderen unterscheiden, die der Schauspieler bereits gegeben hatte. Keine neuen Erkenntnisse, und die Wahrheit würde mit Abwesenheit glänzen. Calle würde dem Schauspieler den Text schicken, damit er ihn absegnen konnte, und der Schauspieler würde seine Anmerkungen machen und eventuell sogar andeuten, dass Calles Bemühungen nicht ganz seinen Erwartungen entsprächen, da die Tatsache, dass man ihm einen Platz in einer Illustrierten versprochen hatte, um so viel mehr bedeutete, da der Höhepunkt seiner Karriere schon so lange zurücklag.

Anschließend würde der Schauspieler Calles einzige aufrichtige Beobachtung streichen und das eine oder andere selbstbeweihräuchernde Lobeswort hinzufügen, ehe alle Seiten zufriedengestellt waren oder zumindest so taten.

Der Schauspieler war im Laufe seiner Karriere unzählige Male interviewt worden. Die Fragen und die Antworten waren immer dieselben gewesen. Calle kannte alle Formulierungen, die über die Lippen des Schauspielers kamen, aus anderen Interviews aus dem Zeitungsarchiv. Die Worte waren dieselben und die Traktorspuren so tief, dass der Schauspieler, selbst wenn er aufrichtig und ehrlich hätte sein wollen, nicht von seinem geschaffenen Selbstbild hätte abweichen können.

»Warum?«, fragte Calle Collin plötzlich und unerwartet.

Der Schauspieler verlor mitten in einer Anekdote, die er mindestens schon hundertmal erzählt hatte, den Faden.

»Wie bitte?«

Calle Collin hatte laut gedacht und keine Ahnung, wovon der Schauspieler gerade gesprochen hatte.

»Wie wurden Sie zu dem Menschen, der Sie heute sind?«, fragte Calle und beugte sich vor.

»Man muss sein, wie man ist, wenn man nicht geworden ist, wie man wollte«, antwortete der Schauspieler automatisch und wie einstudiert.

Calle Collin lächelte ihn freundlich an und nickte.

»Welche Rolle haben Sie in der Schule gespielt?«, fragte er. »Den Klassenclown? Das schüchterne Mauerblümchen?«

Der Schauspieler schwieg lange und antwortete dann.

»Ich war böse«, sagte er. »Ich schlug, um nicht selbst geschlagen zu werden.«

*

Mike saß am Küchentisch. Es war still. Nicht einmal der Kühlschrank war zu hören. Er wollte weiterblättern, um die Zeitung rascheln zu hören, aber er wusste nicht, wo er die Kraft hernehmen sollte, die Hand zu heben und die Bewegung auszuführen.

Er hatte alles getan. Zumindest redete er sich das ein. Er wusste nicht, ob es stimmte. Vielleicht hatte er auch nichts getan. Vielleicht hatte er ja die ganze Zeit nur wie gelähmt mit einer Zeitung, in der er nicht las, am Küchentisch gesessen, einer Zeitung, die er aus dem Briefkasten geholt hatte, weil er immer die Zeitung aus dem Briefkasten geholt hatte. Jeden Morgen, seit er erwachsen gewesen war.

Ylva war nicht nach Hause gekommen. So einfach war das. Sie hatte sich an ihren Arbeitsplatz begeben, hatte sich an ihrem Arbeitsplatz aufgehalten und hatte ihren Arbeitsplatz verlassen. Aber sie war nicht nach Hause gekommen.

Ylva war verschwunden. Sie hatte sich bei niemandem gemeldet, und niemand hatte etwas von ihr gehört. Sie war weg.

In fünf Tagen wurde ihre Tochter acht Jahre alt. Sannas Mitschüler waren zum Kindergeburtstag eingeladen. Mike glaubte nicht, dass Ylva bis dahin wieder zu Hause sein würde.

Mike dachte über ihr Verhältnis nach, so es denn eins gewesen war.

Sein Handy vibrierte auf dem Küchentisch und erzeugte ein in der Stille erstaunlich massives Geräusch. Mike schaute auf das Display. Es war sein Büro, er ging dran.

Der Kollege klang auf sympathische Art bemüht unbeschwert.

»Ich wollte nur hören, ob du heute mal vorbeischaust.«

»Klar. Bin schon unterwegs. Hab nur ziemlich schlecht geschlafen.«

»Es eilt nicht«, versicherte sein Kollege. »Die Besprechung ist erst nach dem Mittagessen.«

»Danke für deinen Anruf«, sagte Mike.

Er unterbrach die Verbindung und faltete die Zeitung zusammen. An diesem zehnten Tag nach Ylvas Verschwinden.

30. Kapitel

Wer behauptet, zwischen Jungen und Mädchen bestehe kein Unterschied, hat noch nie einen Kindergeburtstag ausgerichtet, dachte Mike. Die Jungen schrien und machten Krach, prügelten sich, warfen mit dem Popcorn um sich und verschütteten johlend ihre Limo, während sich die Mädchen ruhig um Sanna scharten, um zuzuschauen, wie sie ihre Geschenke auspackte.

Ob dieser Unterschied genetisch oder kulturell bedingt war, war eine andere Frage, aber Mike war dankbar, dass er eine Tochter hatte und keinen Sohn. Natürlich gab es auch Ausnahmen. Den sympathischen, philosophischen Ivan beispielsweise, der auf die Frage, wie es seinen Eltern gehe, geantwortet hatte: »Nicht so gut. Wir sind momentan recht arm. Wir können dieses Jahr nicht nach Thailand fahren.« Oder der stille Tobias, der geheult hatte wie ein Schlosshund, als er feststellte, dass seine Süßigkeitentüte keine Punschpralinen enthielt. Mike hatte bei den folgenden Geburtstagen immer darauf geachtet, dass sich dieser Fehler nicht wiederholte.

Mike und Kristina hatten einen zusätzlichen ausklappbaren Tisch in die Küche gestellt und gedeckt, damit alle Platz hatten. Zwei weitere Elternpaare legten Eis und Baiser auf Kuchenplatten. Kristina schnitt Bananen in Scheiben, und Mike goss Sirup in eine Karaffe. Der chaotische Lärm aus dem Wohnzimmer war Musik in seinen Ohren, eine Erinnerung daran, dass das Leben mit unverminderter Kraft weiterging, auch wenn er selbst sich in einem Vakuum befand.

Denn so war es. Nichts änderte sich, alles blieb beim Alten. Zahllose Worte und leere Floskeln wurden ausgesprochen, um etwas zu unterstreichen, mit Bedeutung zu füllen, um zu beschwichtigen und zu trösten. Was Holst nicht daran hinderte, wie immer in seinem Volvo an ihm vorbeizufahren, und die Halonen nicht, ihm auf Abstand zuzuwinken, wenn sie mit ihrem Schäferhund spazieren ging.

Das Leben ging weiter. Das Unerhörte war nur eine Kräuselung auf der Wasseroberfläche und würde nie größere Ausmaße annehmen. Die Anteilnahme seiner Umwelt war auf ein »Nichts Neues?« zusammengeschrumpft. Mike schüttelte als Antwort nur bekümmert den Kopf: nichts Neues.

Er sah auf die Uhr. Zwanzig nach zwei. Die Schweizer Meringue war fast fertig, und das Geräuschniveau im Nebenzimmer erinnerte mittlerweile an den Herrn der Fliegen.

»Soll ich sie holen?«, fragte Mike.

»Tu das«, erwiderte seine Mutter.

Mike ging ins Nebenzimmer, pfiff auf zwei Fingern, um

die Kinder zum Schweigen zu bringen, und erklärte, dass sie jetzt in die Küche kommen sollten.

*

Am Briefkasten und an der Haustür hingen Ballons. Ylva verfolgte die Ankunft der Gäste auf dem Bildschirm. Sannas Mitschüler kamen in Sonntagskleidern und mit Paketen in der Hand, um sie gleich überreichen zu können. Die Kinder wurden ins Haus gebeten. Mike stand in der Tür und wechselte noch ein paar Worte mit den Eltern.

Ylva fand, dass sie aussahen, als sei ihnen unbehaglich zumute, steif und unsicher. Sie ging davon aus, dass ihre Abwesenheit immer noch alle Gemüter beschäftigte. Alles andere wäre auch verwunderlich gewesen.

Die Sonne schien, aber die Ballons tanzten ruckartig im Wind. Bei solchem Wetter konnte man nicht mit Pappteller und Pappbechern im Freien decken.

Anders und Ulrika sowie Björn und Grethe blieben, um zu helfen. Mikes Mutter war bereits am Vorabend gekommen. Die übrigen Eltern nutzten die Zeit vermutlich, um alleine etwas zu unternehmen: spazieren gehen, in die Stadt fahren, ins Kino gehen oder etwas Ähnliches. Falls die Zeit dazu reichte. Ein Kindergeburtstag dauerte in der Regel zwei oder drei Stunden.

Als alle Gäste eingetroffen waren und sich die Tür geschlossen hatte, konnte Ylva nicht mehr sehen, was geschah, aber sie hatte keine Schwierigkeiten, es sich vorzustellen. Der Lärm früherer Kindergeburtstage hallte immer noch in ihren Ohren.

In der nächsten Stunde geschah nichts weiter, als dass Mike den Müll nach draußen brachte. Dann wurde die Terrassentür geöffnet, und die Kinder stürmten ins Freie. Mike und Anders teilten sie in Mannschaften ein, und eine Art Staffellauf wurde veranstaltet, bei dem man mit einer unters Kinn geklemmten Orange um die Wette laufen musste. Anschließend wurde Topfschlagen gespielt.

Mike und die anderen Erwachsenen verschwanden wieder im Haus. Nach einer Viertelstunde tauchte Mikes Kopf in der Tür auf. Er rief etwas. Die Kinder hielten mitten im Spiel inne und rannten ins Haus.

Süßigkeiten angeln, dachte Ylva.

Der Kindergeburtstag war fast vorbei. Gleich würden die Eltern kommen und Mike und Kristina von dem Lärm und Durcheinander befreien. Einige würden vielleicht noch ein Glas Wein in der Küche trinken und ihnen Gesellschaft leisten, während nach dem zeitlich begrenzten Chaos, das jeder Kindergeburtstag darstellte, wieder Normalität einkehrte.

*

Sanna strich Margarine auf eine Brotscheibe. Das tat sie stets mit einer solchen Hingabe, dass Mike und Ylva dazu übergegangen waren, die Margarine mit zwei Buttermessern auf den Tisch zu stellen, eines für sie und eines für ihre Tochter.

Für Sanna war jedes belegte Brot ein Kunstwerk, ein Kunstwerk, das erst dann Perfektion erlangt hatte, wenn die Margarine überall gleich dick aufgetragen war und keine Striche und Unregelmäßigkeiten mehr aufwies.

»War das ein schöner Geburtstag?«, fragte Mike.

Sanna nickte, ohne den Blick von dem Brot zu heben.

Ihre Konzentration beim Broteschmieren hatte Mike und Ylva immer amüsiert. Sie hatten sich gefragt, was das wohl bedeuten möge, hatten hin und her überlegt, von wem sie das geerbt hatte, und Mutmaßungen darüber angestellt, in welchen Bereichen ihres Lebens sie später einmal diese zeitverschwenderische Sorgfalt an den Tag legen würde.

Gelegentlich hatte sich Ylva Sorgen gemacht und überlegt, ob Sanna vielleicht an einer Störung litt, ob es sich um eine Form von Autismus oder eine andere psychische Krankheit mit einem komplizierten Buchstabenkürzel handelte. So war es nicht. Butterbrote schmieren war, vermutete Mike, eine Form der Meditation. Es machte schließlich überhaupt keinen Sinn, etwas, das keinen Schaden anrichtete, überzuinterpretieren. Da war es doch viel einfacher, ein zusätzliches Buttermesser in die Margarine zu stecken. Leben und leben lassen. Jedem seine spezielle Eigenheit.

»Und was hat dir am meisten Spaß gemacht?«, fragte Mike.

»Mama kommt nicht nach Hause, oder?«

Die Worte waren wie ein Peitschenhieb ins Gesicht. Mike hatte über die verfehlte Fürsorglichkeit seiner Mutter nachgedacht. Sie hatte den Selbstmord seines Vaters vor ihm geheim gehalten und vage von einem Autounfall gesprochen. Ein lähmendes Gefühl der Hoffnungslosigkeit und Schuld hatte sich seiner bemächtigt, als er schließlich die Wahrheit herausgefunden hatte. Er hatte beschlossen, nichts zu beschönigen oder seiner Tochter die Wahrheit vorzuenthalten.

»Nein«, sagte er. »Wahrscheinlich nicht.«

»Ist sie tot?«

»Ich weiß es nicht«, antwortete Mike. »Ich weiß überhaupt nichts.«

Sanna steckte das Buttermesser in die Margarine und biss von ihrem Brot ab. Sie sah rasch auf die Tischplatte und wandte den Blick dann Richtung Fenster und der Welt da draußen: frisches Laub, blühender Flieder, bald Sommerferien.

Mikes Augen füllten sich mit Tränen, und seine Nasenschleimhaut schwoll an, sodass er durch den Mund atmen musste.

31. Kapitel

Freundlichkeit, Privilegien

Wenn die Opfer ausreichend zermürbt worden sind, beginnt der teuflischste Teil des Plans. Der Täter, der sie bislang geprügelt und verhöhnt hat, wird plötzlich freundlich und großzügig. Das Opfer ist verwirrt und beginnt, den Täter in einem neuen Licht zu sehen. Es beginnt sogar, die bisherigen Übergriffe zu relativieren. Der Täter habe nur getan, was er habe tun müssen. Das Opfer versteht ihn. Das Opfer beginnt, die eigene Situation als normal und selbst gewählt zu erleben.

»Schließ die Augen.«

Ylva sah ihn besorgt an. Sie stand wie angewiesen mit den Händen auf dem Kopf da. Er hatte die Tür nur einen Spalt weit geöffnet und schaute zu ihr herein.

»Ich habe eine Überraschung«, sagte er. »Mach die Augen zu.«

Sie gehorchte. Ihre Lider zitterten unruhig. Sie hörte, wie er durch die Tür kam und auf sie zutrat. Sie öffnete die Augen. In einer Hand hielt er eine Stehlampe, in der anderen eine schwere Papiertüte.

»Etwas zu lesen«, sagte er. »Ein wenig Zeitvertreib kann nicht schaden. Hast du eine Lesebrille?«

Sie schüttelte den Kopf. Der Mann lächelte sie an.

»Setz dich«, sagte er.

Ylva tat, wie ihr geheißen. Der Mann stellte die Tüte und die Lampe auf den Fußboden und setzte sich neben sie aufs Bett.

»Du bist jetzt hier«, sagte er. »Ich weiß, es ist nicht leicht, das zu akzeptieren. Du möchtest gerne glauben, dass das nur vorübergehend ist, dass du von hier wegkommen kannst. Aber zugleich weißt du, dass das nie geschehen wird. Je früher du das einsiehst, desto früher wirst du zur Ruhe kommen. Glaube mir. In einem Jahr wirst du hier nicht mehr wegwollen. In einem Jahr bleibst du, selbst wenn ich die Tür offen stehen lasse.«

Er strich ihr übers Haar. Als sei sie ein Kind und er der klügere Erwachsene, der sie tröstete.

»Es ist kein schlechtes Leben, das wir dir bieten«, sagte er.

Er legte ihr den Zeigefinger unters Kinn und drehte ihr Gesicht behutsam in seine Richtung.

»Gewalt ist nicht mein Ding«, sagte er. »Ich schlage nur, wenn es nötig ist. Um Gehorsam zu erzwingen. Das ist effektiv, schafft aber keine starken Bande. Mir ist das Zuckerbrot lieber als die Peitsche, das Lob lieber als der Tadel.«

»Aber was sollen wir Ihrer Meinung nach tun?«

Wie die meisten Männer hatte Karlsson einen weichen Kern. Ein unrasierter, verheulter Ehemann mit einer verschwundenen Ehefrau war mehr, als er ertragen konnte. Wäre Karlsson nicht davon überzeugt gewesen, dass Mikes Tränen nur Ausdruck seines schlechten Gewissens und nicht seiner Trauer waren, hätte er zu allem Ja und Amen gesagt.

»Ich will, dass Sie sie finden«, sagte Mike.

»Wie?«, fragte Karlsson.

Mike wusste es nicht.

»Entweder will sie gefunden werden, oder …«

Karlsson hielt inne, aber es war bereits zu spät. Mike weinte erneut.

Mein Gott, was für eine Heulsuse, dachte Karlsson. Wenn er nicht gleich aufhört, fange ich auch noch an.

»Entschuldigen Sie«, sagte Mike.

»Kein Problem«, erwiderte Karlsson. »Vollkommen verständlich.«

Er öffnete eine Schreibtischschublade, nahm ein Paket Papiertaschentücher heraus und warf es über den Tisch.

»Danke«, sagte Mike.

Ein rostiges Mora-Messer, dachte Karlsson.

Eifersuchtsdrama, rostiges Mora-Messer, schlechtes Gewissen.

32. Kapitel

Im Ausland ließ sich sein Alkoholismus gut kaschieren. Der Mann vermutete, dass dies auch der Grund war, dass sich westliche Männer im Exil zum Verwechseln ähnlich sahen.

Johan Lind war mit einer afrikanischen Frau verheiratet und stolzer Vater zweier kleiner Kinder, aber seine lebergelben Augen waren rot unterlaufen, seine Wangen aufgedunsen, und wie die meisten weißen Männer in der Dritten Welt wies er einen Bierbauch auf.

Johan Lind trank bereits zum Lunch und kehrte auf dem Heimweg von der Arbeit gern in der Bar ein. Die Bar war ein Wellblechschuppen, und das Angebot beschränkte sich auf das lokale Bier sowie eine Handvoll junger Frauen, die sich den Männern auf den Schoß setzten und für Getränke und Trinkgeld über ihre Witze lachten.

Der Mann vermutete, dass Johan Lind damit seine abseitige Existenz rechtfertigte. Mit der diffusen Vorstellung, dass man in Afrika zwar arm sei, aber das Leben zu genießen wisse. Man musste nicht alles so verdammt ernst nehmen. In Schweden hatte man das Lachen verlernt.

Etwas in dieser Richtung.

Der Mann konnte nicht mit Sicherheit sagen, ob Johan Lind dieser Auffassung war, da er auf Abstand blieb und seine Beobachtungen aus einem Mietwagen heraus anstellte. Er ging aber davon aus, dass seine Analyse zutraf.

Der Mann hielt sich seit sechs Tagen in Zimbabwe auf und wollte seine Aufgabe so rasch wie möglich erledigen. Folgendes wusste er: Johan Lind arbeitete als Polier auf einer Baustelle im Zentrum von Harare. Er wohnte mit seiner Familie in Avondale, einem hübschen Vorort im Nordwesten. Seine Arbeitstage verliefen alle gleich.

Der Mann musste nur eine günstige Gelegenheit abwarten. Die sich bereits am nächsten Tag ergab.

Da Freitag war, beschloss Johan Lind, mit dem Motorrad zur Arbeit zu fahren. Es handelte sich um eine Geländemaschine mit starkem Motor. Der Mann sah ihn von seinem Grundstück fahren und bereits in der Kurve Gas geben wie ein todesverachtender Zwanzigjähriger.

Ziemlich lächerlich, fand der Mann und folgte ihm auf Abstand zu seinem Arbeitsplatz in der Stadt.

Als Johan Lind nach der Arbeit, wie es seine Gewohnheit war, die Bar aufsuchte, fasste der Mann seinen Entschluss.

Er wartete ein Stück entfernt. Als Johan Lind langsam an ihm vorbeifuhr, drehte der Mann den Zündschlüssel seines Mietwagens und folgte ihm.

Es war dunkel, und es herrschte kaum Verkehr.

Der Mann wartete, bis sie einen Wegabschnitt ohne Häuser erreichten. Er überholte und schnitt dem Motorrad den Weg ab. Johan Lind verlor die Kontrolle und das

Gleichgewicht. Das Motorrad glitt unter ihm weg, und er blieb auf dem Asphalt liegen. Der Mann parkte am Straßenrand und ging rasch auf ihn zu.

»You idiot, you fucking drove me off the road«, schrie Johan.

Der Mann trat an ihn heran und sah sich rasch um. Johan Lind blinzelte und versuchte, die Schmerzen zu unterdrücken.

»Wie geht es Ihnen?«, fragte der Mann.

Johan Lind horchte auf, als er seine Muttersprache hörte. Er sah den rücksichtslosen Fahrer, der ihn fast umgebracht hatte, erstaunt an. Er wirkte bekannt.

»Lassen Sie mich helfen«, sagte der Mann. »Ich bin Arzt.«

Er schob seinen Unterarm unter Johans Hals und packte ihn.

»Erinnerst du dich an Annika?«, sagte er und brach seinem Landsmann das Genick.

*

»Mit anderen Worten: Ihr habt nichts in der Hand?«

Der Staatsanwalt schaute rasch von den Papieren auf, in denen er demonstrativ gelesen hatte, während Karlsson und Gerda die Erkenntnisse vorgetragen hatten, die sie seit Ylva Zetterbergs Verschwinden vor drei Monaten gesammelt hatten.

Sie hatten sich an der Affäre der Verschwundenen aufgehalten, an ihren widersprüchlichen Angaben, wo sie den Freitagabend zu verbringen gedenke, sowie an ihrer angeblichen Vorliebe für härtere Bettspiele.

Karlsson und Gerda sahen sich an. Sie hofften beide, dass dem anderen ein paar blumige Worte einfallen würden, die der dürftigen, praktisch inhaltslosen Ermittlungsakte etwas mehr Gewicht verleihen könnten.

Der Staatsanwalt fuhr damit fort, in den Papieren zu blättern, ein deutlicher Ausdruck dafür, wie gering er ihren Arbeitseinsatz schätzte.

»Keine Leiche, keine Zeugen, keine dubiosen Kontoauszüge, keine rätselhaften Mails oder mysteriösen Telefonanrufe, kurz gesagt: überhaupt nichts?«

Er sah sie fragend an. Weder Karlsson noch Gerda sagten etwas.

»Damit ist die Sache vom Tisch«, meinte der Staatsanwalt und kehrte zu seinen Papieren zurück, ohne den Beamten weiter Beachtung zu schenken.

»Das war alles«, fügte er dann noch mit leiser Stimme hinzu.

33. Kapitel

Es gab Klageweiber, allerdings, erstaunlich viele sogar. Menschen, die Beerdigungen beiwohnten, auf denen sie eigentlich nichts zu suchen hatten, die den Kopf zur Seite neigten und dann mit betrübter Miene mitfühlend nickten. Die allermeisten Menschen gingen jedoch auf Distanz. Die große Mehrheit stand der Trauer anderer hilflos gegenüber. Sie wusste nicht, wie sie sich verhalten oder was sie sagen sollten. Sie hatten Angst, sich aufzudrängen, alles nur noch schwerer zu machen, indem sie an sie erinnerten. Sie hatten aber auch Angst, dass die Düsternis irgendwie auf sie abfärben könnte.

Die Trauernden, die mit der Unsicherheit ihrer Mitmenschen konfrontiert wurden, sagten im Nachhinein in der Regel, dass es keine große Rolle spielte, wie die anderen reagierten, sofern sie nur überhaupt etwas unternahmen. Egal in welcher Form.

In Mikes Fall gab es niemanden zu betrauern, es gab nur Ungewissheit und Fragen.

»Sie ist also weg?«

»Ja.«

»Ist sie abgehauen?«

»Das glaube ich nicht.«

»Ist was passiert?«

»Ich weiß es nicht. Sie ist weg. Sie hat sich nach der Arbeit von ihren Kollegen verabschiedet und ist nicht nach Hause gekommen.«

»Was sagt die Polizei?«

»Nichts. Sie sagen, es kommt vor, dass Menschen einfach verschwinden.«

»Irgendwo muss sie doch sein. Ich verstehe das nicht ...«

Mikes Freunde und Kollegen konnten ihm schlecht ihr Beileid aussprechen. Denn das hätte bedeutet, die Hoffnung aufzugeben. Nach einiger Zeit begannen sie, sich zu distanzieren. Es gab nichts mehr zu sagen. Ylvas Verschwinden war rätselhaft.

In der Lokalzeitung erschien ein längerer Artikel, nachdem in der Fernsehsendung »Gesucht« ein Beitrag über das fünf Monate zurückliegende Verschwinden gesendet worden war. Die Zeitung beschrieb unter anderem Ylvas letzten Tag an ihrem Arbeitsplatz. Der Artikel umfasste auch eine Liste jener Leute, die in den letzten Jahren in der Gegend spurlos verschwunden waren. »Menschen, deren Leichen nie gefunden wurden«, lautete die Zwischenüberschrift.

Die meisten waren Männer, vermutlich mehr als die Hälfte war im Meer ertrunken. Einige waren noch Tage nach ihrem Verschwinden gesehen worden, aber die Zeugenaussagen blieben vage und widersprüchlich.

Karlsson äußerte sich als Polizeiexperte. Er beschrieb Statistiken und mögliche Szenarien.

»In den Fällen, in denen wir den Verdacht haben, die Vermissten könnten ermordet worden sein, konzentrieren wir uns auf die nächsten Angehörigen. In der Regel findet man die Täter dort.«

Das Zitat bezog sich nicht ausdrücklich auf Mike, aber der Artikel wurde von dem großen Foto Ylvas illustriert, das Mike nach ihrem Verschwinden an die Zeitung gegeben hatte.

Karlsson hätte Mike nicht deutlicher beschuldigen können, ohne sich der üblen Nachrede schuldig zu machen.

Mike verbrachte einen Großteil der folgenden Woche damit, auf diese Anklage zu reagieren.

Er rief Karlsson an, der behauptete, falsch zitiert und völlig missverstanden worden zu sein. Er hätte sich ganz allgemein und nicht speziell über Ylvas Verschwinden geäußert.

Der Staatsanwalt meinte, das sei ein Fall für den Presseombudsmann.

»Wenn Sie es ganz genau lesen ...«

Mike knallte den Hörer auf die Gabel und rief bei der Zeitung an.

»Meine Tochter war in Tränen aufgelöst, als ich sie heute aus der Schule abholte. Raten Sie mal, was die anderen Kinder zu ihr gesagt haben?«

Der Chefredakteur drückte sein Bedauern aus und erklärte sich bereit, eine Richtigstellung zu drucken. Das tat er dann auch. Eine kurze Notiz unter den Leitartikeln, in der stand, dass weder Polizei noch Staatsanwaltschaft irgendeinen Verdacht gegen irgendeinen Angehörigen Ylvas hegten.

Wie die meisten anderen Dementis verschlimmerte es die Sache nur.

34. Kapitel

Ylva lag im Bett und schaute auf den Bildschirm. Das Licht gewann die Oberhand, der Tag verdrängte die Nacht. Das waren die besten Augenblicke des Tages. Bald würde sie Sanna und Mike an verschiedenen Fenstern vorbeiflattern sehen. Eine Dreiviertelstunde später verließen sie dann das Haus und stiegen ins Auto.

Ylva starrte auf den Monitor, als hinge die Sicherheit der beiden von ihrer sorgfältigen Überwachung ab. Sie konzentrierte sich so sehr, dass alles um sie herum verschwand. Sie hatte fast das Gefühl, dort zu sein, in dem Bild von Wirklichkeit, das sie betrachtete.

Mike und Sanna hatten sich Gewohnheiten zugelegt. Man sah es an ihren routinierten Bewegungen. Wie Mike die Tür abschloss, Sanna um das Auto herumging und einstieg, sobald er die Zentralverriegelung geöffnet hatte. Ihr Kindersitz hatte jetzt seinen festen Platz auf dem Beifahrersitz. Sanna legte ihren Rucksack unter den Sitz und streckte die Hand nach dem Sicherheitsgurt aus. Vielleicht entsorgte Mike noch den Müll des Vortages, zögerte den Bruchteil einer Sekunde, bevor er den Abfall auf die richtigen Behälter verteilte.

Mike hatte seinen Arbeitstag an Sannas Stundenplan angepasst. Jedenfalls morgens. Nachmittags kam meist seine Mutter. Sie traf mit Einkaufstüten und Sanna an der Hand ein.

Ylva fragte sich, ob ihre Schwiegermutter glücklich war. Ob sie die Bedeutung, die ihr plötzlich zugefallen war, zu schätzen wusste.

Kristina hatte ebenfalls ihren Lebensgefährten verloren. Im Unterschied zu Mike hatte sie jedoch Gewissheit gehabt. Wahrscheinlich hatte sie einen großen Teil der Schuld auf sich genommen, überlegt, was sie hätte anders machen können, und sich auf diese Weise bestraft. Aber sie hatte Gewissheit gehabt.

Sanna hatte eine neue Herbstjacke bekommen. Ylva war sich sicher, dass Mike ihr erlaubt hatte, sie selbst auszusuchen. Sie glaubte nicht, dass sie so großzügig gewesen wäre.

Sobald sie aus dem Bild verschwunden waren, begann Ylva mit der Morgengymnastik. Fünf Minuten auf der Stelle marschieren, die Knie weit nach oben ziehen. Hundert Sit-ups und fünfundzwanzig Liegestütze.

Ylva hätte die Wiederholungen gerne erhöht, hatte aber Angst, sich zu verletzen und ganz auf die Gymnastik verzichten zu müssen. Das Gefühl der physischen Stärke war wichtig für ihre mentale Gesundheit.

Sie hatten Anders ermordet, sie hatten Johan ermordet. Ermordet. Der Mann hatte ihr stolz alle Einzelheiten erzählt und außerdem, was sie von ihr erwarteten.

Es habe keine Eile damit, hatte die Frau erklärt. Sie dürfe ihr eigenes Leiden gerne in die Länge ziehen, sie verdiene keinen raschen Ausweg. Aber sobald sie bereit sei, würden ihr die notwendigen Hilfsmittel zur Verfügung stehen.

Anschließend hatte sich die Frau über den Schweißgeruch beklagt. Sie beklagte sich über alles. Ylva hatte mehr Angst vor ihr als vor ihrem Mann.

Nach dem Duschen machte sich Ylva eine Tasse Tee und ein Butterbrot. Dann erledigte sie die Wäsche und bügelte, Aufgaben, die man ihr zugeteilt hatte. Seltsamerweise führte sie sie mit großem Engagement aus. Für ihre Arbeit erhielt sie Essen, Strom und Wasser, durfte sie weiterleben.

Die Stehlampe, den Wasserkocher und die Bücher bekam sie für das andere.

Ylva hatte ein wenig Aufmunterung verdient. Sie tat mehr, als von ihr erwartet wurde.

Und sie war immer bereit.

*

Calle Collin befand sich im Erweiterungsbau der Stadtbücherei an der Odengatan. Auf etlichen Schildern stand ausdrücklich, dass man nur eine Zeitung auf einmal nehmen durfte, aber Calle hatte es eilig und griff sich ein halbes Dutzend Provinzblätter, ehe er im Lesesaal Platz nahm.

Der Journalismus stellte einen Kreislauf dar. Eins ergab das Nächste, das seinerseits Vertiefung verlangte, was zu neuen Artikeln führte, die Voraussetzung von ...

In Schulbüchern wurde darauf hingewiesen, wie wichtig mehrere und voneinander unabhängige Quellen waren. Die Verfügbarkeit sachlicher Informationen war eine Voraussetzung für kluge Beschlüsse mündiger Bürger, die dann für jene Partei stimmten, die sie für am geeignetsten hielten, die Geschicke des Landes in der nächsten Mandatsperiode zu lenken.

Politischer Journalismus war allerdings nicht Calles Ressort, er versuchte vorrangig, Hunger und Gläubiger fernzuhalten. Aber auch die Illustrierten folgten denselben Gesetzen. In den Artikeln anderer fand er die Ideen für eigene Beiträge.

Rasch und rastlos blätterte er und überflog routiniert den Inhalt. Die kurzen Artikel in der Lokalpresse waren am interessantesten. Dort fand sich sein Stoff: ungewöhnliche Vorfälle im Leben normaler Menschen.

Er notierte sich alles, was sein Interesse weckte. Auch was sich nicht für eine Reportage oder ein Interview eignete, inspirierte ihn womöglich zu einem Beitrag für die »Geschichten unserer Leser«. Diese Beiträge wurden zwar nicht sonderlich gut bezahlt, waren aber rasch geschrieben. Calle hatte diese Seiten eine Zeitlang als Freiberufler für eine Illustrierte gefüllt und rasch eingesehen, dass es einfacher war, die Beiträge selbst zu schreiben, als die unbegreiflichen Texte zu redigieren, die die Leser einschickten.

Dreißig Minuten später verließ Calle die Bibliothek. Er ging nach Hause und mailte in rascher Folge vier Redaktionen je drei Artikelvorschläge. Mehr Vorschläge würden nur die Geduld der Redakteure überstrapazieren.

Im Laufe des Nachmittags würde er bei den Redaktionen anrufen und sich erkundigen, ob sie schon die Zeit gehabt hätten, sich seine Vorschläge anzusehen. Hoffentlich war wenigstens eine Reaktion positiv.

Er hörte, wie die Post durch den Briefkastenschlitz katapultiert wurde und zu Boden fiel. Der Briefträger hatte offenbar eine Karriere als Basketballprofi hinter sich. Calle ging auf den Flur und sammelte seufzend die Rechnungen ein. Er schlitzte die Umschläge mit dem Daumen auf und stellte wieder einmal fest, dass Dinge, die schlecht aussahen, noch schlechter werden konnten.

Drei Stunden später hatte er mit dem vierten und letzten Redakteur gesprochen. Niemand hatte angebissen. Zwei wollten noch mal über den einen oder anderen Vorschlag nachdenken, konnten aber nichts versprechen. Einer hatte sofort abgelehnt und laut geseufzt, als Calle seinen Namen genannt hatte. Ein anderer mit ausgeprägter sozialer Ader, aber extrem wenig Grips, hatte fröhlich abgelehnt und auf Sparmaßnahmen verwiesen. Calle war sich sicher, dass der Bursche bei Schwedens größtem Medienkonzern eine strahlende Karriere vor sich hatte.

Calle lag auf dem Bett und starrte apathisch an die Decke, als das Telefon klingelte. Er schaute auf das Display. Helen, die Chefredakteurin von »Kinder und Eltern«. Calle antwortete mit munterer Stimme.

»Das ist aber lange her.«

»Jaja«, erwiderte sie gestresst. »Du musst entschuldigen. Wir hatten wahnsinnig viel um die Ohren. Und so ist es immer noch. Deswegen rufe ich auch an. Rasche Frage.

Könntest du vielleicht einspringen und beim Redigieren helfen?«

»Natürlich. Wann?«

»Morgen und am Freitag. Am liebsten auch noch nächste Woche.«

»Natürlich«, sagte Calle.

»Ist das wahr? Super! Ich liebe dich.«

»No problem«, sagte Calle und beendete das Gespräch.

»Meine Güte, bin ich gefragt«, sagte er und lächelte breit.

35. Kapitel

Ylva war tot. Mike war sich sicher. Er hegte keinerlei Hoffnung, dass sie sich plötzlich aus der Mittelmeerregion melden würde, wo sie in Sandalen und T-Shirt Trauben erntete und sich als geile, spätpubertäre Hippie-Tusse blamierte. Etwas war passiert, und er hatte keine Energie, Spekulationen über das Was anzustellen. Da die letzten Stunden ihres Lebens möglicherweise grauenvoll gewesen waren, blockte Mike bewusst alle Überlegungen in dieser Richtung ab und konzentrierte sich auf die bevorstehenden, praktischen Dinge.

»Papa, du hast eine Einladung zum Maskenball bekommen!«

»Was? Ich?«

Sanna kam mit einer Einladungskarte angelaufen. Mike hob seine Tochter hoch und umarmte sie fest. Er nickte seiner Mutter zu, die mit der Schürze in der Küche stand und lächelnd zuschaute.

»Was ziehst du an?«, fragte Sanna.

»Ich weiß nicht. Darf ich mir die Einladung ansehen?«

Er stellte Sanna wieder auf den Boden und nahm die

Karte. Er hängte seine Jacke auf und las, während er in die Küche ging.

»Sie wird also vierzig«, sagte er und küsste seine Mutter auf die Wange. »Hm, riecht lecker.«

»Ganz gewöhnliche Fleischbällchen, nichts Besonderes.«

»Gibt es was Besonderes?«

»Als was sollen wir dich verkleiden?«, lag ihm Sanna in den Ohren.

»Ich weiß nicht. Erst einmal sehen, ob ich überhaupt hingehe.«

»Was? Gehst du nicht?«

Sanna konnte es nicht fassen. Eine Maskerade. Sich verkleiden dürfen. Unschlagbar!

»Natürlich geht Papa«, sagte Kristina.

»Mal sehen«, meinte Mike und stibitzte ein Fleischbällchen direkt aus der Bratpfanne.

Sanna sah ihren Vater enttäuscht an.

»Nie willst du was Lustiges machen.«

»Wirklich nicht?«, erwiderte Mike.

»Nein. Nie«, sagte Sanna.

»Aber ich weiß nicht, ob ich einen Maskenball so wahnsinnig aufregend finde.«

»Papa, du findest überhaupt nichts aufregend.«

*

Calle Collin seufzte laut. Das war ein vollkommen sinnloser Text, zu dem sich unmöglich eine Überschrift dichten ließ. Die Zitate waren nichtssagend, die aufgereihten Fakten bereits bekannt und die Perspektive so aufregend wie das Nachtleben in Nässjö.

Es war Freitagnachmittag, und die Redaktion von »Kinder und Eltern« saß in der Küche und trank Kaffee. Helen hatte Calle zu einer Tasse überreden wollen, aber er weigerte sich, seinen Schreibtisch zu verlassen, bevor ihm nicht eine Überschrift eingefallen war. Es war sein letzter Tag als stellvertretender Schlussredakteur, und er wollte mit dem Artikel fertig werden, wobei ihm unbegreiflich war, warum Helen den Text überhaupt eingekauft hatte.

Um ihn herum klingelten die Telefone, eines nach dem anderen.

»Sagst du bitte beim Empfang Bescheid, dass sie keine Gespräche durchstellen?«, rief Helen. »Sag, dass wir bis 16 Uhr eine Besprechung haben.«

Calle griff zum Hörer und rief den Empfang an.

»Ich denke, das ist ein Gespräch, das ihr lieber entgegennehmen solltet«, sagte die Frau am Empfang. »Am besten kümmert sich Helen persönlich darum.«

»Okay, stell durch.«

Calle nannte der Frau, die vollkommen außer sich war und die Chefredakteurin sprechen wollte, seinen Namen.

»Worum geht es denn?«, fragte Calle, der das Kaffeekränzchen der Redaktion nicht stören wollte, weil ein Abonnent seine Zeitschrift zu spät bekommen hatte.

Es dauerte eine halbe Minute, bis Calle begriffen hatte, wie ernst die Sache war.

»Einen Augenblick«, sagte er dann. »Ich hole sie.«

Er legte den Hörer auf den Tisch und schluckte sein Unbehagen herunter, ehe er in die Küche ging. Offenbar standen ihm seine Gedanken ins Gesicht geschrieben, denn alle verstummten sofort und sahen ihn fragend an.

»Eine Frau ist am Telefon«, sagte Calle. »Ihr hattet in der letzten Nummer eine Reportage über Afrika oder so.«

Helen nickte.

»Ja, was ist damit?«

»Der Mann ist tot«, sagte Calle. »Kam vor gut vier Monaten bei einem Verkehrsunfall ums Leben.«

»Mein Gott.«

Helen stand rasch auf.

»Dein Telefon?«, fragte sie.

Calle nickte.

Er blieb in der Küche stehen und lauschte mit den anderen Helens Worten. Ihren Entschuldigungen und ihrem aufrichtigen Bedauern, ihrer tief empfundenen Anteilnahme. Ihren in diesem Zusammenhang vollkommen belanglosen, aber ehrlich gemeinten Erklärungsversuchen für das Missgeschick.

Einer der Reporter hatte die fragliche Zeitschrift geholt und den Artikel aufgeschlagen. Er war bereits ein halbes Jahr zuvor verfasst worden, dann aber liegen geblieben. Calle beugte sich über den Tisch, um sich das Foto des Mannes anzusehen, der vier Monate zuvor bei einem Verkehrsunfall ums Leben gekommen war. Er hatte sich stolz mit seiner Familie ablichten lassen, seiner afrikanischen Frau und den beiden gemeinsamen Kindern. Ein neugeborenes Mädchen, den Kleidern nach zu urteilen, und ein etwa zweijähriger Sohn.

Es dauerte eine Sekunde, bis Calle ihn erkannte. Sein Puls beschleunigte sich, und er suchte den Namen des Mannes im Text. Tatsächlich. Er war es.

Der Mann, der in Afrika bei einem Verkehrsunfall ums Leben gekommen war, war Johan Lind, einer der Pausenhoftyrannen, der zu der von Jörgen Petersson als Viererbande bezeichneten Gruppe gehört hatte.

✳

Mike ging auf die Party, obwohl er Maskeraden für einen Verstoß gegen die Menschenwürde hielt, etwas, das sich nur fantasielose und sadistische Menschen einfallen ließen.

Er ging Sannas wegen. Weil er kein Spielverderber sein wollte.

Und weil man ihm Virginia als Tischdame versprochen hatte.

Virginia war eine förmliche Frau mit schmalen Lippen und missbilligender, kühl-distanzierter Miene. Aber nach einem halben Glas verwandelte sich diese Virginia in ein hemmungsloses Partygirl.

Mike schätzte Virginia bei solchen Veranstaltungen fast ebenso sehr, wie er Maskenbälle verabscheute.

Die anderen Gäste klopften ihm auf die Schulter und kommentierten erfreut, dass er sich wieder unter Menschen wage.

Seit Ylvas Verschwinden waren gut zehn Monate vergangen und seit dem Zeitungsartikel fast ein halbes Jahr. Mike atmete stoßweise, als würde er gleich in Tränen ausbrechen.

Das Abendessen lief glatt, Virginia war noch unverändert, Dr. Jekyll und Mrs. Hyde.

Anschließend, als die Tische beiseitegeräumt waren und die Musik an jugendlichen Unverstand und gespielt anzügliche Bewegungen erinnerte, zog Virginia ihn an sich und brüllte ihm ins Ohr.

»Ich glaube, du weißt es.«

Sie nickte angeschickert vor sich hin und klopfte Mike mit dem Zeigefinger auf die Brust. Er hatte eine böse Ahnung, aber die war so abwegig, dass er sie nicht zuließ.

»Was weiß ich?«

»Bitte?«

Sie war richtig betrunken.

»Was soll ich wissen?«, fragte Mike mit lauter Stimme.

Virginia stolperte einen Schritt auf ihn zu und bedeutete Mike, sich zu ihr runterzubeugen, damit sie ihm ins Ohr brüllen konnte.

»Ylva«, sagte sie. »Ich glaube, du weißt, was geschehen ist.«

Mike blieb der Mund offen stehen, sein Puls raste. Sie zuckte mit den Achseln und deutete in die Runde.

»Alle glauben das.«

36. Kapitel

Mike hatte die halbe Nacht mit seiner Mutter zusammengesessen. Als er lange genug auf das Licht gestarrt hatte, das durch die Gardine des Schlafzimmers sickerte, zog er Jeans und Pullover an und begab sich zu Virginia und ihrem Mann im Tennisvägen. Es war neun Uhr, sie waren gerade aufgestanden.

Lennart öffnete die Tür. Mike ging an ihm vorbei in die Küche, in der Virginia verlegen versuchte, sich hinter der Zeitung zu verstecken, und behauptete, sich an nichts mehr erinnern zu können.

»Ich muss mir so etwas von dir nicht bieten lassen«, sagte Mike und deutete mit einem vorwurfsvollen Finger in ihre Richtung. »So einen Scheiß muss ich mir wirklich nicht bieten lassen. Ylva ist verschwunden, wahrscheinlich ist sie tot, und dir macht es Spaß, mich mit Dreck zu bewerfen und Stammtischmutmaßungen anzustellen.«

Lennart trat einen Schritt vor und versuchte, männliche Autorität auszustrahlen.

»Mike, setz dich, damit wir in aller Ruhe darüber reden können.«

»Fass mich nicht an.«

Mike atmete laut.

»Ich hatte mich so auf diese Party gefreut«, sagte er. »Und dann haust du mir so was um die Ohren.«

Virginia saß schweigend und mit hochrotem Gesicht da.

»Was zum Teufel glaubst du eigentlich? Glaubst du, glaubt ihr allen Ernstes, dass ich etwas mit Ylvas Verschwinden zu tun habe? Glaubt ihr das?«

»Natürlich glauben wir das nicht«, sagte Lennart. »Das war ein Missverständnis, oder, Virginia?«

Sie saß starr da und rührte keine Miene.

»Dann lasst es mich hier noch einmal betonen, dass ich nicht das Geringste mit Ylvas Verschwinden zu tun habe. Sie ist jetzt seit zehn Monaten und sieben Tagen verschwunden. Es vergeht keine Stunde, in der ich mich nicht frage, was in der Nacht, in der sie verschwand, geschehen ist. Keine Stunde. Ich wünsche mir nur, dass es schnell ging und dass sie nicht leiden musste. Und ihr habt die Stirn, hier rumzusitzen und Mutmaßungen anzustellen. Mutmaßungen! Ihr solltet euch schämen, alle beide.«

Mike wandte sich an Lennart und schaute ihn voller Verachtung an.

»Harley Davidson ohne Schalldämpfer. Ist dir denn nicht klar, dass dich alle auslachen? Ein erwachsener Mann mit einem Motorrad. Was ist das Nächste? Eine elektrische Gitarre? Wenn ihr euch auch nur ansatzweise vorstellen könntet, was ich in den letzten Monaten durchgemacht habe, was Sanna und ich jeden Tag aushalten müssen, dann würdet ihr mich nicht mit so einem Scheiß behelligen.«

Virginia schwieg immer noch und starrte auf die Tischplatte. Lennart unternahm einen Versuch, die Initiative zurückzugewinnen.

»Mike, hör schon auf.«

»Halt die Schnauze, du Memme.«

Mike knallte die Tür hinter sich zu. Er stieg die Stufen zum Ankarliden hoch und setzte seinen Weg Richtung Bäckavägen fort. Der Steigung zum Trotz ging er schnell und mit energischen Schritten. Er fühlte sich ruhiger als seit Langem.

Als er nach Hause kam, waren seine Mutter und Sanna auf, und der Frühstückstisch war gedeckt.

Seine Tochter sah ihn an.

»Wo warst du?«

»Unten bei Virginia und Lennart. Ich musste ihnen noch was sagen.«

»War der Maskenball lustig?«

Mike streckte die Arme aus und hob Sanna hoch.

»Wahnsinnig lustig«, sagte er, machte ein paar Tanzschritte und schwang sie im Kreis.

Er drückte Sanna an sich und lächelte seine Mutter an.

*

Mike brachte Sanna zur Schule und fuhr direkt ins Krankenhaus. Er löste einen Parkschein für einen ganzen Tag.

Er hatte keine Ahnung, wie lange es dauern würde, ging aber davon aus, dass die Angelegenheit sich in die Länge ziehen könnte.

Er ging zu den Fahrstühlen und las den Wegweiser. Fünfter Stock.

Die Glastür zum Krankenhausflur war verschlossen. Mike klingelte. Eine Krankenschwester kam ihm mit fragender Miene entgegen. Offenbar, weil er mit seinem teuren Anzug nicht aussah wie ein Patient.

Sie öffnete die Tür.

»Ja?«

»Meine Frau ist verschwunden, wahrscheinlich ist sie tot. Meine Nachbarn glauben, ich hätte sie auf dem Gewissen. Ich habe eine achtjährige Tochter. Ich brauche Hilfe, jemanden, mit dem ich reden kann.«

Die Krankenschwester zögerte, als hielte sie das Ganze für einen schlechten Scherz. Dann nickte sie.

»Waren Sie schon mal hier?«

Mike schüttelte den Kopf.

»Folgen Sie mir«, sagte die Krankenschwester.

Sie zeigte ihm das Wartezimmer und versprach, so schnell wie möglich wiederzukommen.

Nach ein paar Minuten kehrte sie mit dem Arzt zurück, einem Mann Anfang sechzig. Er kam Mike bekannt vor. Vielleicht der Vater eines Freundes?

Der Mann gab ihm die Hand, und Mike schüttelte sie dankbar.

»Hallo, ich heiße Gösta Lundin. Sie wollen reden?«

Mike nickte.

Sie gingen in ein Büro. Der Arzt schloss die Türe hinter ihnen.

»Nehmen Sie bitte Platz.«

»Danke.«

Gösta Lundin nahm hinter seinem Schreibtisch Platz.

»Entschuldigen Sie, aber wie war Ihr Name?«

»Mike, Mike Zetterberg.«

Der Arzt merkte auf, warf ihm einen kurzen Blick zu und notierte sich dann seinen Namen.

»Personenkennziffer?«

Mike leierte die Zahlen herunter.

Der Mann legte den Kugelschreiber hin und lächelte Mike an.

»Okay«, sagte er. »Sie sind also einfach hierhergekommen?«

»Ja.«

»Und aus welchem Grund?«

Mike erzählte.

» ... sie ist einfach nicht nach Hause gekommen«, fasste er seinen Bericht noch einmal zusammen. »Mehr war nicht. Ich habe keine Ahnung, was ihr zugestoßen sein könnte. Ob sie einen Unfall hatte oder ob sie ermordet worden ist.«

»Aber Sie glauben, dass sie tot ist?«

Es dauerte einen Augenblick, bis Mike antwortete. Er suchte nach den richtigen Worten.

»Ich kann mir nur schwerlich etwas anderes vorstellen.«

»Sie sagten, Ihre Freunde hegten den Verdacht, Sie hätten etwas mit dem Verschwinden Ihrer Frau zu tun. Ist die Polizei auch dieser Meinung?«

»Meine Frau hatte etwa ein Jahr vor ihrem Verschwinden eine Affäre. Vielleicht auch nicht nur eine. Was weiß ich. Als ich das erwähnte, haben sich die Polizisten zurückgelehnt und sich angesehen, als warteten sie nur darauf, mich endlich fragen zu können, wo ich die Leiche versteckt hätte.«

»Aber das hat Ihnen weniger ausgemacht?«

»Das war in jeder Beziehung ärgerlich und kränkend, aber damals, in dem ganzen Chaos nach dem Verschwinden meiner Frau, war es mir mehr oder weniger egal. Es war im Übrigen auch kein ausgesprochener Vorwurf, mehr eine Unterstellung in Form vielsagender Blicke und abwartenden Schweigens. Als würde sich mein Gewissen früher oder später schon melden und ich zusammenbrechen und erzählen, was sich wirklich zugetragen hat.«

»Und warum ist es jetzt anders?«

»Weil ich gerade in so etwas wie einen Alltag zurückgekehrt war. Die Party, die ich besucht habe, war so etwas wie ein Wendepunkt. Es war ein Maskenball. Ich verabscheue Maskenbälle. Trotzdem bin ich hingegangen, um zu zeigen, dass ich wieder auf die Beine gekommen bin.«

Mike schaute hoch und begegnete dem forschenden Blick des Arztes.

»Sie finden, dass es keine Rolle spielen sollte?«, sagte er. »Was die Nachbarn meinen und denken. Dass das im Hinblick auf alles andere vollkommen egal sein sollte?«

Gösta Lundin schüttelte unbeeindruckt den Kopf.

»Das habe ich nicht gesagt. Und so habe ich es auch nicht gemeint.«

Mike bereute seine Worte.

»Entschuldigen Sie.«

»Kein Problem. Ich möchte nur, dass Sie das, was Sie empfinden, beschreiben. Wie sieht es mit der Trauer aus?«

»Ein schwarzes Loch. Ich bin wie eine leere, hohle Hülse. Das ist natürlich. Aber manchmal frage ich mich, ob ich das wirklich empfinde – oder nur, weil es von mir so erwartet wird. Manchmal ist es wie Schweiß auf der Stirn oder ein Druck von innen, wie ein dumpfes Hämmern in meinem Kopf. Kein metallisches, eher gedämpft. Es ist sozusagen körperlich. Aber doch irgendwie distanziert.«

»Distanziert? Wie meinen Sie das?«

»Die Stimmen um mich herum. Losgelöst von mir. Ich höre alles, aber ich bewege mich wie in einem Nebel, fast wie im Rausch. Aber irgendwie auch wieder nicht. Es ist ein bisschen so, als wäre ich eine andere Person, als stünde ich neben mir. Wenn ich den Arm ausstrecke und jemandem die Hand gebe, ist es, als hätte ich nichts mit dieser Hand zu tun. Dasselbe gilt für das, was ich sage. Das sind nicht meine eigenen Worte. Die Worte kommen über meine Lippen wie schlecht synchronisierte Werbespots. Die Lippenbewegungen stimmen nicht mit den Lauten überein. Aber das Schlimmste ist, dass sich nichts verändert hat. Alles ist genauso wie vorher, es geht einfach weiter.«

»Ihre Tochter«, sagte der Arzt zögernd.

»Sanna ...«, begann Mike. »Ich weiß nicht. Ich habe das Gefühl, dass sie darüber weg ist, sie hat die Trauer überwunden, die Situation akzeptiert. Tja, so ist es nun einmal. Mama war da, jetzt ist sie weg. Es gibt sie nicht mehr. Das ist fast unheimlich.«

»Geht es ihr gut?«

»Sie meinen, ganz allgemein? Ich glaube schon. Ich bin mir sogar ziemlich sicher. Jeder Tag ist ein neues Abenteuer.«

»Hat sie Freunde?«

»O ja.«

»Worüber Sie sprachen, der Verdacht gegen Sie, hat sich also nicht auf Ihre Tochter übertragen?«

»Nein. Wenn das der Fall wäre, würde es mich verrückt machen.«

Gösta Lundin setzte sich anders hin.

»Das, worüber wir eben hier gesprochen haben, wurde also von den Worten einer betrunkenen und nicht sonderlich intelligenten Frau auf einer Party ausgelöst?«

Mike lachte kurz auf. Gösta sah ihn forschend an. Mike schüttelte den Kopf.

»Wussten Sie, dass man erst nach fünf Jahren jemanden für tot erklären lassen kann?«, sagte er. »Erst muss es von der Meldebehörde bekannt gegeben werden, und dann muss man noch ein weiteres halbes Jahr warten. Und dann? Lädt man zur Beerdigung mit einem leeren Sarg und spricht über einen Menschen, an den sich niemand mehr erinnert?«

»Sie haben die Frau mit Ihrer Wut konfrontiert«, sagte Gösta. »Erzählen Sie davon.«

»Ich bin zu ihr nach Hause gegangen. Erst behauptete sie, sie könne sich an nichts erinnern, dann sagte ihr Mann, ich hätte sie missverstanden. Sie schämte sich natürlich.«

»Aber Sie sind davon überzeugt, dass sie ausgesprochen hat, was alle denken?«

Mike nickte.

»Und wenn Sie diesen Gedanken einmal zu Ende denken. Stellen Sie sich vor, Ihre Freunde und Bekannten sprechen über nichts anderes. Und zwar ständig. Sie sitzen beieinander und stimmen jeder Anklage, die vorgebracht oder angedeutet wird, mit einem Nicken zu.«

Mike sah den Arzt an, der ihn anlächelte.

»Sie hören doch selbst, wie abwegig das klingt, oder?«

»Ja, vielleicht.«

»Ich denke, es ist gut, dass Sie gekommen sind. Ich schlage vor, wir vereinbaren gleich jetzt einen neuen Termin und treffen uns, bis es Ihnen besser geht. Ist das in Ihrem Sinne?«

Mike nickte dankbar. Gösta Lundin blätterte in seinem Kalender und schaute dann zu ihm hoch.

»Sie kommen mir irgendwie bekannt vor. Ich frage mich, ob ich Sie nicht schon mal im Lebensmittelladen in Läröd gesehen habe. Wohnen Sie dort?«

»Hittarp«, sagte Mike. »Im Gröntevägen.«

»Gröntevägen«, erwiderte Gösta. »Dachte ich's mir doch. Meine Frau und ich sind gerade erst aus Stockholm zugezogen. Wir wohnen am Sundsliden, etwas weiter oben.«

Mike wirkte erstaunt.

»Kann das sein? Komisch, dass wir uns noch nie begegnet sind?«

»Ich bin sicher, dass ich Sie schon mal gesehen habe«, meinte Gösta. »Sie waren wohl in Gedanken woanders, aus nachvollziehbaren Gründen.«

»Trotzdem«, sagte Mike. »Wir sind ja praktisch Nachbarn. Sie meinen das weiße Haus am Hang, das umgebaute? Mit dem Musikstudio im Keller?«

Gösta legte den Kalender hin, spielte ein paar Akkorde auf einer Luftgitarre und summte die ersten Takte von »Smoke on the Water«.

Mike musste lachen. Ein Psychologe, der einen Rockstar mimte, das war in seiner unerwarteten Einfachheit schön.

»Ich bin allerdings mehr für Schlagzeug«, meinte Gösta. »Das ist mein Ventil. Ich hämmere drauflos, um mich abzureagieren.«

37. Kapitel

Es kam auf Einfühlungsvermögen und Glaubwürdigkeit an. Ylva führte ihre einzige Aufgabe mit Begabung und überzeugend aus. Es war nicht schwer, sie freute sich fast auf die Besuche. Jede Form menschlichen Kontakts war der Isolation und Einsamkeit vorzuziehen. Es traf zu, was sie ihr vorhergesagt hatten, sie hatte gelernt, genügsam zu sein.

Ylva spielte die Rolle der wandelbaren Liebhaberin. Vom lüsternen Vamp bis zur schüchternen Unschuld.

Das war unendlich lächerlich. Er war über sechzig, gebildet und intelligent, er hätte es besser wissen müssen. Aber Gösta Lundin unterschied sich nicht von anderen Männern. Er glaubte gern ihrem lauten Stöhnen, glaubte, dass sie sich aufbäumte, um selbst in Ekstase zu geraten und sich ganz von seiner Potenz ausfüllen zu lassen.

Wenn er klopfte, stellte sie sich gut sichtbar und mit den Händen auf dem Kopf vor die Tür. Sie blieb dort stehen, bis er eingetreten war und einen Blick in die Kochnische geworfen hatte, um sich davon zu überzeugen, dass Messer, Schere, Bügeleisen und Wasserkocher ordentlich auf der Spüle aufgereiht lagen. Diese Gegenstände galten als potenzielle Waffen. Fehlte etwas, konnte er sie schlagen oder, was noch schlimmer war, auf der Schwelle kehrtmachen, um tagelang nicht zurückzukehren. Dann musste sie sich ihre Vorräte einteilen und den Gestank des Mülls ertragen.

Es kam vor, dass Göstas Frau ihn holen kam, wenn sie fand, dass er zu lange bei ihr blieb, oder wenn sie mit ihm reden musste. Nichts befriedigte Ylva mehr. Wenn Marianne ihren Mann holen kam, stolzierte Ylva immer hocherhobenen Hauptes im Hintergrund herum.

Marianne tat, als würde sie das nicht bemerken, aber Ylva wusste, dass es ihr zu schaffen machte.

*

Mike Zetterberg hielt an einer roten Ampel. Er hatte gute Laune. Er war ruhig und fühlte sich stark. Wie immer, wenn er das Krankenhaus verließ. Er war jetzt zum fünften Mal dort gewesen und bereits bedeutend stabiler als bei seinem ersten Besuch auf der Station.

Gösta Lundin war ein kluger Arzt, fürsorglich und warmherzig. Er bezeichnete sich als Florida-Rentner. Er war aus Stockholm zugezogen, um auf seine alten Tage ein bequemeres Leben zu führen. Die meisten Stockholmer zog es nach Österlen, aber Gösta und seine Frau Marianne verstanden nicht, was es für einen Sinn machen sollte, am selben Binnenmeer zu bleiben, in dem die Algen blühten, sobald das Wasser Badetemperatur erreicht hatte. Beide waren mit ihrer Wahl zufrieden und sehnten sich nicht in die Hauptstadt zurück.

Fußgänger überquerten vor seinem Auto die Straße. Körper in Bewegung, Menschen, die irgendwohin unterwegs waren, im Fluss. Mike ging es recht gut. Das Leben war auf eine wunderbare Weise zurückgekehrt. Er konnte nicht behaupten, die Trauer habe sich abgeschliffen, aber sie war nicht mehr so allumfassend wie zu Anfang.

Sanna war viel beschäftigt, sie wirkte geradezu rätselhaft harmonisch und unbekümmert. Mike wechselte so gut wie täglich ein paar Worte mit ihren Lehrerinnen, aber die langen Diskussionen, die es direkt nach Ylvas Verschwinden gegeben hatte, waren einer Art Ritual gewichen:

»Alles in Ordnung?«, fragte Mike.

»Ja, sieht so aus«, meinten die Lehrkräfte. »Starkes Mädchen.«

Seine Mutter war ihm eine sehr große Hilfe. Ohne sie wäre es nicht gegangen. Sie holte Sanna von der Schule ab und kochte an mehreren Tagen in der Woche das Essen. Gelegentlich übernachtete sie auch, um am nächsten Tag das Haus zu putzen. Mike fühlte sich wie ein verwöhnter Teenager, aber er wusste auch, dass beide Seiten profitierten. Kristina war durch die plötzliche Verantwortung regelrecht aufgeblüht.

Sie unterhielten sich häufiger über Mikes Vater, fast mehr als über Ylva. Aus verständlichen Gründen. Die Gespräche über Ylva führten zu Mutmaßungen und Spekulationen, Fantasien, die nichts brachten, sondern im Unterbewussten weiterwucherten und spätestens nach zwei Tagen als Albträume wiederkehrten.

In diesen Nächten konnte Mike nicht wieder einschlafen. Dann kam es vor, dass er seine Mutter anrief und weinte. Sie sprachen von Trauer und Verlust, von dem unangenehmen Geschmack im Mund, der alles überdeckte und das Atmen erschwerte.

Seine Mutter und Gösta Lundin. Kluge, verständnisvolle, vernünftige Menschen, die zuhörten, ihn reden ließen und ihm seine Schwäche zugestanden. Keine verdammten Tabletten, die abstumpften und süchtig machten.

Mike war es seiner Tochter schuldig, seelisch fit und präsent zu sein.

Das war seine einzige Aufgabe, und sich darauf zu konzentrieren, gab ihm Kraft und verlieh ihm außerdem eine neue Autorität. Er musste sich um nichts anderes mehr kümmern. Die Arbeit war Mittel zum Zweck, kein Selbstzweck. Bei Besprechungen stellte er die auf der Hand liegenden Fragen, die keiner sonst zu stellen wagte, und brachte die selbstverständlichen Einwände vor, die sonst nur die Mächtigsten und Einflussreichsten vorbringen durften.

Jemand winkte ihm zu. Eine Fußgängerin war vor seinem Auto stehen geblieben, um auf sich aufmerksam zu machen. Eine schöne Frau, die ihn anlächelte.

Ist was nicht in Ordnung?, überlegte Mike, bevor er sie erkannte, die Hand hob und das Lächeln erwiderte.

Nour ging um die Motorhaube herum, und er ließ das Fenster auf der Beifahrerseite herunter. Sie beugte sich vor.

»Hallo! Wie geht's?«

Er wusste, worauf sich die Frage bezog. Sie hatten seit Ylvas dramatischem Verschwinden keinen Kontakt mehr gehabt. Mike lächelte.

»Danke, ganz okay. Es ist jetzt tatsächlich alles viel besser.«

»Ich wollte dich zigmal anrufen, aber irgendwie kam es dann nie dazu«, sagte Nour.

Der Fahrer hinter ihm begann zu hupen. Mike schaute rasch in den Rückspiegel.

»Ich stehe offenbar im Weg.«

»Wohin fährst du?«, fragte Nour.

»Zur Arbeit. Wohin musst du?«

»In dieselbe Richtung. Darf ich?«

»Klar.«

Mike legte Sannas Kindersitz nach hinten, Nour öffnete die Beifahrertür und stieg ein. Mike legte einen Gang ein, aber der Fahrer hinter ihm hatte bereits die Spur gewechselt, fuhr verärgert vorbei und warf Mike wütende Blicke zu. Mike hob freundlich und entschuldigend die Hand, aber der andere Fahrer schüttelte nur den Kopf.

»Wichtig«, meinte Nour ironisch. »Wirklich wichtig.«

38. Kapitel

Die Neonröhre an der Decke ging blinkend an. Ylva erwachte von der plötzlichen Helligkeit. Ihre Augen waren verklebt, und sie fühlte sich fiebrig.

Sie wusste nicht, wie lange der Strom abgestellt gewesen war, zwei Tage vermutlich. Die Milch im Kühlschrank war sauer geworden, und außer einem trockenen Roggenbrot in Scheiben und einer Dose billigen Thunfischs hatte sie nichts zu essen gehabt.

Den Grund für diese Bestrafung kannte sie nicht, sie hatte eigentlich eher eine Belohnung für ihre sexuellen Dienste erwartet. Sie hatte mehr getan, als von ihr erwartet worden war, hatte sich eingelebt. Gösta hatte keinen Grund zur Klage.

Ylva schaute auf den Fernseher. Draußen war es hell, und Mikes Auto stand nicht in der Auffahrt. Sie vermutete, dass ein Wochentag war.

Zwei harte Schläge gegen die Tür waren zu hören. Ylva stand mit zitternden Knien auf und legte ihre Hände auf den Kopf. Ihr war schwindlig, und sie schwankte. Während der dunklen Tage hatte sie zusammengerollt unter der Decke gelegen, Kinderlieder gesummt, mehrmals vorwärts und rückwärts bis zehntausend gezählt und das Bett nur verlassen, um auf die Toilette zu gehen.

Fußboden Wände Decke.

Der Strom war wieder eingeschaltet, und sie konnte das Leben draußen auf dem Monitor verfolgen. Sie war zu fast allem bereit, um eine erneute Dunkelphase zu verhindern.

Der Schlüssel drehte sich im Schloss. Die Tür wurde geöffnet, und Marianne trat ein. Sie hielt ein aufgerolltes Seil in der Hand. Ylva wich automatisch zurück.

Marianne ging auf sie zu, Ylva ließ sich aufs Bett sinken, drehte den Kopf zur Seite und zog die Schultern hoch.

Marianne beugte sich über sie, schaute nach unten, betrachtete sie.

»Glaubst du etwa, ich begreife nicht, was du vorhast?«

Ylva schaute unsicher und ohne zu antworten hoch. Die einzigen Worte, die sie unaufgefordert aussprechen durfte, waren *Danke* und *Verzeihung*. Und die musste sie überzeugend vorbringen. Wenn Marianne auch nur die Andeutung von mangelnder Aufrichtigkeit ahnte, wurde sie bestraft.

»Das ist lächerlich«, sagte Marianne. »Du bist eine wertlose Hure und glaubst, einen Keil zwischen mich und meinen Mann treiben zu können. Ist dir jeder Realitätssinn abhandengekommen? Glaubst du wirklich, dass er dich haben will?«

Sie hielt inne und betrachtete Ylva mit derselben Resignation wie ein Lehrer ein minderbegabtes Kind.

»Glaubst du, dass dich irgendjemand haben will? Wenn

wir die Tür öffnen und dich rauslassen, was, glaubst du, würde dann passieren? Bildest du dir etwa ein, Mike würde dich zurücknehmen? Wenn er erführe, wie schamlos du dich hingegeben hast?«

Marianne klang fast amüsiert. Ihre Verachtung war vollkommen, und Sie diktierte die Bedingungen. Für Ylva war es unmöglich zu widersprechen. Alle Einwände wären wirkungslos gewesen.

Marianne hob die Hand. Ylva duckte sich reflexmäßig. Marianne lachte.

»Warum sollte ich dich schlagen?«, sagte sie. »Das ist die Mühe nicht wert.«

Sie warf das Seil aufs Bett und ging zur Tür. Nachdem sie den Schlüssel ins Schloss gesteckt hatte, drehte sie sich um.

»Deine Tochter war hier, habe ich das gesagt? Ich habe ihr eine Maiblume abgekauft. Ein ordentliches Trinkgeld hat sie auch bekommen. Man könnte sagen, dass wir jetzt Freundinnen sind.«

Sie öffnete die Tür und ging.

*

»Südlich der Trädgårdsgatan«, stellte Mike fest und sah sich mit großen Augen um.

»Unheimlich?«, fragte Nour und nippte an ihrem Kaffee.

»Ein wenig.«

»Das verstehe ich. Ich bin hier aufgewachsen.«

»Unmöglich«, meinte Mike. »Man wohnt einfach nicht südlich der Trädgårdsgatan, das tut man einfach nicht.«
»Wo bist du aufgewachsen?«, fragte Nour. »In Tågaborg?«
»In Hittarp.«
»Ist das wahr?«
Mike nickte und lächelte.
»Zurück zum Tatort«, meinte Nour und bereute im selben Moment ihre Wortwahl.
»So in etwa«, meinte Mike, ohne es sich zu Herzen zu nehmen.
»Auch noch dasselbe Haus?«
»Ganz so schlimm ist es nicht.«
»Parallelstraße?«
Mike musste lachen. Er lachte durch die Nase.
»Fast«, meinte er.
Nour nickte schweigend und nachdenklich.
»Ich hatte mal eine Freundin«, sagte sie. »Sie behauptete, der Erfolg der Menschen ließe sich auf zwei Arten messen. Ich kann mich nicht mehr an die erste Art erinnern, aber die zweite Art war die Entfernung zwischen der Gegend, in der man aufgewachsen war, und der Gegend, in der man später wohnte. Je größer diese Entfernung, desto größer der Erfolg.«
»Dann muss ich ja ein ziemlicher Versager sein«, meinte Mike. »Allerdings habe ich ein paar Jahre in Stockholm gelebt und bin in den USA zur Welt gekommen.«
»Gratuliere«, meinte Nour. »Und als ihr Sanna bekommen habt, ging's zurück in die alte Heimat?«

»Nicht für Ylva. Sie war aus Stockholm.«
War …
Das Tempus blieb in der Luft hängen.
Nour sah Mike forschend an, der nervös schluckte. Schließlich lächelte sie ihn freundlich an.
»Denkst du oft an sie?«
Mike schob seine Tasse in die Mitte des Tisches.
»Ich weiß nicht, was ich denke«, sagte er. »Ich weiß nicht, ob ich überhaupt Worte für meine Gedanken habe. Wie denkst du? In Worten oder Bildern?«
Nour antwortete nicht.
»Sie taucht auf wie ein Flimmern«, sagte Mike. »Manchmal hat sie einen Kommentar. Sagt, ich solle die Herdplatte runterdrehen, damit das Essen nicht anbrennt, oder steht mit in die Seiten gestemmten Händen da und verdreht die Augen, wenn Sanna die falschen Kleider anzieht. Wie nennt man so was?«
»Dass sie über euch wacht?«
Mike atmete tief ein und dann seufzend wieder aus.
»Etwas in der Art. Das ist die Hölle. Hättest du Lust, mit uns zu Abend zu essen?«
»Abendessen?«
Nour zuckte zusammen. Die Frage kam so unerwartet.
»Wenn du einen Freund hast, darfst du ihn gerne mitbringen«, meinte Mike.
»Ja.«
»Okay. Schön. Am Freitag?«
»Also, ich meine, ich komme gerne, aber allein. Ich habe keinen Freund.«

»Oder wollen wir lieber Samstag sagen? Wenn das Wetter stabil bleibt, können wir grillen.«

Nour lachte. Mike verstand nicht.

»Was?«

»Grillen.«

»Isst du kein Fleisch?«

»Doch, absolut. Aber das klang so, wie soll ich sagen, süß.«

»Süß?«

»Ja, süß, putzig.«

»Was ist am Grillen putzig?«

»Es ist putzig, weil es so rührend ist«, meinte Nour. »Männer, die beweisen wollen, dass sie alles können. Wie omnipotente Kinder. Können alles allein.«

39. KAPITEL

Blockierung des Ich

Um die Demütigungen und ständigen Übergriffe zu ertragen, beginnt das Opfer, sich von seinem eigenen Körper zu distanzieren. Nicht das Opfer selbst wird ausgenutzt, sondern jemand anderes. Der Körper wird zu einer Hülle, die nichts mit ihm zu tun hat. Diese äußerste Form der Selbstverachtung kann mit der Zeit so stark werden, dass das Opfer nie mehr zu seinem wirklichen Ich zurückfindet.

Es klopfte, und Ylva stellte sich mit den Händen sichtbar auf ihrem Kopf auf.

Die Tür wurde geöffnet, und Gösta Lundin trat ein. Er hielt eine Tüte in der Hand. Ylva versuchte ihn anzulächeln. Er sah sie missmutig an.

»Du bist nicht geschminkt«, sagte er und machte die Tür hinter sich zu.

»Entschuldigung.«

Gösta deutete zum Bad, und Ylva eilte dorthin.

Als sie wieder erschien, waren ihre Lippen sehr rot und die Lider geschwärzt. Gösta stand neben dem Bett und knöpfte sich das Hemd auf. Er hatte sich bereits die Hose ausgezogen und zusammengefaltet auf die Bettkante gelegt.

»Auf die Knie.«

Ylva kniete sich vor ihn hin und nahm mit beiden Händen den Bund seiner Unterhose. Sie zog sie vorsichtig herunter, während sie lächelnd zu ihm hochschaute. Ihr Schauspiel ermüdete ihn, er hob seinen Schwanz hoch und schob ihn ihr in den Mund.

»Hände auf den Rücken, nur der Mund. Ganz rein.«

Ylva legte die Hände auf den Rücken und tat, was er befohlen hatte. Der Schwanz wurde in ihrem Mund immer größer, und sie wollte den Kopf zurückziehen, um nicht zu würgen, aber Gösta packte ihren Kopf und drückte sich rein.

Ylva hustete, musste fast brechen und drehte instinktiv den Kopf zur Seite.

»Verzeih«, sagte sie.

Gösta zog sie an den Haaren hoch.

»Hände auf den Rücken«, erinnerte er sie, als Ylva sich am Bett festhielt, um leichter auf die Füße zu kommen. »Im Bett auf die Knie.«

Ylva drehte sich um und tat, was er sagte. Gösta gab ihr einen Stoß, und sie fiel mit dem Gesicht aufs Bett, dieses Mal, ohne sich mit den Händen abzufangen.

»Die Hände bleiben die ganze Zeit auf dem Rücken gefaltet.«

Als er fertig war, schob er sie zur Seite.

Ylva saß auf dem Bett, während er sich ankleidete.

Der Lippenstift war verschwunden, der Lidschatten verschmiert. Es war lange her, dass er so hart mit ihr umgegangen war.

»Meine Frau sagt, dass du schlampig geworden bist.«

Ylva verstand nicht.

»Die Wäsche«, sagte Gösta. »Du bügelst nur eine Seite. Das genügt nicht, du musst auch die Rückseite bügeln.«

»Verzeih.«

»Ich verstehe nicht, was du den ganzen Tag lang machst. Und bei der Sache bist du auch nicht. Ich will ja keine Gewalt anwenden, aber ich zögere nicht, es zu tun, falls es nötig sein sollte, damit du verstehst.«

»Verzeih.«

»Du leidest unter Größenwahn, du bildest dir ein, dass du etwas bedeutest. Du bedeutest nichts.«

Er sah sie an.

»Nächstes Mal erwarte ich etwas mehr Initiative.«

Gösta seufzte und schüttelte den Kopf.

»Und dabei hatten Marianne und ich sogar davon gesprochen, dich raufkommen und das Haus putzen zu lassen.«

*

Nour überreichte ein Paket in Geschenkpapier. Sanna nahm es mit beiden Händen begeistert entgegen.

»Darf ich aufmachen?«, fragte sie.

»Natürlich«, antwortete Nour.

»Aber ich habe doch gar nicht Geburtstag.«

»Man braucht auch nicht Geburtstag zu haben.«

Sanna eilte in die Küche. Mike folgte ihr mit dem Blick und lächelte seinen Gast dann an. Er umarmte sie vorsichtig.

»Willkommen.«

»Danke«, sagte sie und zog eine Flasche aus der Tüte.

Mike nahm sie entgegen und betrachtete das Etikett.

»Kein ganz teurer«, meinte Nour, »aber sehr gut.«

»Sicher hervorragend. Vielen Dank. Kann ich dir deinen Mantel abnehmen?«

Er hängte ihren Mantel auf und bestand darauf, dass sie ihre Schuhe anließ.

»Aber die sind ganz nass«, wandte Nour ein.

»Kein Problem«, meinte Mike.

»Hast du eine Putzhilfe?«

»Bei dir klingt das fast so, als sei das was Schlechtes.«

Mike legte die Hand an die Brust und tat so, als sei er betreten. Nour starrte ihn an. Er lächelte sie an, aber sie erwiderte sein Lächeln nicht.

»Was?«, fragte Mike unsicher.

Nour schüttelte den Kopf.

»Das war der letzte Satz, den ich Ylva habe sagen hören. Wir lagen ihr damit in den Ohren, noch was mit uns trinken zu gehen, und sie sagte, sie wolle nach Hause. Jemand rief: ›Grüße an die Familie!‹, und da legte sie die Hand auf die Brust, genau wie du, und sagte: ›*Bei euch klingt das fast so, als sei das was Schlechtes*‹.«

Sie schwiegen einen Augenblick. Sie waren beide von

der Kraft dieser Erinnerung überrascht. Mike schluckte nervös.

»Das macht meine Mutter«, sagte er unsicher. »Sie putzt. Ich bilde mir ein, dass sie es aus Liebe tut.«

»Sie kann sich nichts Schöneres vorstellen, als dein Haus zu putzen?«, fragte Nour.

»Warum sollte ich mich ihrem Glück in den Weg stellen?«, erwiderte Mike.

Sie gingen in die Küche. Nour riss ein Stück Küchenkrepp ab und säuberte damit halbwegs ihre Schuhe.

»Ich nehme ja mal an, dass du nicht vorhast zu grillen?«

»Nein, unglaublich, dieser Wetterumschlag. Es gibt Lasagne. Vegetarische, wenn das okay ist?«

»Klingt sehr lecker. Hat die auch deine Mutter gemacht?«

»Nein, ich ...«

»Papa, Stifte! Und ein Block.«

Sanna hielt ihre Geschenke in die Höhe.

»Ich habe mich daran erinnert, dass du so schön malen kannst. Dein Bild von dem Nilpferd hängt immer noch über meinem Schreibtisch. Erinnerst du dich daran?«

»So schön war das gar nicht«, sagte Sanna.

»Es ist wunderschön«, meinte Nour. »Ich schaue es jeden Tag an.«

Mike goss Wein ein und reichte ihr ein Glas.

»Sanna, Limo?«

»Jetzt nicht.«

Sie wollte zuerst ihre neuen Stifte ausprobieren.

»Skål und willkommen«, sagte Mike und hob sein Glas.

Sie kosteten den Wein.

»Gut«, sagte Nour.

Mike betrachtete seine Tochter, und dann formten seine Lippen an Nour gewandt ein lautloses *Danke*. Diese schüttelte den Kopf. *Keine Ursache.*

»Und danke, dass du gekommen bist«, sagte Mike. »Klingt vielleicht pathetisch, aber das Kaffeetrinken unlängst hat meine ganze Woche gemacht. Kann man das sagen? Gemacht? Das ist Englisch, oder?«

»Vergoldet?«, meinte Nour.

»Genau. Das Kaffeetrinken hat in der Tat meine ganze Woche vergoldet.«

Nour sah Mikes glänzende Augen. Er drehte sich schnell um und schaute in den Ofen. Nour zog sich einen Küchenstuhl heran und setzte sich neben Sanna.

»Eine Katze?«

»Pferd«, sagte Sanna.

»Natürlich. Das sieht man ja gleich.«

Nour schaute hoch. Mike stand neben der Spüle und schnäuzte sich.

»Schrecklich«, meinte er und warf das Papiertaschentuch in den Müll. »Das reinste Sensibelchen bin ich geworden.«

Er lachte verlegen.

»Mit gutem Recht«, sagte Nour.

40. Kapitel

»Drei von vieren tot«, sagte Jörgen Petersson. »Das kann kein Zufall sein.«

Calle Collin schaute skeptisch.

»Siehst du etwa einen Zusammenhang?«, fragte er. »Morgan starb an Krebs, Anders wurde in der Fjällgatan erschlagen, und Johan hat sich in Afrika mit dem Motorrad totgefahren. Könntest du mir bitte erklären, wo da ein Zusammenhang bestehen soll?«

»Zusammenhang ist vielleicht zu viel gesagt«, meinte Jörgen. »Ich sehe das mehr als einen Beweis für die Existenz Gottes.«

Calle hob die Hände.

»Darüber scherzt man nicht«, erwiderte er.

»Ich meine es aber ernst«, sagte Jörgen. »Vielleicht wird die Welt ja ohne sie nicht besser, aber sie ist verdammt noch mal weniger schlecht.«

Calle sah ihn streng an.

»Was haben sie dir eigentlich getan? Haben sie so tiefe Wunden bei dir hinterlassen, dass du nicht einmal bedauern kannst, dass sie um mindestens 40 Lebensjahre beraubt wurden?«

»Mir?«, fragte Jörgen. »Ich habe, so gut es ging, Abstand gehalten. Trotzdem habe ich einige Male Prügel bezogen. Du kannst wirklich nicht behaupten, dass sie irgendetwas Gutes beizutragen hatten. Sie verbreiteten Angst und Schrecken. Die ganze Schule zitterte vor ihnen. Ich stand jedes Mal Todesängste aus, wenn ich an ihnen vorbeigehen musste.«

»Daran kann ich mich nicht erinnern.«

»Und woran kannst du dich erinnern?«

Calle schüttelte den Kopf.

»Letzte Woche habe ich einen Mann interviewt, der von der Taille abwärts gelähmt ist. Er hatte sich bei einem Kopfsprung in seichtem Gewässer das Genick gebrochen. Mit achtzehn. Er war der vermutlich positivste Mensch, der mir je begegnet ist. Ich fragte ihn, ob es ihn nicht verbittere, dass ihn in so jungen Jahren so ein Schicksalsschlag ereilt hat. Weißt du, was er geantwortet hat? Er sagte, diese Art von Schicksalsschlägen würde einen nicht ereilen. Leute, die solche Unfälle hätten, seien in der Regel leichtsinniger als andere, setzten sich unnötigen Risiken aus. Begreifst du? Er hat die Schuld auf sich genommen und es nicht einfach als maximales Pech abgetan. Den solltest du kennenlernen, er könnte dir so einiges beibringen.«

»Sicher«, erwiderte Jörgen.

Calle schnaubte verächtlich.

»Frau, gesunde Kinder und jede Menge Kohle. Trotzdem sitzt du da und klagst über ein paar idiotische Versager, deren große Zeit in der Mittelstufe war. Die außerdem nicht einmal mehr unter uns weilen. Wie viele erfolgreiche Leute kennst du, denen es in der Mittelstufe gut ging?«

»Du hast recht«, meinte Jörgen. »Du hast recht.«

»Natürlich habe ich recht.«

»Aber Ylva lebt noch?«

»Keine Ahnung«, erwiderte Calle. »Ich kann nicht behaupten, dass ich täglich mit ihr telefoniere. Ich glaube, sie hat einen Mann aus Schonen geheiratet oder so.«

»Einen Mann aus Schonen?«, fragte Jörgen.

»Ja«, meinte Calle. »Das ist fast noch schlimmer als der Tod.«

Jörgen starrte mit leerem Blick vor sich hin.

»Hör schon auf«, meinte Calle. »Das steht dir nicht.«

Jörgen verstand ihn nicht.

»Was?«, fragte er.

»Herumzusitzen und zu grübeln.«

»Ich dachte nur …«

»Hör schon auf«, fiel ihm Calle ins Wort. »Das ist nicht deine Art und führt auch zu nichts.«

Jörgen machte eine beschwichtigende Handbewegung und setzte sich anders hin.

»Was du da eben über den Gelähmten gesagt hast, dass er es sich selbst zuzuschreiben habe …«

Calle fragte sich, worauf er hinauswollte.

»Vielleicht ist es bei den Jungs aus der Viererbande ja ähnlich«, meinte Jörgen.

»Wie meinst du das?«

»Morgan hatte Krebs, möglicherweise die Folge eines

ungesunden Lebenswandels. Anders wurde in der Innenstadt Stockholms ermordet. Und Johan kam in Zimbabwe bei einem Motorradunfall ums Leben. Wahrscheinlich war er nicht ganz nüchtern.«

Calle schüttelte den Kopf.

»Du bist wirklich hartnäckig«, sagte er.

*

»Seltsam«, sagte Mike. »Ich denke fast mehr an meinen Vater als an Ylva. Die alten Geschichten kommen an die Oberfläche.«

Er befand sich in Gösta Lundins Büro im fünften Stock des Helsingborger Krankenhauses. Mike würde sagen, dass sie sich mittlerweile gut kannten. Er hatte vollstes Vertrauen zu seinem Arzt.

»Sie überlegen, was Sie hätten anders machen können?«, fragte Gösta.

Mike wiegte den Kopf hin und her und machte ein skeptisches Gesicht.

»Nicht so sehr das, es ist mehr ein Gefühl.«

»Ein Gefühl?«

»Nach dem Selbstmord meines Vaters richtete sich die Aufmerksamkeit aller auf Mama und mich. Verwandte und Freunde, die Beerdigung und das alles. Der Alltag wurde dramatisch, außergewöhnlich. Das klingt vermutlich verrückt, aber es war zugleich auch irgendwie aufregend. So wie der erste Schultag oder verliebt sein. Plötzlich hatte das Leben bei aller Hoffnungslosigkeit und Trauer einen Sinn. Ich vermute, dass ich mich, wie soll ich sagen, dass ich mich plötzlich bedeutend fühlte. Mein Gott, das klingt ja furchtbar.«

»Überhaupt nicht.«

»Ich meine es auch gar nicht so.«

»Ich verstehe. Erzählen Sie weiter.«

Mike ordnete seine Gedanken und versuchte, sie in Worte zu kleiden.

»Das andere kam später«, sagte er.

»Was?«

»Die Schuldgefühle, das Unbehagen, die abgewandten Blicke. Die meisten Menschen wissen nicht, wie sie mit Trauer umgehen sollen. Nur wenige verstehen, was man wirklich braucht.«

»Und das wäre?«, wollte Gösta wissen.

»Die Nähe anderer Menschen«, meinte Mike und sah ihn an. »Glaube ich zumindest. Jemand, der einen nach Hause einlädt und einfach nur nett ist, der anruft und einen fragt, ob man ins Kino mitgehen will, der einen bittet, bei einem Umzug mitzuhelfen. Irgendetwas, das die Uhr weiterticken lässt.«

Mike lächelte seinen Arzt an.

»Die Zeit danach, nach den Ritualen und dem ganzen Schwachsinn, als der Alltag wieder einkehrte und von einem erwartet wurde, dass man die Trauer hinter sich gelassen hatte. Damals hätte ich mich über jeden noch so unpassenden Scherz gefreut, egal was, aber da war nur Abstand und Schweigen.«

Mike lachte, betrachtete seine Hände, sah wieder auf.

»Ich klinge wie ein alter Radiomoderator, der sich über seine furchtbare Kindheit auslässt«, meinte er. »Ich vermute, dass sich die meisten, die auf diesem Stuhl sitzen, so ähnlich anhören. Sie müssen uns doch wirklich für einen traurigen, in Selbstmitleid versinkenden Haufen halten.«

Gösta schüttelte den Kopf. Er beugte sich vor und faltete die Hände auf dem Tisch.

»Ihr Vater«, sagte Gösta freundlich. »Haben Sie Angst ... dass es erblich sein könnte, hätte ich fast gesagt, ich meine, seine Depressionen?«

Mike schüttelte den Kopf und lehnte sich zurück.

»Meine Mutter glaubt, dass es der Alkohol war, der meinen Vater umbrachte. Das war ein Teufelskreis. Zum Schluss wusste sie nicht mehr, ob er trank, weil er deprimiert war, oder ob er deprimiert war, weil er trank. Ich trinke nur sehr wenig, da schlage ich mehr nach meiner Mutter. Und solange ich Sanna habe, werde ich wohl nie in diesen Bahnen denken. Niemals. Obwohl ich Papa jetzt gewissermaßen verstehen kann. Ich meine, sein Schmerz war tief und das Leben aussichtslos. Ich verstehe, dass sich Leute umbringen. Ich wünschte mir nur, es wären nicht Leute, die mir nahestehen.«

»Glauben Sie, dass Ylva sich das Leben genommen hat?«

»Nein.«

»Was glauben Sie, ist passiert?«

»Ich glaube ...«

Er drehte sich um und starrte an die Wand.

»Ich glaube, dass sie ermordet wurde. Erschlagen. Ein

Sexspiel mit der falschen Person, eine Vergewaltigung, was weiß ich.«

»Sie glauben nicht, dass sie noch lebt?«

Mike zögerte.

»Nein, das tue ich nicht«, sagte er dann.

»Sie haben keine Hoffnung mehr?«

Mike schüttelte den Kopf.

»Sonst würde ich den Verstand verlieren«, sagte er.

»In beiden Szenarien, die Sie beschrieben haben, geht es um Sex«, meinte Gösta.

»Darüber haben wir bereits gesprochen«, erwiderte Mike kurz.

»Über ihr unpassendes Geflirte?«

»Ja.«

Mike musste sich anstrengen, um seine Stimme zu dämpfen.

»Und Sie glauben, dass sie auf diese Weise in die Arme eines falschen Mannes geraten ist?«

»Ich glaube überhaupt nichts mehr. Ylva ist weg und wird nie mehr wiederkommen. Ich möchte mich nicht mit der Frage aufhalten, was ihr zugestoßen sein könnte.«

»Entschuldigen Sie«, sagte Gösta.

Mike ermahnte sich selbst zur Gelassenheit.

»Haben Sie je einen Angehörigen verloren?«, fragte er schließlich und sah seinen Arzt durchdringend an.

»Ich hatte eine Tochter«, antwortete Gösta.

Im Bruchteil einer Sekunde wechselte Mikes Mienenspiel von Aggression zu Verständnis. Gösta sah ihn an.

»Das ist zwanzig Jahre her. Sie war sechzehn.«

»Ein Unfall?«

Gösta schwieg lange.

»Ich möchte nicht darüber sprechen«, sagte er schließlich. »Nicht mehr und nicht mit Ihnen. Sie sind mein Patient, nicht umgekehrt.«

41. Kapitel

So konnte es nicht weitergehen. Zeitlich begrenzte Vertretungen und einige wenige Artikel. Das einzig Regelmäßige in Calle Collins Leben waren die Rechnungen. Er verwendete mehr Zeit und größere Mühe auf die Arbeitssuche als auf ihre Ausführung. Er brauchte regelmäßige Aufträge, feste Seiten, die er regelmäßig füllen durfte, eine eigene Reportageserie.

Er begab sich ins Internet und surfte auf der Suche nach einer Idee. Nichts als Tod und Elend. Darum ging es kurz gesagt bei allen Nachrichten: um ungewöhnliche Todesarten.

Welche Promi-Idioten waren angesagt? Was lief im Fernsehen?

Was hatte der alte Schauspieler gesagt? Er hatte geschlagen, um nicht selbst geschlagen zu werden. Das einzig Interessante, was er während des Interviews preisgegeben hatte, wollte er natürlich nicht in der Zeitung lesen. Es wäre vermutlich ergiebiger gewesen, die ehemaligen Klassenkameraden des Schauspielers zu interviewen und sie nach ihrem Bild von ihm zu fragen. Die Schuljahre, die Kindheit. Man konnte die Vergangenheit nicht einfach abschütteln. Deswegen auch Jörgen Peterssons Fixierung auf die Viererbande.

Die Viererbande, drei von vieren tot, nur Ylva noch am Leben. Jedenfalls soweit er wusste. Vielleicht sollte er sie interviewen? Überschrift: *Meine Freunde sterben früh!*

Nach einem solchen Artikel würde sie nicht mehr viele Freunde haben.

Andererseits traf das ja auf viele zu, wer kannte nicht jemanden, der zu früh gestorben war? Eigentlich gar keine schlechte Idee, eine Reportage-Serie über Menschen, die in jungen Jahren aus dem Leben gerissen worden waren und schockierte, trauernde Angehörige und Freunde zurückließen. Unter was für einer Überschrift könnte so was laufen?

Völlig unerwartet. Nein, nein, nein. Etwas mehr Tränendrüse. *Sie tanzte nur einen Sommer?* Lieber nicht. *So vergeht ein Tag in unserem Leben und kehret niemals wieder? Eins nach dem anderen? Der Herr gibt, der Herr nimmt? In deinem Schatten? Gedächtnishain? Stirb und werde? Die knapp bemessene Zeit? Carpe diem? Plötzlich geschieht es …?*

Verdammt.

Ende des Spiels.

Calle murmelte die Worte leise vor sich hin. Das klang gut. Das klang schicksalsschwer und doch lebensbejahend.

Ende des Spiels.

Das war wirklich fantastisch!

✶

Die aussichtslose Zukunft

Die Frau, der es gelingt, sich gewaltsam vom Täter zu lösen, hat kaum Aussichten, in ihr altes Leben zurückzufinden. Es spielt nur selten eine Rolle, dass ihr die Situation aufgezwungen wurde. In den meisten Gesellschaften herrscht die Auffassung, dass die Schuld bei ihr zu suchen ist. Sie hat ihre Familie entehrt, und nur wenige Angehörige eines Opfers sind bereit, sich aufzuopfern, indem sie eine Ausgestoßene bei sich aufnehmen. Aus diesem Grund kehrt die Frau fast immer zum Täter zurück.

Da draußen gab es eine Welt, nur die Mauern des Kellers trennten Ylva von ihr. Sie versuchte, sich an sie zu erinnern, das Gefühl wiederzubeleben, das sie gehabt hatte, ehe sie alle Ambitionen begraben hatte. Als sie sich noch eingebildet hatte, fliehen zu können. Als sie sich noch bemüht hatte, logisch zu denken.

Ehe sie begriffen hatte, welchen Preis sie für ihre vergeblichen Versuche zu zahlen hatte. Die Schläge und Drohungen hatten sie kleingemacht und sie ihre Situation akzeptieren lassen. Ihre Situation und die Person, die sie war.

Das Haus putzen.

Der Gedanke, nach oben zu kommen und mal wieder das Sonnenlicht zu erblicken, hatte etwas in ihr geweckt.

Im Traum stürzte sie sich aus dem Fenster, rannte über die Allmende auf ihr eigenes Haus zu und ...

Weiter kam sie nicht. Ihre Gedanken weigerten sich,

den Traum weiter auszubauen. Vermutlich war das ein Schutzmechanismus.

Das Haus putzen.

Sie würden es ihr nie erlauben. Das war nur eine weitere Methode, um sie zu quälen, eine Versprechung, mit der sie ihr den Mund wässrig machten. Im letzten Augenblick würden sie ihr diese Vergünstigung vor der Nase wegziehen. So, wie sie es bislang immer getan hatten.

Ylva schaute sich um, dachte daran, was sie riskierte. Alles, was sie sich erarbeitet hatte.

Der Bildschirm zur Außenwelt, das Essen, das Wasser, die Elektrizität, die Bücher.

Das Einzige, was sie dafür von ihr verlangten, war Gehorsam. Im Übrigen war sie ihr eigener Herr. Dass Gösta ihren Körper einige Male im Monat nahm, war ihr mittlerweile gleichgültig. Seine Befriedigung zeigte, dass sie dazu taugte. Solange Gösta sie haben wollte, war sie sicher. Solange Gösta zurückkehrte und mehr wollte, durfte sie weiterleben.

Falls sie das überhaupt wollte.

In ihren dunkelsten Stunden dachte sie an das Seil. Das war es, was Gösta und Marianne in letzter Konsequenz von ihr erwarteten. Auge um Auge, Zahn um Zahn.

Aber an dem Punkt war Ylva noch nicht angelangt. Und Göstas halbe Versprechung, sie nach oben zu holen und sie das Haus putzen zu lassen, hatte einen Funken Hoffnung in ihr angefacht. Sie sah es fast vor sich. Wie sie – zwar unter Aufsicht – mit dem Staubsauger herumfuhrwerkte und von dem Tageslicht geblendet wurde, das durch alle Fenster hereinfiel. Farben und die Geräusche von draußen erfüllten sie. Allein der Gedanke daran überwältigte Ylva.

Sie kannte jeden Winkel des Kellers, jede Unebenheit im Putz war in ihrem Gedächtnis abgespeichert. Der Keller bedeutete Sicherheit.

Gösta schlug sie selten. Es reichte, dass er die Hand hob. Ylva verstand, dass er dazu gezwungen war. Um sie daran zu erinnern, wer das Sagen hatte.

Marianne war schlimmer, höhnisch und demütigend.

Manchmal fantasierte Ylva von Mariannes Tod. Dass nur Gösta und sie übrig blieben. Ylva wünschte Marianne eine schleichende Krankheit, keinen plötzlichen Unfall. Es sollte ruhig etwas dauern.

»Das könnte dir so passen, aufzubegehren«, sagte Marianne immer wieder. »Vergiss nicht, was du bist. Eine Kloake für die Körperflüssigkeiten meines Mannes. Mehr nicht.«

Bei ihrem letzten Besuch im Keller hatte sie gegrinst.

»Ich glaube, du träumst von deinem alten Leben. Ja, ich glaube wirklich, dass du das tust. Das sagt einiges darüber, wie dumm du bist. Wann hast du dich das letzte Mal im Spiegel angeschaut? Halb so hässlich wie du wäre schon mehr als genug. Ich suche nach Worten, um zu beschreiben, was du bist, aber mir fällt nichts ein. Doch, jetzt weiß ich es. Ausgeleiert. Da hast du es. Du bist ausgeleiert, fertig. Du solltest dich über das Seil freuen.«

Ylva versuchte sich daran zu erinnern, was die Christen sagten. Dass man sich für den Glauben entschied.

Ylva glaubte nicht. Weder an eine Möglichkeit zur Flucht, noch daran, dass ihr altes Leben draußen auf sie wartete.

Das Haus putzen.

Mit Erlaubnis den Keller verlassen, wenn auch nur vorübergehend. Der Gedanke ließ sie schwindeln. Er war fast unmöglich zu begreifen.

Ylvas Eingeweide waren in Aufruhr.

Sie wünschte sich, Gösta hätte nichts gesagt und sie nicht mit dieser falschen Hoffnung gefüttert.

*

Sanna behielt sie im Auge, als ahnte sie, dass Nour Papas und ihr Universum bedrohte. Aber es fiel ihr schwer, da sie Nour mochte und nicht wusste, wie sie mit der Tatsache umgehen sollte, dass ihr Vater das auch zu tun schien.

Während Mike grillte, spielten Sanna und Nour Federball, und sie musste sich weiter keine Sorgen machen. Nach dem Abendessen wurde es schwieriger, als sie mit dem Auto zum Hamnplan zum Baden fuhren und Sanna darauf bestand, wie immer vorne zu sitzen.

Mike fand, dass der Beifahrersitz in erster Linie Erwachsenen gebühre, aber Nour nahm beschwichtigend hinten Platz.

Im Wasser zeigte Sanna Nour dann ihre Tricks. Sie tauchte zwischen den Beinen ihres Vaters hindurch, sprang vom Steg und kraulte. Aber so sehr sie sich auch anstrengte, ihr Papa und Nour befanden sich auf irgendeine seltsame Weise immer nebeneinander.

Nach dem Schwimmen fuhren sie zum Eisessen nach Sofiero. Sie saßen vor dem Kiosk auf der Bank. Sanna hielt Nour ihre Waffel hin und ließ sie probieren.

»Hm, lecker«, sagte Nour.

»Was hast du genommen?«, fragte Sanna.

»Rosinen in Rum. Willst du probieren?«

Nour hielt ihr ihre Waffel hin und Sanna probierte.

»Igitt, eklig. Schmeckt nach Schnaps.«

»Das ist Schnaps. Rum.«

»Das darf ich nicht essen.«

»Das ist nicht so schlimm«, meinte Mike.

»Kinder dürfen keinen Schnaps trinken«, meinte Sanna.

»Nein, das stimmt«, sagte Nour.

»Warum hast du es mir dann angeboten?«

»Ich dachte, du wolltest probieren?«

»Schnaps aber nicht.«

»Da ist in Wirklichkeit gar kein Schnaps drin«, sagte Nour. »Man legt die Rosinen nur in Rum, damit sie den Geschmack annehmen.«

»Trotzdem eklig.«

Damit war das abgehakt, und doch war es eine deutliche Distanzierung von Sannas Seite. Nour und Mike tauschten über ihren Kopf hinweg einen Blick aus.

»Fährst du mich nach Hause?«, fragte Nour.

»Selbstverständlich«, antwortete Mike.

Sie ließen sie in der Bomgränden aussteigen. Nour legte Mike über die Rückenlehne ihre Hand auf die Schulter.

»Danke für diesen schönen Tag.«

»Warte, ich steige aus. Wir müssen uns richtig verabschieden.«

Er stieg aus und umarmte Nour.

»Danke«, flüsterte er.

Nour legte ihm die Hand auf die Brust, beugte sich vor und schaute zu Sanna ins Auto.

»Viel Spaß morgen beim Reiten. Hoffentlich bis bald.«

»Hm.«

Im Auto fragte Sanna ihren Vater, ob er in Nour verliebt sei.

»Warum fragst du das?«

Sanna zuckte mit den Achseln.

»Es wirkt so.«

»Ach, wirklich?«

Sanna antwortete nicht.

Mike fuhr über die Drottninggatan und den Strandvägen nach Hause. Das war eine meditative Strecke, die viele gebürtige Helsingborger der Autobahn oben in Berga vorzogen. Der Himmel war am Sund wunderbar weit. Die A 111 diente nur zum Transport und dazu, von einem Ort zum anderen zu gelangen.

Mike erinnerte sich an die Zeit, als der Tinkarpsbacken noch mit Kopfstein gepflastert war. Das Geräusch hatte sich schlagartig verändert, wenn man den Asphalt verlassen hatte. Damals waren die Alleebäume oberhalb der Steigung auch noch groß und mächtig gewesen, und die Schafe des Königs hatten auf den Wiesen am Wasser geweidet. In dem Fenster des rot-weißen Holzhauses direkt an der Landstraße hatte ein Schiffsmodell mit mehreren Masten gestanden. Jetzt war die abschüssige Straße angenehm asphaltiert, die Bäume der Allee waren neu gepflanzt und winzig, und ein Schiffsmodell stand auch nicht mehr im Fenster des Hauses.

»Mama fehlt mir«, sagte Sanna.

Mike sah seine Tochter an. Sie starrte geradeaus.

»Mir auch«, erwiderte er. »Mir auch.«

42. Kapitel

»Karlsson.«

»Ja, hallo. Ich würde gerne anonym bleiben.«

Es war die Stimme einer energischen, aber in der momentanen Situation verunsicherten Frau.

»Worum geht es?«, fragte Karlsson.

»Um Ylva Zetterberg.«

»Wen?«

»Die Frau aus Hittarp, die vor gut einem Jahr verschwunden ist.«

»Dann weiß ich Bescheid«, antwortete Karlsson. »Warum wollen Sie anonym bleiben?«

»Weil das, was ich zu sagen habe, etwas heikel ist.«

»Lassen Sie hören.«

»Ylvas Mann trifft eine andere.«

Karlsson schwieg und wartete auf die Fortsetzung. Es kam aber keine.

»Und?«, fragte er schließlich.

»Er verkehrt mit Ylvas Arbeitskollegin.«

»Aha.«

»Er verkehrt mit ihr, falls Sie verstehen, was ich meine.«

»Sind sie zusammen?«, fragte Karlsson.

»Sie zeigen das offen. Sie schämen sich nicht einmal. Sie ist eine Ausländerin.«

»Sieh einer an.«

»Mein spontaner Gedanke ist, dass sie es zusammen getan haben.«

»Was?«

»Sie haben Ylva aus dem Weg geräumt.«

»Warum glauben Sie das?«

»Wie gesagt, das ist nur ein Gedanke. Aber finden Sie es nicht auch interessant, dass der Ehemann einer spurlos verschwundenen Frau ein Verhältnis mit ihrer Arbeitskollegin hat?«

»Alle Beobachtungen sind interessant«, meinte Karlsson und verdrehte die Augen, als Gerda mit fragender Miene in der Tür auftauchte. »Ich verstehe nur nicht recht, was Sie zu dem Verdacht veranlasst, die beiden könnten hinter Ylvas Verschwinden stecken.«

»Das Motiv«, sagte die Frau.

»Das Motiv?«, erwiderte Karlsson und hörte im selben Augenblick auf, der Frau und ihrem Unsinn weiter zuzuhören.

»Sie stand ihrer Liebe im Weg.«

»Klingt spannend«, meinte Karlsson. »Gibt es eine Telefonnummer, unter der ich Sie erreichen kann?«

»Natürlich, null sieben drei … nein, ich will anonym bleiben, das habe ich doch bereits gesagt.«

»Dann bedanke ich mich für Ihren Anruf. Ich verspreche, dass ich der Sache nachgehen werde.«

Karlsson legte auf und sah seinen Kollegen an.

»Der Gattinnenmörder aus Hittarp«, sagte er. »Der, dessen Frau verschwand.«

»Was wollte er?«, fragte Gerda.

»Nein, nein, das war eine Nachbarsfrau. Er bumst offenbar mit einer Arbeitskollegin seiner Frau rum.«

»Müssen wir das überprüfen?«

»Wie?«

»Ich weiß nicht.«

»Genau. Hat irgendjemand Kaffee gekocht?«

*

Virginia schaute aus dem Küchenfenster auf den Tennisvägen. Sie hielt die Teetasse an die Lippen und blies. Sie hatte das Richtige getan. Es wäre falsch gewesen, nichts zu sagen. Mike sollte nicht ungeschoren davonkommen.

*

Drei Monate waren verstrichen, seit Nour zum ersten Mal zum Abendessen gekommen war, zwei Monate seit dem ersten Kuss, und bislang war es ihnen nur einige wenige Male gelungen, miteinander zu schlafen. Das erste Mal war vorsichtig unbeholfen gewesen, während Sanna in ihrem Zimmer nebenan geschlafen hatte. Die anderen Male hatten sie sich über Mittag in Nours Wohnung in der Bomgränden getroffen.

Es war die erste Nacht, die sie allein zusammen verbrachten. Sanna war bei ihrer Großmutter einquartiert.

Am Morgen danach frühstückten sie ausgiebig, kehrten ins Schlafzimmer zurück und verausgabten sich noch einmal richtig. Danach fühlte Mike sich fiebrig, und seine Muskeln schmerzten. Er konnte sich nicht erinnern, wann er zuletzt so glücklich gewesen war. Das musste Jahre zurückliegen.

Mike rief seine Mutter an und sprach mit Sanna. Offiziell war er mit seinen Arbeitskollegen unterwegs gewesen. Alles war gut gegangen, wie er an dem Geplappere seiner Tochter merkte. Oma und sie hatten gemeinsam gekocht und vor dem Fernseher gegessen. Oma hatte ihr vor dem Einschlafen ein ganzes Buch vorgelesen.

»Und jetzt fahren wir in diesen Zehn-Kronen-Laden in Dänemark«, endete sie.

»Du willst also nicht, dass ich dich schon abhole?«

»Jetzt noch nicht. Später.«

»Okay. Kann ich noch kurz mit Oma sprechen?«

Mike vereinbarte mit seiner Mutter einen Zeitpunkt, beendete das Gespräch und wandte sich an Nour.

»Sie will nicht nach Hause kommen«, meinte er.

»Bedeutet das, dass ich bleiben darf?«, fragte Nour.

Mike ging zu ihr und gab ihr einen Kuss.

»Sollen wir raus, laufen?«

»Du meinst einen Spaziergang?«

Mike nickte übertrieben wie ein Kind. Nour drückte das Kinn skeptisch an die Brust.

»Schickt sich das? Muss man nicht erst das Aufgebot bestellen oder so?«

»Besser gleich den Stier bei den Hörnern packen.«

»Bist du dir sicher?«

Mike nahm ihre Hand und zog sie Richtung Diele.

»Komm.«

Sie gingen nebeneinander her, ohne sich an der Hand zu halten. Sie schlenderten nicht, aber marschierten auch nicht, sie gingen in einem Tempo, das für den Spaziergang mit einem älteren Hund angemessen gewesen wäre.

Als sie in den Wald kamen, küssten sie sich mit einer solchen Leidenschaft, dass sie anschließend beide lachen mussten. Sie nahmen sich an den Händen, flochten die Finger ineinander und gingen unter dem hohen Laubdach der Buchen fast wie durch eine Kirche weiter Richtung Kulla Gunnarstorp. Hinter dem roten Forsthaus öffneten sich auf beiden Seiten des Pfades Wiesen, und sie ließen sich los.

»Findest du es unpassend?«, fragte Nour.

»Was meinst du?«

Sie zuckte mit den Achseln.

»Vielleicht hast du ja das Gefühl, noch etwas länger Schwarz tragen zu müssen.«

Mike warf ihr einen raschen Blick zu.

»Sie kommt nicht zurück«, sagte er.

Sie folgten dem Weg. Pferde weideten auf den Wiesen, und ein südlicher Wind blies Schaumkronen auf die Wellen des Sundes.

»Eigentlich bist du gar nicht mein Typ«, sagte Nour. »Als du Ylvas Mann warst, hätte ich mir das hier gar nicht vorstellen können. Aber jetzt würde ich am liebsten auf der Stelle mit dir über den Elektrozaun springen und mitten auf der Wiese mit dir schlafen. Alle Nachbarn könnten um uns herumstehen und glotzen, und ich würde keinen Gedanken daran verschwenden.«

Mike nahm ihr Gesicht in beide Hände und küsste sie zärtlich. Dann ließ er seine Hände über ihren Rücken wandern und hielt sie fest. Sie standen mitten auf dem Weg und wiegten sich im Takt hin und her. Ein älteres Paar näherte sich von Norden, aber Mike unternahm keine Anstalten beiseitezutreten. Erst als er sah, wer sich näherte, machte er sich vorsichtig frei.

»Das ist Nour«, sagte Mike. »Und das sind Gösta und Marianne Lundin. Sie wohnen gegenüber am Sundsliden.«

Sie gaben sich die Hand.

»Wo ist denn Ihre Tochter?«, fragte Marianne.

»Sanna?«, fragte Mike. »Sie ist mit meiner Mutter in Dänemark. Sie wollten in den Zehn-Kronen-Laden.«

Marianne verstand nicht.

»Dort kostet alles nur zehn Kronen«, erklärte Mike. »Oder zwanzig. Die Inflation hat vor dem Ursprungskonzept nicht haltgemacht.«

Marianne nickte zustimmend. Als sei Shopping eine geeignete Aktivität für ein Mädchen in Sannas Alter. Mike und Nour verabschiedeten sich von dem Paar und gingen Richtung Schloss weiter.

»Bei Gösta Lundin bin ich in Behandlung«, sagte Mike. »Das ist der Psychologe, von dem ich dir erzählt habe. Ohne ihn wäre ich niemals so weit, wie ich heute bin.«

43. Kapitel

Mike war auf dem Weg ins Krankenhaus zu einer weiteren Sitzung bei Gösta. Er wusste jetzt schon, dass es ihm besser gehen würde, wenn er sich eine gute Stunde später wieder verabschiedete. Gösta hatte ihm den Glauben an das Leben zurückgegeben und ihm das Gefühl vermittelt, dass alles möglich war.

Dieses Gefühl war zwar flüchtig und verblich rasch in dem grauen und anstrengenden Alltag, trotzdem war es so, als käme mit jedem Besuch ein bisschen mehr Licht in das schlimmste Dunkel.

Er ging nicht mehr so oft. Gösta fand, andere könnten seine Hilfe besser gebrauchen.

»Wenn man bedenkt, was Sie durchgemacht haben, dann sind Sie ungewöhnlich gesund«, hatte er gesagt, den festen Termin gestrichen und war dazu übergegangen, Mike bei jedem Treffen einen neuen Termin zu geben.

Inzwischen sahen sie sich nur noch jede dritte oder vierte Woche, und es kam vor, dass sie eine Sitzung verplauderten, statt sich düsteren Gedanken hinzugeben.

Mike bewunderte Gösta. Abgesehen von seinen beruflichen Fähigkeiten und seiner klugen Distanz zu den Kümmernissen des Lebens, war er ein Vorbild. Gösta hatte seine Tochter verloren, er hatte sein einziges Kind überlebt. Annika, so hatte seine Tochter geheißen, wäre jetzt genauso alt wie Ylva.

Mike hatte sehr viel darüber nachgedacht. Er mochte sich den Schmerz gar nicht vorstellen, den es mit sich brachte, sein einziges Kind zu überleben. Er konnte sich ein Leben ohne Sanna nicht vorstellen. Und er wollte sich das auch gar nicht vorstellen, schob den Gedanken weg, bevor er sich festsetzen konnte.

Zwanzig Jahre hatte Gösta durchgehalten, war zur Arbeit gegangen, hatte sich den Kummer anderer angehört und versucht, Lösungen zu finden. Er war nicht zum Alkoholiker geworden, nicht verbittert oder zynisch. Gösta und seine Frau waren zusammengeblieben, sie hatten sich gegenseitig geholfen und waren auf irgendeine wunderbare Weise darüber hinweggekommen.

Florida-Rentner.

Mike überlegte, ob ein Umzug auch eine Methode war, schwere Erlebnisse zu bewältigen – die Chance für einen Neuanfang. Dann war es nur seltsam, dass sie mit dem Aufbruch zwanzig Jahre gewartet hatten, aber vielleicht hatten sie es nicht übers Herz gebracht, früher wegzuziehen. Haus und Straßen waren mit so vielen Erinnerungen verknüpft. Vermutlich hatten sie bleiben müssen, bis die Erinnerungen so weit verblasst waren, dass sie mit ihnen umgehen konnten.

Annika war sechzehn gewesen, als sie gestorben war.

Sechzehn. Sie hatte noch ihr ganzes Leben vor sich gehabt.

Mike schämte sich. Er tat, als hätte er ein Exklusivrecht auf das Leiden, saß da und käute alles immer und immer wieder, wurde ausfällig und suhlte sich in seinem Selbstmitleid. Obwohl ihm klar war, dass jeder Mensch sein persönliches Drama mit sich herumtrug, man musste nur ein wenig an der Oberfläche kratzen.

Göstas Verlust war größer als Mikes, wesentlich größer.

»Und?«, fragte er, sobald Mike das Büro betreten hatte. »Wer ist sie, diese Frau, mit der Sie Hand in Hand spazieren gehen?«

Mike wurde beinahe verlegen.

»Das ist Nour«, sagte er. »Eine Kollegin von Ylva. Wir sind uns zufällig wiederbegegnet, haben Kaffee getrunken. Dann kam sie zum Abendessen und so, tja.«

»Tja?«, sagte Gösta und zog die Augenbrauen hoch.

Mike lächelte nur.

»Gratuliere«, sagte Gösta. »Das haben Sie verdient. Sie sehen, das Leben kehrt zurück.«

»Vermutlich«, meinte Mike.

Gösta schob einige Papiere auf seinem Schreibtisch hin und her.

»Und«, meinte er, lächelte freundlich und faltete die Hände. »Worüber wollen Sie heute sprechen? Das Herzklopfen?«

Mike lachte.

»Sieht man das so deutlich?«

»Allerdings«, erwiderte Gösta.

»Ich hatte geglaubt, dass ich nie wieder so empfinden könnte.«

»Das Leben ist wundersam.«

»Ich habe Angst davor, dass es vorübergehen könnte«, meinte Mike. »Denn so ist es immer.«

»Es kann in etwas anderes übergehen.«

»Das stimmt. So fühlt es sich an.«

»Na, dann gibt es darüber ja nichts weiter zu sagen.«

»Mit Ylva war es nicht so, glaube ich.«

»Nicht?«

»Nicht diese natürliche Verliebtheit.«

»Und was sagt Sanna?«

Mike lachte und sah Gösta intensiv an.

»Sie sind wirklich unglaublich. Ihre Fragen treffen immer ins Schwarze. Anfänglich war sie etwas misstrauisch. Das ist wohl so bei Veränderungen. Ich frage mich, ob das eine menschliche Eigenschaft ist, dass man das Neue scheut. Aber jetzt ist es besser. Vor einigen Tagen hat sie sich zwischen uns ins Bett gelegt. Wir sind fast wieder so etwas wie eine Familie.«

*

Gösta und Marianne saßen am Küchentisch. Sie tranken Kaffee und schauten aus dem Fenster. Beide hatten in der Zeitung gelesen, die zwischen ihnen auf dem Tisch lag.

»Ich weiß nicht«, sagte er. »Das ist irgendwie ... Ich weiß nicht.«

Er sah seine Frau an.

»Du meinst, dass wir so leben?«, fragte sie.

Jetzt war Gösta an der Reihe, schweigend dazusitzen. Nicht aus taktischen Gründen, sondern weil ihm nichts einfiel. Er entsprach nicht den Erwartungen seiner Frau.

»Dir gefällt es«, sagte sie vorwurfsvoll.

»Das stimmt nicht.«

»Doch, dir gefällt es. Und was noch schlimmer ist: Ihr gefällt es. Das kleine Flittchen glaubt, dass ihr ein Paar seid, du und sie. Sie wird sich verdammt noch mal nie umbringen. Du sollst sie mit Gewalt nehmen und nicht dich selbst befriedigen.«

Gösta schüttelte den Kopf.

»Hör auf«, sagte er.

»Ich soll aufhören?«

Sie starrte ihn an.

»Sie soll denselben Weg gehen wie Annika. Hast du das vergessen? Sie soll sich das Leben nehmen. Und wenn sie das nicht von sich aus tut, müssen wir ihr auf die Sprünge helfen.«

Gösta schwieg. Marianne starrte an die Decke und atmete tief durch, bis sie ihre Ruhe zurückgewonnen hatte.

»Wie lange soll das deiner Meinung nach noch weitergehen?«, fragte sie schließlich. »Das geht so nicht. Es ist das reinste Wunder, dass es so lange funktioniert hat. Du kannst mir nicht vorwerfen, dass ich glaube, du ziehst es deinetwegen in die Länge.«

»Hör auf!«

Gösta schlug mit der flachen Hand auf den Tisch, eine kraftlose Autoritätsbezeugung. Marianne beschloss, darüber hinwegzugehen, und wartete gespannt, was er weiter sagen würde.

»Ich habe das gleiche Ziel wie du«, sagte er. »Ich weiß nur nicht, wie es erreicht werden soll. Rein praktisch, meine ich.«

Marianne zuckte mit den Achseln.

»Das bis zur Decke gefliese Badezimmer«, sagte sie.

Gösta holte tief Luft und schaute aus dem Fenster. Marianne sah ihn an, ihm schien nicht wohl zu sein.

»Mein Gott«, sagte sie. »Jetzt ist wirklich nicht der Zeitpunkt, um sentimental zu werden.«

Sie stand auf und trug die Kaffeetassen zur Spüle.

44. Kapitel

Ylva trat so nahe an den Bildschirm heran, dass sich das Bild in Punkte auflöste. Dann trat sie einen halben Schritt zurück und wartete, bis sie wieder deutlich sah.

Nour war bei Mike zu Hause und spielte mit Sanna Federball. Ohne Netz. Die Freude am Spiel war größer als die Fähigkeiten. Bei beiden.

Nour trug Shorts und ein Bikinioberteil, keine Kleider, in denen sie gekommen war. Sanna war entspannt und glücklich, Nour verspielt und engagiert. Wie zu Hause und gleichzeitig auch wieder nicht.

Die Beziehung zu Mike dauerte an. Nour war dabei, sie zu ersetzen.

Es klopfte.

Ylva beeilte sich, ihre Position einzunehmen, faltete die Hände auf dem Kopf, zog einen Schmollmund und schob die Ellbogen nach hinten, damit ihre Brüste besser zur Geltung kamen. Das hatte er von ihr verlangt.

Sie war geschminkt und bereit, sie trug Unterwäsche und hohe Absätze. Es handelte sich um einen angekündigten Besuch, und Gösta Lundin hatte seine Wünsche im Voraus mitgeteilt.

Er schloss die Tür hinter sich, stellte eine Tüte mit Lebensmitteln auf die Spüle und trat in die Mitte des Zimmers. Er bedeutete ihr, sich hinzuknien, und sie gehorchte automatisch.

Sie stöhnte hungrig, als bitte sie darum, erfüllt zu werden. Er öffnete den Knopf seiner Hose und zog den Reißverschluss herunter.

Sie griff nach seinem Glied, nahm es in den Mund und spreizte ihre lackierten Fingernägel wie ein Pornostar. Es schwoll rasch an. Sie sah hoch und sah seinen Gesichtsausdruck, voller Verachtung. Er packte ihr Haar und riss ihren Kopf vor und zurück.

»Hand an die Fotze. Du sollst nass sein.«

Sie schob ihre Hand in ihren Slip, berührte sich selbst, spürte die Gleitcreme, mit der sie sich eingeschmiert hatte, und stöhnte gehorsam.

Später fiel ihm ihr Interesse für das Geschehen auf dem Monitor auf. Er fragte sich, ob sie sich immer noch Sachen einbildete, hoffte und plante.

»Dein Mann ist bei mir in Behandlung«, sagte er.

Ylva sah ihn an.

»Seit mehreren Monaten. Ein verrücktes Frauenzimmer hat ihm auf einer Party die Schuld an deinem Verschwinden gegeben. Sie hat behauptet, dass alle glauben, er sei in die Sache verwickelt.«

Gösta lachte.

»Lustig. Dass du verschwindest, damit wird er fertig, aber nicht damit, dass getratscht wird und man ihn verdächtigt, obwohl er unschuldig ist.«

Ylvas Gedanken überschlugen sich angesichts dieser neuen Informationen. Dasselbe furchtbare Gefühl wie damals, als Marianne ihr erzählt hatte, sie hätte Sanna eine Maiblume abgekauft, übermannte sie. Mike war Göstas Patient, er erzählte ihm von seinen verborgensten Gefühlen. Er entblößte sich vor jenem Mann, der sie gefangen hielt und sie seit über einem Jahr rituell und systematisch vergewaltigte. Ylva war nicht das einzige Opfer. Gösta und Marianne vergingen sich auch an ihrer Familie.

Sie spürte seine Hand auf ihrem Bauch. Sie bewegte sich kosend auf ihre Brust zu. Die Berührungen danach waren Ylva besonders verhasst. Wenn es eigentlich hätte vorüber sein sollen, aber trotzdem weiterging.

Dieses Mal war es schlimmer denn je.

Trotzdem tat sie exakt, was er von ihr erwartete: Sie schloss die Augen halb und stöhnte, als würde sie Lust empfinden.

Er schob die Hand auf ihre Schamlippen, tastete nach Feuchtigkeit. Gleitcreme und Sperma.

»Wir reden sehr viel, dein Mann und ich. Er findet mich verständnisvoll. Er hat mich gefragt, ob ich auch einen näheren Angehörigen verloren hätte, und ich habe ihm von Annika erzählt. Aus verständlichen Gründen bin ich nicht auf Details eingegangen. Dein Mann sagte, mein Verlust sei größer als seiner, dass er den Gedanken, seine Tochter zu verlieren, gar nicht ertragen könne.«

Gösta lag schweigend da.

»Ich muss ihm zustimmen«, sagte er und gab Ylva

einen Klaps. »Dreh dich um, ich will dich von hinten nehmen.«

✳

Das Familienjournal biss an. Sie waren mit Calle Collins letztem Artikel zufrieden gewesen und hatten schon seit Längerem erwogen, ihn in die Redaktion in Helsingborg einzuladen, um über eine regelmäßigere Zusammenarbeit zu reden. Als er ihnen seine Reportage-Serie »Ende des Spiels« vorstellte, machten sie Nägel mit Köpfen. Sie buchten Calle ein Flugticket nach Ängelholm. Von dort nahm er ein Taxi zu dem silbergrauen Verlagsgebäude am südlichen Stadtrand Helsingborgs.

Die Redaktionschefin stellte ihn den Kollegen vor und lud ihn zum Mittagessen in der Personalkantine ein. Sie wollte mehr über sein Projekt wissen, da das Thema einigermaßen heikel sei.

Calle schlug vor, nach einigen einleitenden Reportagen so schnell wie möglich auf Leservorschläge umzusteigen, also nicht auf Dauer selber aktiv zu suchen oder die Todesanzeigen zu filzen. Die Verstorbenen sollten von einem Angehörigen beschrieben werden, was unterschiedliche Perspektiven gewährleistete. Es könne um die Trauer um einen Ehepartner gehen, um ein Kind, Vater oder Mutter, eine Schwester oder einen Bruder, Freund oder Freundin. Die Artikel sollten in möglichst objektivem Ton gehalten sein, da das im Kontrast zu dem erschütternden Inhalt die Gefühle in der Regel noch verstärkte. Jede Reportage sollte aus einer kurzen Lebensbeschreibung bestehen, einer detaillierten Beschreibung der Todesursache, aus den schönsten Erinnerungen des Befragten an den Verstorbenen und aus unterhaltsamen Details aus dessen Leben. Alles, was in traditionellen Nachrufen keinen Platz fand oder als unpassend erachtet wurde.

»Ich will, dass der Leser die Zeitung mit dem Gefühl beiseitelegt, dass ihm ein Schicksalsschlag jederzeit eine geliebte Person rauben kann«, meinte Calle. »Man soll das Bedürfnis verspüren, die eigene Familie besonders innig zu umarmen.«

Die Redaktionschefin musterte ihn forschend, ob er das vielleicht ironisch meinte. Als sie sich sicher war, dass er es ernst meinte, nickte sie.

»Wie sind Sie überhaupt auf die Idee gekommen?«, fragte sie.

Calle erzählte von der Viererbande, den Quälgeistern aus der Schulzeit, die einer nach dem anderen ins Gras gebissen hatten. Jetzt sei nur noch eine übrig.

»Sie und ihr Mann wohnen übrigens hier in Helsingborg. Ich dachte, ich suche sie nachher auf und befrage sie.«

Calle hatte ihren neuen Nachnamen über die Meldebehörde in Erfahrung gebracht. Die Adresse und den Vornamen ihres Mannes hatte er im Telefonbuch gefunden.

»Für die Serie?«, fragte die Redaktionschefin entsetzt.

Calle war klar, dass weder Quälgeister noch gewaltsame Todesfälle besonders weit oben auf der Liste ihrer Wunschreportagen standen. Sie sah ihn mit frischem Misstrauen an.

»Nein, nein«, versicherte Calle. »Ich bin nur neugierig. Das ist doch schon auffällig: drei von vieren. Haben sie gefährlicher gelebt? Haben sie das Schicksal herausgefordert? Es geht nicht wirklich um eine Reportageidee, ich dachte nur einfach, es wäre nett, sie einmal wiederzutreffen. Nach all den Jahren. Das letzte Treffen ist lange her.«

Er versuchte es mit einem Lächeln, aber die Redaktionschefin war immer noch skeptisch. Wer wollte schon freiwillig die Leute treffen, die einem in der Schule das Leben zur Hölle gemacht hatten?

»Sie wohnt etwas außerhalb«, fuhr Calle fort, um die peinliche Stille zu überbrücken. »Hittarp oder so ähnlich.«

»Da wohne ich auch«, sagte die Redaktionschefin. »Wie heißt sie?«

»Ylva«, sagte Calle. »Verheiratet mit Mike Zetterberg.«

Die Redaktionschefin sah ihn entsetzt an.

Irgendetwas stimmte hier nicht, so viel war Calle klar. Irgendetwas stimmte hier ganz und gar nicht.

45. Kapitel

Calle saß in einem gelben Bus auf dem Weg ins Zentrum von Helsingborg. Es fiel ihm schwer, zu schlucken, sein Gesicht glühte, und er dachte an seinen Freund mit dem Geld, an Jörgen Petersson. Wer war er eigentlich? Selbstverständlich konnte er hart und gefühlskalt sein, wenn es um Geschäfte ging. Reiche Leute definierten sich häufig über ihr Geld. Aber der Schritt dahin, über Leben oder Tod zu bestimmen ...

Calle ging nach vorne zum Busfahrer.

»Entschuldigen Sie, nur eine Frage. Wie komme ich nach Hittarp?«

»Tja, da müssen Sie die 219 nehmen«, antwortete der Fahrer in breitem Schonendialekt.

»Und wo fährt die?«

»Sie sitzen schon drin.«

»Dieser Bus fährt also nach Hittarp?«

»Ja, sonst wäre es ja nicht die 219.«

Calle stand auf dem Schlauch. Wollte ihn der Busfahrer auf den Arm nehmen?

»Sie fahren also nach Hittarp?«, fragte Calle.

»Tja ...«

»Ich verstehe nicht«, sagte Calle. »Soll das irgendein Witz sein?«

»Kleiner Scherz meinerseits. Verkraften Stockholmer das nicht?«

»Könnten Sie mir bitte Bescheid sagen, wenn wir in Hittarp sind?«

Calle nahm wieder Platz und schwor, sich niemals außerhalb der Stockholmer Innenstadt niederzulassen.

*

»Vielleicht sollten wir uns das Schwein noch mal vorknöpfen?«, meinte Gerda.

»Warum?«, fragte Karlsson.

Gerda zuckte mit den Achseln.

»Vielleicht ist er ja mittlerweile mürbe und erzählt uns, was wirklich passiert ist.«

»Und das glaubst du!«, meinte Karlsson. »Er ist frisch verliebt und hat eine Tochter, um die er sich kümmern muss. Warum gibt es eigentlich nie irgendwas Süßes zum Kaffee? Immer nur diese langweiligen Kekse, die so trocken sind, dass man sie mit Wasser runterspülen muss.«

»Vielleicht war er es ja nicht«, meinte Gerda.

»Wer? Was?«, erwiderte Karlsson geistesabwesend.

»Dieser Oberschichtschnösel. Vielleicht ist er ja unschuldig.«

Karlsson lachte.

»Sicher. Schneewittchen in höchsteigener Person. Was hat sie noch gleich gesagt?«

»Wer?«

»Diese Schauspielerin.«

»Ich weiß nicht, von wem du sprichst.«

»Diese Blonde«, meinte Karlsson, »die wie ein Transvestit klang. Schwarz-Weiß-Filme.«

»Rita Hayworth?«

»Die hatte doch wohl nichts von einem Transvestiten! Früher. Hände in den Hüften, ordinär.«

Gerda schüttelte den Kopf.

»Doch, du weißt schon«, meinte Karlsson. »Irgendwas mit M.«

»Marilyn Monroe?«

»Nicht Marilyn Monroe. Ich habe doch gesagt, früher, zur Zeit der ersten Tonfilme.«

»Keine Ahnung.«

»Mae West.«

»Und was ist mit der?«

»Sie hat das gesagt.«

»Was?«

»I used to be Snow White, but I drifted. Verdammt gut.«

»Das verstehe ich nicht«, erwiderte Gerda.

»Ich war Schneewittchen, aber ... Also, dass sie das eben nicht mehr ist.«

»I used to ...?«

» ... be Snow White, but I drifted.«

»Was bedeutet drifted?«

»Also, ich weiß, was es bedeutet, aber ich kann es nicht übersetzen.«

Gerda nickte.

»Okay.«

*

Calle stieg aus dem Bus. Als Erstes sah er zwei Mädchen, Teenager, die in langsamem Schritt auf ihren Ponys an ihm vorbeiritten. Anschließend fuhr ein einzelnes Auto gemächlich die steile Straße hinauf. Zwischen den Häusern schimmerten der Öresund und die dänische Küste.

Calle las die Straßenschilder: Sperlingevägen, Sundsliden. Er zog den Stadtplan aus der Tasche, den er aus dem Internet ausgedruckt hatte, und versuchte, sich zu orientieren. Eine ältere Frau harkte den Kies einer Garagenauffahrt. Calle nickte ihr zu.

»Brauchen Sie Hilfe?«, fragte sie. Es war deutlich zu hören, dass sie aus Stockholm war.

»Danke, kein Problem, ich finde es schon.«

Calle nickte dankbar. Die Leute aus der Hauptstadt, dachte er, das sind anständige Leute. Die Frau lächelte, und Calle hatte das Gefühl, dass sie ihm irgendwie bekannt vorkam. Freundliche Gesichter kamen ihm irgendwie immer bekannt vor.

»Wo wollen Sie denn hin?«, fragte sie.

»In den Göntevägen«, sagte Calle.

»Das ist auf der anderen Seite der großen Wiese. Suchen Sie jemand Bestimmtes?«

»Michael Zetterberg«, sagte Calle.

»Er wohnt in dem großen weißen Haus mit dem schwarzen Dach.«

Die Frau deutete in die Richtung.

»Danke«, sagte Calle und setzte sich in Bewegung.

Er hätte um ein Haar gefragt, ob sie sich nicht schon einmal irgendwo begegnet wären, aber nach dem, was ihm die Redaktionschefin des Familienjournals erzählt hatte, war er nicht in der Laune für Smalltalk.

Ylva war seit fast anderthalb Jahren verschwunden. Drei der vier waren tot, die Vierte wurde vermisst. Was bedeutete das? Gab es einen Zusammenhang? Oder handelte es sich um einen Zufall?

Calle widerstand der Versuchung, die Wiese zu überqueren, und ging die Straße entlang. Das Gras war sicher nass, und er hatte zur Feier des Tages seine besten Halbschuhe angezogen, obwohl sie für das kalte Herbstwetter eigentlich zu dünn waren.

Zetterbergs Haus war groß, und der Garten wirkte gepflegt. Als Calle näher kam, fiel ihm ein Trampolin auf, das die letzten Winter im Freien gestanden haben musste. Ein vergessener Fußball lag auf dem Rasen, und ein Tretschlitten stand nachlässig geparkt vor der Terrassentür.

Gut, dachte Calle. Vor Pedanten sollte man sich hüten. Er hatte Artikel für mehrere Einrichtungszeitschriften verfasst und wusste, dass es in den schicksten Häusern und Wohnungen in der Regel nach Desinfektionsmittel und Scheidung roch.

In der Auffahrt stand kein Auto, es schien niemand zu Hause zu sein.

Calle ging zur Tür und klingelte. Niemand zu Hause. Irgendwie war er erleichtert. Er hatte keine Ahnung, was er zu Ylvas Mann hätte sagen sollen.

Calle schaute auf die Uhr, Viertel nach fünf. Er hatte einen Platz in der letzten Maschine nach Stockholm gebucht, um nach der Arbeitsbesprechung noch Zeit für ein Interview mit Ylva zu haben. Obwohl er der Redaktionschefin des Familienjournals gegenüber Gegenteiliges geäußert hatte, hatte er natürlich vor, das Material zu verwenden. Eine junge, attraktive Frau, die drei ihrer engsten Freunde aus der Schulzeit verloren hatte, war ein ausgezeichnetes Lebensschicksal, für das es ganz klar einen Markt gab.

Aber jetzt war sie nicht verfügbar. Und deswegen wollte Calle mit ihrem Mann sprechen.

Worüber?

Ihm war nicht ganz wohl in seiner Haut. War er etwas anderes als ein Parasit, der sich am Unglück anderer Menschen labte? Er beschloss, einen Spaziergang durch das Viertel zu machen, um wieder einen klaren Kopf zu bekommen.

Die Häuser standen dicht an dicht. Es gab etliche alte Gebäude, aber auch einige neue mit riesigen Fensterfronten.

Er ging Richtung Meer. Linker Hand stand eine schauderhafte Riesenvilla am Hang. Ihm stieg der Geruch von Tang in die Nase. Als er ans Ufer kam, stellte er fest, dass Dachpfannen aus Eternit doch ganz passabel aussahen. Er ging nach rechts auf zwei Stege zu und schritt auf einem von ihnen dem Wasser entgegen.

Er blieb lange am äußeren Ende des Steges stehen. Rechts von ihm wurde der Horizont vom Kattegatt begrenzt, gerade vor sich hatte er die dänische Küste, und links pendelten die Fähren zwischen Helsingborg und Helsingör. Dahinter ahnte er die Insel Ven.

Obwohl er sich noch eine Stunde zuvor geschworen hatte, nie irgendwo anders als in der Innenstadt Stockholms wohnen zu wollen, erwog er jetzt, diesen Schwur zu brechen. Der Himmel war hier so unendlich weit und verheißungsvoll. Calle konnte verstehen, dass jemand, der hier aufgewachsen war, diesem Ort nur ungern den Rücken kehrte. Eine Möwe segelte geschickt auf dem Wind vorbei und lachte ihn aus. Calle drehte sich um und ging wieder ans Ufer.

Er folgte dem Ufer Richtung Norden und ging dann einen langen Hang hinauf. Nach einigem Suchen fand er den Grönteyägen wieder. Inzwischen stand ein Auto in der Auffahrt.

Calle zögerte. Ylva wurde laut Redaktionschefin des Familienjournals seit anderthalb Jahren vermisst. Was konnte man da fragen?

Ein Mann trauerte um seine verschwundene Frau. Sie ging eine Zeitung kaufen und kam nie mehr zurück …

Pünktchen, Pünktchen, Pünktchen.

Ganz klar, das war eine Story.

Mit einer Komplikation jedoch: Die Frau war verschwunden. Das machte den Mann automatisch verdächtig. Das Böse war ausnahmslos ein Mann, Punktum.

Wie sollte er die Sache angehen?

Mit der Viererbande, ganz klar. Allerdings ohne die Gruppe beim Namen zu nennen.

Calle schob den Gedanken beiseite. Er brauchte keinen Plan, er war Reporter, Illustrierten-Reporter. Das waren die Abgebrühtesten. Schade, dass der Rest der Welt das nicht auch so sah.

Er klingelte und hörte, wie sich rasche Kinderschritte auf der anderen Seite der Türe näherten. Ein Mädchen öffnete erwartungsvoll und schaute zu ihm hoch.

»Hallo! Ist dein Papa zu Hause?«

»Ja.«

Sie drehte sich um und rannte in die Küche.

»Papa!«

Mike trug eine Schürze und trocknete sich die Hände an einem Geschirrhandtuch ab. Er sah Calle fragend an, der rasch die Hand ausstreckte und ihm ein Lächeln schenkte, das er selbst für unwiderstehlich hielt.

»Hallo! Ich bin Calle Collin.«

»Hallo«, erwiderte Mike zögernd.

Er konnte nicht recht einordnen, wen er da vor sich hatte. Einen Zeugen Jehovas?

Die Tochter schaute interessiert zu.

»Ich habe die Breviksschule auf Lidingö besucht. Zur gleichen Zeit wie Ylva. Ich habe gehört, dass sie verschwunden ist, und würde gerne einen Augenblick reinkommen und mich mit Ihnen unterhalten.«

Mike schreckte aus seinen Gedanken auf. Nach einem kurzen Zögern erschauerte er.

»Klar. Kommen Sie rein.«

46. Kapitel

Ylva stellte fest, dass Mike und Sanna nach Hause gekommen waren, und schaltete auf Fernsehen um. Gösta hatte ihr erst einen Monat zuvor das Fernsehen erlaubt. Die Sender waren ihr größter Luxus. Sie ließ den Fernseher die ganze Zeit laufen, um eine Geräuschkulisse und Gesellschaft zu haben.

Am Spätnachmittag liefen alte Sitcoms. Ylva mochte das Gelächter vom Band. Es erfüllte sie mit Wärme.

Sie hatte die Wäsche des Tages gebügelt und zwei Kerzenhalter geputzt, kurz gesagt, sie hatte einiges erledigt.

Der Herbst war schon recht weit fortgeschritten, und Ylva hatte seit Langem ihre Fluchtpläne ad acta gelegt. Sie war zweifellos, wie Gösta sagte, eine Idiotin. Aber mit ihren sexuellen Diensten war er trotzdem zufrieden. Er nannte sie ein Naturtalent, dazu geboren.

»Aber du hast ja auch viel Übung.«

Sie bedankte sich und erdreistete sich zu fragen, ob sie sich nicht überlegen könnten, sie trotz allem das Haus putzen zu lassen. Sie versprach, gute Arbeit zu leisten.

Er antwortete, er würde darüber nachdenken. Ylva hatte das Gefühl, dass sie früher oder später die Chance bekommen würde. Er war in letzter Zeit freigebig gewesen, großzügig mit Essen und Büchern.

Sie sah keine Veranlassung, dies durch einen Fluchtversuch aufs Spiel zu setzen.

*

»Moment mal«, sagte Mike und hob beide Hände.

Calle Collin verstummte. Er hatte gerade erklärt, dass er ursprünglich vorgehabt hätte, Ylva wegen des viel zu frühen Todes einiger ihrer Klassenkameraden zu interviewen, dass die Redaktionschefin des Familienjournals, die ebenfalls in dem Viertel wohne, ihn aber aufgeklärt habe, dass Ylva seit über einem Jahr verschwunden sei.

»Sie sind also Journalist?«, fragte Mike und sah äußerst missbilligend aus.

»Ich arbeite für Illustrierte«, sagte Calle. »Ich arbeite nicht bei den Abendzeitungen.«

»Und Sie wollen über Menschen schreiben, die tot sind?«

»Ja, nein, doch, aber ...«

»Aber was?«, fragte Mike.

Er war hochrot im Gesicht, und seine Tochter sah ihn besorgt an.

»Ich fand das nur alles so merkwürdig«, meinte Calle.

»Was?«, fragte Mike.

»Drei von vieren sterben, und die Vierte ist verschwunden.«

»Wovon reden Sie? Drei von vieren? Was für vier?«

»Die Viererbande«, meinte Calle und schaute beschämt auf die Tischplatte.

Er hatte sich fest vorgenommen, Jörgens abwegige Ideen nicht weiterzuverfolgen, trotzdem saß er jetzt hier und plauderte alles aus. Als Rechtfertigung. Weil er sich dumm und aufdringlich vorkam und sich entschuldigen wollte.

»Die Viererbande?«, meinte Mike kopfschüttelnd.

Calle sah ihn an. Jetzt oder nie.

»Ylva war in der Mittelstufe mit drei Jungs befreundet. Johan Lind, Morgan Norberg und Anders Egerbladh. Zusammen versetzten sie die Schule in Angst und Schrecken. Morgan starb an Krebs. Anders wurde in Stockholm ermordet. Johan kam bei einem Verkehrsunfall in Afrika ums Leben. Ich dachte, dass da möglicherweise ein Zusammenhang besteht. Mit dem Verschwinden Ihrer Frau.«

Das Mädchen wandte sich an seinen Vater und sah ihn gespannt an.

Mikes Blutgefäße auf der Stirn schwollen an, er holte tief Luft, seine Lippen wurden ganz schmal. Als er sprach, war es mit ganz leiser Stimme.

»Ich habe noch nie von den Leuten gehört, die Sie eben erwähnt haben. Ich vermute also, dass sie keinen sonderlich nachhaltigen Eindruck bei meiner Frau hinterlassen haben. Wenn Sie nicht so viel Taktgefühl besitzen, trauernde Menschen in Ruhe zu lassen, werde ich mich bei Ihrer Chefin vom Familienjournal beschweren. Das werde ich so oder so tun. Ich will, dass Sie jetzt aufstehen, aus

meinem Haus verschwinden und sich hier nie wieder blicken lassen.«
»Also, ich wollte doch nur ...«
»Sofort.«
Calle erhob sich und ging.

47. Kapitel

Calle Collin legte seine Stirn an das Fenster des Flugzeugs, spürte das kalte Plexiglas an seiner Haut. Das Flugzeug beschleunigte, und er wurde in den Sitz gedrückt. Er flog nicht oft und stellte sich immer vor, wie das Flugzeug abstürzte und alle starben. In seiner Vorstellung befand sich die Maschine immer hoch in der Luft, brach ohne Vorwarnung in der Mitte durch, und die Passagiere wurden in die stille, kalte Luft geschleudert. Dort schwebten sie dann hilflos eine ganze Weile und konnten über ihre eventuellen Sünden nachdenken, bis die Erde in rasender Geschwindigkeit auf sie zukam.

Dieses Mal war Calles Kopf jedoch mit anderen Szenarien beschäftigt. Er sah vor seinem inneren Auge, wie Michael Zetterberg sich mit der Redaktionschefin des Familienjournals in Verbindung setzte. Vielleicht rief er sie an, vielleicht begegneten sie sich zufällig beim Sonntagsspaziergang.

Michael Zetterberg erzählte ihr, was geschehen war. Ein verrückter Reporter aus Stockholm habe ihn aufgesucht und mit ihm über Ylvas Verschwinden sprechen wollen. Er hätte angedeutet, dass sie nicht gerade ein Engel gewesen sei, hatte von toten Klassenkameraden geschwafelt und war allgemein penetrant aufdringlich gewesen. Außerdem hatte er behauptet, für das Familienjournal zu arbeiten. Stimmte das?

Calle sah vor seinem inneren Auge, wie die Redaktionschefin mit verbissener Miene und zunehmender Verärgerung zuhörte und zugab zu wissen, von wem Ylvas Mann spreche, aber dass dies vollkommen abwegig klinge. Sie beteuerte, sofort den Reporter anzurufen und diesen Dummheiten einen Riegel vorzuschieben.

Die nächste Szenerie in Calles Kopf waren der Telefonanruf, die Gardinenpredigt und die beendete Zusammenarbeit. Anschließend: wie sich alle das Maul zerreißen würden.

Dieser Calle Collin, was ist mit dem eigentlich los? Er war früher ja wohl mal ein ganz passabler Reporter. Jetzt scheint er vollkommen durchgeknallt zu sein.

Der dritte Gedanke, und da war die Maschine bereits gelandet und rollte auf das Gate in Arlanda zu, lautete J-ö-r-g-e-n. Dieser unsympathische Typ mit so viel Kohle in den Taschen, dass er nichts Besseres zu tun hatte, als sich selbst als aufregenden Exzentriker zu stilisieren.

Das war alles seine Schuld. Alles. Wenn er nicht überhaupt dahintersteckte.

Statt auf den Flughafenbus zu warten, nahm Calle ein Taxi.

»Lidingö.«

Er schaltete sein Handy ein und rief Jörgen an.

»Ich bin auf dem Weg zu dir«, sagte Calle. »Wir müssen miteinander reden.«

*

»Heute war jemand hier«, sagte Marianne.
»Hier?«, fragte Gösta.
»In der Straße. Er fragte nach dem Gröntevägen. Er wollte zu Mike. Er nannte ihn Michael.«
»Und?«
Gösta klang nur mäßig interessiert. Er blätterte weiter in seiner Zeitung.
»Eine Schwuchtel«, sagte Marianne. »In ihrem Alter. Der Sprache nach aus Stockholm.«
»Ein Schwuler aus Stockholm. Welch eine Sensation.«
Marianne seufzte müde.
»Da war etwas«, sagte sie. »Er hat mich angeschaut, als würde er mich kennen.«
»Hat er sich vorgestellt?«
»Natürlich nicht.«
»Hat er was gesagt?«
»Nein.«
»Na dann.«
Marianne stand verärgert auf und räumte die Spülmaschine ein. Gösta las weiter, ohne sie zu beachten. Sie knallte die Klappe zu. Gösta schaute hoch.
»Wir können nicht bis in alle Ewigkeit so weitermachen«, sagte sie. »Wir sind fast fertig, nur Ylva ist übrig. Wir müssen die Sache abschließen, und wir müssen es jetzt tun.«

48. KAPITEL

Calle Collin bezahlte das Taxi, ging zur Pforte und klingelte. Er schaute in die Kamera. Der Lautsprecher knisterte.

»Komm rein«, sagte Jörgen. Das Türschloss klickte.

Calle drückte die Pforte auf und ging auf das Haus zu. Noch bevor er dort war, öffnete Jörgen die Haustür.

»Was verschafft mir die Ehre?«

Calle sah seinen alten Klassenkameraden forschend an.

»Ist die Familie zu Hause?«, fragte er.

»Natürlich«, erwiderte Jörgen.

»Dann schlage ich vor, dass wir einen Spaziergang machen.«

Jörgen verstand zwar nicht, warum, aber er nickte.

»Ich hole nur schnell eine Jacke«, erwiderte er.

Sie waren nur ein paar Schritte von der Pforte entfernt, da packte Calle Jörgen am Kragen und drückte ihn an die sorgsam gestutzte Hecke.

»Was zum Teufel hast du angerichtet? Willst du sie noch alle umbringen?«

Jörgen wirkte aufrichtig schockiert. Er blinzelte rasch, und seine Unterlippe zitterte.

»Verdammt. Lass mich los. Wovon redest du?«

»Du hast sie umgebracht«, schrie Calle. »Alle.«

»Wen? Wovon sprichst du?«

Jörgen war den Tränen nahe. Calle hielt ihn fest.

»Für wie blöd hältst du mich eigentlich? Glaubst du, weil du so viel Geld hast, kannst du über Leben und Tod entscheiden? Wen willst du als Nächstes killen? Kann ich mir meines Lebens noch sicher sein? Vielleicht willst du mich ja auch umbringen?«

»Hör auf, Calle. Ich hab nichts getan. Wovon sprichst du eigentlich?«

Calle zitterte. Sein Körper war maximal angespannt. Jörgen weinte, der Rotz lief ihm aus der Nase, und er rang nach Luft. Calle drückte ihn tiefer in die Hecke.

»Ich gehe zur Polizei. Nur damit das ganz klar ist«, sagte er. »Ich gehe zur Polizei.«

»Ich habe nichts getan«, stammelte Jörgen.

Calle schob ihn beiseite und lief los. Er war fünf Meter gegangen, da hielt er inne und drehte sich um. Er streckte einen Arm aus, half seinem Freund auf die Beine und umarmte ihn weinend. Arm in Arm kehrten sie zum Haus zurück.

Jörgens Frau sah sie forschend an.

»Spielt ihr Brokeback Mountain?«

Calle lachte.

»Nein. Ich habe höhere Ansprüche.«

Jörgens Frau runzelte die Stirn.

»Du meinst, im Gegensatz zu mir?«

Jörgen küsste sie vorsichtig auf die Wange.

»Calle ist einfach nur eifersüchtig«, meinte er.

Sie gingen hoch und setzten sich in die Küche. Calle erzählte von seinem Tag in Schonen und dass Ylva seit über einem Jahr verschwunden war.

»Sie kann doch nicht einfach verschwinden«, meinte Jörgen.

»Bestimmt hat ihr Mann sie umgebracht«, meinte Jörgens Frau.

Calle schüttelte den Kopf.

»Wenn er wirklich schuldig wäre, hätte er mich nicht rausgeworfen. Dann wäre ihm jede Theorie recht gewesen, die von ihm wegführt.«

Jörgens Frau erhob sich seufzend.

»Ihr seid doch beide nicht mehr ganz dicht. Die einzige Gemeinsamkeit der Toten besteht darin, dass sie dieselbe Schule besucht haben.«

»Die Viererbande«, sagte Jörgen.

Seine Frau gab ihm einen Klaps auf den Kopf.

»Hör schon auf«, sagte sie. »Du steckst sonst Calle noch damit an. Hört mal zu, ihr zwei. Ihr könnt so nicht weitermachen. Legt euch ein neues Hobby zu, Seitensprünge oder so.«

»Ja. Irgendwas muss ich mir einfallen lassen«, meinte Calle. »Denn es sieht nicht so aus, als würde ich noch einmal einen Auftrag kriegen. So viel ist klar.«

✱

Es klopfte, und Ylva baute sich deutlich sichtbar mit den Händen auf dem Kopf auf. Die Tür wurde geöffnet. Es war Marianne. Ylva hatte das im Gefühl gehabt. Laut Monitor war es mitten am Tag, draußen war alles still. Gösta war bei der Arbeit.

Marianne schloss die Tür hinter sich und ging ins Zimmer. Sie hatte einen Teller in der Hand.

»Es ist was übrig geblieben«, sagte sie.

Ylva trat einen Schritt auf sie zu.

»Bleib stehen«, sagte Marianne und hob eine Hand.

Ylva blieb stehen.

»Sitz.«

Ylva gehorchte.

Ohne sie aus den Augen zu lassen, kratzte Marianne die Reste vom Teller auf den Fußboden.

»Findest du das nicht unwürdig?«, fragte sie.

Ylva antwortete nicht.

»Du bist ein Hund. Die Frage ist nur, was für einer. Ein kleiner Kläffer oder eher ein großes, hässliches Biest? Spielt keine Rolle, stinken tun sie alle. Du kostest uns einiges, das muss ich sagen. Elektrizität und Lebensmittel und was weiß ich nicht alles. Dabei bist du dieses Geld nicht wirklich wert. Ich finde, wir sind langsam am Ende des Weges angekommen. Bist du nicht meiner Meinung?«

Ylva sah sie fragend an.

»Jaja, braver Wauwau, verstehst genau, was das Frauchen meint. Du solltest es machen wie Annika. Das wäre das Beste. Ich meine, das hier ist doch kein Leben. Nicht für dich und auch für sonst niemanden. Und wir wissen doch beide, dass du nichts Besseres verdient hast. Darin sind wir uns immerhin einig.«

Marianne seufzte müde.

»Denk darüber nach«, sagte sie.

Sie ging zur Tür, schloss auf und drehte sich um.

»Und wenn das Seil nicht taugt, besorg ich dir gern Tabletten.«

Sie nickte in Richtung der Essensreste auf dem Fußboden.

»Bitte schön. Friss.«

49. Kapitel

Mike rief an und bat, notfallmäßig einen Termin vereinbaren zu dürfen. Gösta nahm sich natürlich Zeit für ihn.

»Erzählen Sie«, sagte er. Mike berichtete von dem rätselhaften Besuch.

Gösta lächelte amüsiert, während Mike erzählte. Mike wurde sich immer unsicherer.

»Was?«, sagte er und kam sich vor wie ein Kind, das von einem Erwachsenen gönnerhaft behandelt wird.

»Ich dachte schon, es sei etwas Ernstes«, meinte Gösta.

»Das ist verdammt noch mal ernst.«

»Nein«, erwiderte Gösta. »Das ist nicht ernst. Wie geht es Nour?«

»Gut. Was meinen Sie damit, dass es nicht ernst ist?«

»Ich dachte schon, Sie hätten Liebeskummer«, meinte Gösta. »Worüber Sie da gerade reden, das erinnert mehr an eine Wespe bei einem Picknick. Irritierend und nervig, natürlich, aber dadurch ist das Picknick nicht kaputt.«

Mike ließ sich beruhigen, nach einer Weile konnte er sogar darüber lachen.

»Aber seltsam ist das schon, finden Sie nicht?«

»Was? Dass irgendwelche Mitschüler an Krebs oder bei Autounfällen sterben? Sie haben doch selbst gesagt, dass Ylva sie nie auch nur mit einem Wort erwähnt hat. Das können kaum enge Freunde gewesen sein. Also, was haben wir? Drei Schüler einer relativ großen Schule, die in relativ jungen Jahren gestorben sind? Ich verstehe nicht, was daran merkwürdig sein soll.«

»Sie sind in dieselbe Klasse gegangen«, sagte Mike. »Der Mann, der mich aufgesucht hat, auch.«

Gösta sagte nichts.

»Sollte ich mich an die Polizei wenden?«, fragte Mike.

»Um was zu tun?«

»Ihn anzeigen. Vielleicht belästigt er beim nächsten Mal Sanna!«

Gösta schaute an die Decke, presste die Lippen zusammen und wiegte den Kopf hin und her, während er nachdachte.

»Ich weiß nicht«, meinte er. »Glauben Sie, es besteht eine Gefahr?«

»Nicht direkt«, meinte Mike. »Schwer zu sagen. Ich würde mir selbst nie verzeihen, wenn ihr etwas zustoßen sollte.«

Gösta beugte sich über den Schreibtisch.

»Wie hieß er, sagten Sie?«

»Calle Collin.«

»Haben Sie ihn gegoogelt?«

»Er hat für verschiedene Zeitungen geschrieben. Nichts Besonderes.«

»Sie sagten doch, dass er für das Familienjournal arbeitet. Vielleicht sollten Sie dort mit jemandem sprechen.«

*

»Wie hieß er? Calle …?«

Marianne blätterte ungeduldig im alten Schülerjahrbuch ihrer Tochter. Sie ging mit dem Finger die Namensverzeichnisse durch.

»Calle, Calle, Calle. Jonsson?«

»Nein, Collin«, erwiderte Gösta.

»Hier«, meinte Marianne. »Dritter von links in der zweiten Reihe. Da.«

Sie betrachtete das Foto skeptisch und zuckte dann mit den Achseln.

»Ich hätte ihn nie im Leben wiedererkannt.«

Es klingelte. Gösta beugte sich vor und schaute aus dem Fenster. Es war Mike.

»Um Gottes willen«, sagte er.

»Mach schon auf«, zischte Marianne.

Gösta ging zur Haustür und machte auf dem Weg sicherheitshalber die Tür zum Keller zu. Er öffnete mit gespieltem Erstaunen. Mike hielt eine Flasche in der Hand.

»Ein symbolischer Dank«, sagte er.

»Vielen Dank, aber das wäre wirklich nicht nötig gewesen.«

»Doch. Sie waren wirklich sehr, sehr wichtig für mich. Ich weiß nicht, wie ich ohne Ihre Hilfe zurechtgekommen wäre.«

Gösta nahm die Flasche entgegen, betrachtete das Etikett und zog anerkennend die Brauen hoch.

»Vielen Dank. Das ist wirklich viel zu viel, aber trotzdem vielen Dank. Ich hätte Sie gerne hereingebeten, aber bei uns geht es gerade etwas drunter und drüber.«

»Um Gottes willen, machen Sie sich keine Umstände. Ich muss sowieso nach Hause und für Sanna kochen«, sagte Mike. »Ich wollte das nur rasch überreichen.«

»Danke«, sagte Gösta.

»Ich habe zu danken.«

Mike hob die Hand und ging. Gösta schloss die Tür und kehrte zu seiner Frau in die Küche zurück.

»Er hat mich wiedererkannt«, sagte sie und deutete mit dem Zeigefinger auf das Schülerjahrbuch. »Ich glaube nicht, dass er mich zuordnen kann, aber wenn er das tut, dann wird er sich seinen Teil zusammenreimen.«

»Keine Panik. Mal den Teufel nicht an die Wand. Warum sollte er dich wiedererkannt haben? Wie viele Eltern deiner Mitschüler würdest du wiedererkennen? Und du hast ihn schließlich auch nicht wiedererkannt.«

»Nein. Weil er damals ein Kind war und jetzt erwachsen ist. Wir haben uns sicher auch verändert, aber nicht so stark.«

Gösta seufzte.

»Und wenn schon. Warum sollte er das mit Ylva in Zusammenhang bringen? Dazu gibt es keinen Grund. Außerdem hat Mike ihn rausgeworfen. Es ist nicht sonderlich wahrscheinlich, dass Calle Collin sich noch einmal bei ihm meldet.«

»Vielleicht nicht, aber das Risiko besteht.«

Marianne atmete tief durch.

»Gösta. Es ist jetzt so weit. Sie muss weg. Schafft sie es nicht selbst, musst du ihr auf die Sprünge helfen.«

*

Ylva sah alles auf dem Bildschirm.

Mike ging mit einer Flasche Wein in der Hand auf das Haus zu, in dem sie sich befand. Wenig später ging er mit leeren Händen wieder weg.

Die Kamera erfasste nicht den unmittelbaren Bereich vor der Haustür, aber es war nicht sonderlich viel Fantasie nötig, um zu verstehen, was sich abgespielt hatte. Mike hatte eine Flasche Wein überreicht. Es stimmte, was Gösta gesagt hatte: Mike und er kannten sich. Gösta hatte Mikes Vertrauen.

Der Wein war natürlich ein Dankeschön für die Hilfe. Dass Gösta ihm zuhörte, auch wenn darin zufälligerweise seine Arbeit bestand. So war das in den spießigen Vororten: eine Flasche Wein für eine erwiesene Gefälligkeit. Unter guten Nachbarn.

Ylva fragte sich, was das für sie für Konsequenzen haben würde. Welche Gefahren darin lauerten. Gösta und Marianne konnten auf keinen Fall in ihren vier Wänden Besuch empfangen. Jeder Mensch, der ihr Haus betrat, stellte ein Sicherheitsrisiko dar. Sie waren gezwungen, Kontakt suchende Nachbarn auf Distanz zu halten. Sie konnten höflich grüßen, mehr aber nicht.

Göstas Interesse an ihr hatte nachgelassen, das spürte Ylva deutlich. An dem Tag, an dem er ganz die Lust auf sie verlor, war alles vorbei, das war ihr klar.

Ylva versuchte, noch lauter zu stöhnen und ihre Dienste auf jede erdenkliche Art zu variieren. Trotzdem wirkte Gösta gelangweilt. Nur wenn er sie mit Gewalt nahm, konnte er noch für kurze Augenblicke dasselbe Interesse wie im ersten halben Jahr aufbringen.

50. Kapitel

Es war wichtig, nichts zu überstürzen. Sie waren gezwungen, genau zu planen, alle Möglichkeiten gründlich zu durchdenken. Es war kein Problem, sie zu töten. Aber Gösta glaubte immer noch, sie dazu bringen zu können, diesen Schritt selbst zu tun. Er musste ihr nur die Augen öffnen, sie musste ihre Situation begreifen und voll und ganz einsehen, was aus ihr geworden war und dass ihr nur ein vernünftiger Weg blieb.

Das Problem bestand darin, die Leiche und sämtliche Spuren zu beseitigen.

Wenn sie ein Boot besäßen, könnten sie sie ins Meer werfen. Obwohl, wie sollte er einen schwarzen Müllsack in ein Boot verfrachten, ohne gesehen zu werden? Überall standen Häuser. Ein belebter Küstenstreifen war schwer zu finden. Und ganz gleichgültig, welchen wenig frequentierten Waldweg man wählte, man lief immer Gefahr, irgendeinem Naturfanatiker bei der Pilzsuche zu begegnen, der sich die Autonummer merkte.

Die Leiche zu vergraben, war anstrengend und die Gefahr, entdeckt zu werden, groß.

Andererseits, warum sollten sie die Leiche überhaupt

beseitigen? Das Beste wäre doch vermutlich, wenn sie so schnell wie möglich gefunden würde. Damit Mike sie begraben und die Trauerarbeit abschließen konnte. Damit ihm in Zukunft das schweigende Misstrauen seiner Umwelt erspart blieb. Obwohl er sehr viel Hilfe und Therapie benötigen würde, wenn ihm aufging, dass Ylva den größten Teil der Zeit, in der sie vermisst gewesen war, gelebt hatte.

Am besten warfen sie die Leiche an einer wenig befahrenen Landstraße in den Graben. Der Zeitpunkt war fast wichtiger als der Ort. Nachts, wenn man die Scheinwerfer anderer Fahrzeuge schon von Weitem sah. Da hätte er genug Zeit, sich der Leiche zu entledigen und weiterzufahren. Natürlich würde er das im Rahmen einer Reise tun. Um ein Alibi zu haben, falls man ihn wider Erwarten verdächtigen würde.

Die Leiche würden sie in schwarze Müllsäcke verpacken, um keine Spuren im Auto zu hinterlassen. Sie würden ihre Fingernägel gründlich reinigen müssen, und er würde in den letzten Tagen nicht mehr in ihr zum Erguss kommen können. Letzteres stellte ein gewisses Opfer dar.

Während Gösta sich der Leiche entledigte, würde Marianne den Keller sanieren. Alles musste peinlich genau gereinigt werden. Die Möbel würden sie durch ein Schlagzeug und eine elektrische Gitarre ersetzen.

Sie würden einen Plan machen und sich für einen Tag entscheiden müssen.

Gösta fragte sich, wie das Leben ohne Ylva sein würde. Natürlich wäre er erleichtert, wenn alles vorbei wäre. Aber auch ein wenig wehmütig.

Annika zu rächen, hatte sie fast drei Jahre lang angetrieben. Der Kampf für Gerechtigkeit und Rache hatte fast alles andere überschattet. Mit einem eindeutigen Ziel vor Augen war das Leben in gewisser Weise fast einfach gewesen.

Jetzt war es fast vorbei, und die Leere öffnete sich wie ein Abgrund vor ihnen.

Die Möglichkeit, jederzeit nach unten gehen und Ylva ficken zu können, hatte ihm ein Gefühl von Reichtum gegeben. Eine zusätzliche Dimension.

Bald war auch das Vergangenheit.

*

War der Wein zu billig gewesen? Das war doch wohl nicht möglich? Die Flasche hatte einiges über hundert Kronen gekostet. Vielleicht hatte Gösta ja auf eine Flasche Whisky gehofft? Mike hatte dies auch kurz erwogen, dann aber entschieden, dass man Spirituosen nur zu Weihnachten verschenke.

Egal. Er schob den Gedanken beiseite. Es war keinesfalls Unzufriedenheit gewesen. Der Grund, warum Gösta ein wenig reserviert gewesen war, war natürlich, dass er auf einen gewissen Abstand Wert legte. Schließlich war Mike immer noch sein Patient.

So war es. Das war die Erklärung.

An dem Tag, an dem Mike die Behandlung abschloss, würden sie zu viert zu Abend essen können.

Göstas Frau wirkte sympathisch. Sie würde sich sicher

mit Nour verstehen. Alle verstanden sich mit Nour. Ihm wurde ganz wohlig, wenn er an Nour dachte.

Wie auf ein Zeichen Gottes trat sie durch die Tür. Sanna rannte in die Diele, um sie zu begrüßen. Mike hielt sich etwas zurück, dieses Bullerbü-Glück machte ihn fast ein bisschen verlegen. Besser konnte es kaum werden. Er wartete, bis er an der Reihe war, und küsste Nour auf den Mund. Dann nahm er ihr ihren Mantel ab und hängte ihn auf einen Kleiderbügel.

»Riecht lecker«, meinte sie.

»Hackfleischsoße«, meinte Mike. »Rote.«

Nour verstand nicht.

»Schwer zu erklären, ein recht kompliziertes Rezept.«

Sanna verschwand ins Wohnzimmer. Dort hatte sie zu Mikes mäßiger Begeisterung ihre beträchtlichen Legomengen auf den Flokati gekippt.

Mike goss ein Glas Rotwein ein und reichte es Nour.

»Danke«, sagte sie, als sie das Glas entgegennahm.

Mike sah sie an und lächelte.

Nour schaute verständnislos.

»Ich bin einfach nur glücklich«, sagte er.

51. Kapitel

Gösta ließ sich Zeit und zog sein ganzes Register. Ylvas Stöhnen und ihre Zuckungen wirkten fast schon übertrieben, aber Gösta hatte nichts einzuwenden. Anschließend lag er lange neben ihr und versuchte mit schweißbedeckter Brust, seine Atmung zu regulieren.

»Du kannst das«, sagte er.

»Danke.«

»Geht's dir gut?«

»Ja, mir geht's gut«, antwortete Ylva.

»Mike und Sanna geht es auch gut«, meinte Gösta.

Ylva antwortete nicht. Weder er noch Marianne erwähnten ihre Familie je zufällig. Sie bezweckten immer etwas damit.

»Er ist jetzt mit Nour zusammen. Das weißt du. Ich habe ihn noch nie glücklicher erlebt. Sanna übrigens auch nicht. Niemand ist unersetzlich, am allerwenigsten du.«

Ylva sagte nichts.

»Du würdest ganz schön was anrichten, wenn du plötzlich an ihrer Tür klingeln würdest.«

»Mir geht es gut hier«, meinte Ylva.

»Allerdings, sehr gut sogar, angesichts der Tatsache, weshalb du hier bist.«

»Mit dir«, sagte Ylva. »Es geht mir gut mit dir.«

Gösta lachte, setzte sich auf die Bettkante und zog sich die Unterhose wieder an.

»Marianne sagt, ich hätte jetzt genug Spaß gehabt.«

»Ist sie eifersüchtig?«

Gösta starrte sie an. Sie senkte den Blick.

»Verzeih.«

»Wir gehören nicht zusammen, du und ich. Du bist ein billiges Flittchen, und du kannst dankbar sein, dass ich herkomme und dich ficke. Das tue ich aus Güte, verstehst du?«

»Ich weiß, danke. Verzeih.«

»Deine tausend Nächte nähern sich dem Ende, diese Sache verkommt zur Routine. Wie sehr ich die Sache auch drehe und wende, du hast nur drei Löcher. Ich komme morgen wieder. Dann will ich überrascht werden, verstanden? Wenn dir das nicht gelingt, müssen wir eine Lösung finden.«

*

Wie Ylva vermutet hatte, hatten Mikes spontaner Besuch und das Überreichen der Flasche Wein Gösta und Marianne nervös gemacht. Er war in ihre Privatsphäre eingedrungen, ein Zeichen dafür, dass sich die Umwelt näherte, die Schlinge sich zuzog. Als logische Konsequenz bedeutete das, dass sie sie loswerden mussten. Sie war zu einer Belastung geworden. Ohne sie hatten sie nichts zu verbergen, ohne sie konnten sie wen sie wollten in ihr Zuhause einladen.

Marianne wollte, dass sie es selbst tat. Als Buße. Gösta auch. So war ihr ursprünglicher Plan.

Beide betonten, wie unhaltbar ihre Situation sei. Auch wenn sie am Leben blieb, hatte sie keine Zukunft. Sie war eine Hure und konnte nie etwas anderes werden.

Sie hatten natürlich recht. Alle würden dieselbe Frage stellen: Warum bist du nicht geflohen? Warum hast du es nicht einmal versucht?

Ylva dachte gar nicht daran, ihnen die Genugtuung zu schenken, dass sie sich das Leben nahm. Ganz davon abgesehen würde sie das nie schaffen. Sie hoffte, dass die beiden sie im Schlaf töten oder sie vergiften würden, sodass sie einfach einschliefe. Aber sie hätte gern gewusst, was sie anschließend mit ihr machen würden. Sie wollte begraben werden, damit Mike und Sanna Gewissheit hatten und die Zukunft in Angriff nehmen konnten.

Wie gerne wäre sie ahnungslos gewesen. Aber es war zu offensichtlich. Gösta würde sie ein letztes Mal ficken. Sie könnte ihr Äußerstes geben und so ein paar Tage Aufschub gewinnen. Aber es würde nichts nützen. Nächstes Mal sollte er die leblose Fickpuppe bekommen, in die er sie verwandelt hatte.

Erst wollte sie schlafen. Sie war müde und wollte die Träume genießen, die sie nicht einsperrten. Wenn sie erwachte, wollte sie sich an sie erinnern.

Ylva kroch unter die Decke, streckte die Hand nach dem Schalter der Stehlampe aus und drückte.

Es wurde schwarz.

52. KAPITEL

Der Anruf kam. Calle Collin war nicht weiter erstaunt, er hatte ihn erwartet.

Es war die Redaktionschefin des Familienjournals. Sie fragte, wie es ihm gehe und was in der Hauptstadt für Wetter sei. Das ganze unnötige Geschwätz, auf dem die Leute außerhalb von Stockholm bestanden.

Komm zur Sache, dachte Calle, *gib mir schon den Gnadenstoß.*

»Also«, meinte die Redaktionschefin schließlich.

Endlich.

»Ich habe mit dem Chefredakteur gesprochen, und wir haben die Sache eine Weile erörtert. Wir sind uns sehr einig. Das sind wir.«

Nicht noch eine Runde. Konnte sie ihn nicht einfach zum Teufel wünschen, und das war es dann?

»Also ...«, begann die Redaktionschefin.

Jetzt kam es. Calle schloss die Augen und hielt den Atem an. Bestenfalls würde er in Zukunft vor hohen Feiertagen noch irgendwelche Promis anrufen dürfen. *Wen wollen Sie an Ostern küssen?* Oder: *Mein schönstes Trinklied.* Stunden am Telefon, um Ex-Fernsehstars auszugraben, die ihre faden Gesichter mal wieder in einer Illustrierten sehen wollten.

»Ja?«, sagte Calle.

»Wir wollen keine Selbstmorde«, sagte die Redaktionschefin. »Jugendzeitschriften schreiben nie über Selbstmorde, weil so etwas ansteckend wirken kann. Wir haben es zwar mit älteren und hoffentlich klügeren Lesern zu tun, aber das spielt keine Rolle. Wir schreiben nicht über Selbstmorde, weil das ein zu grässliches Thema ist. Selbstmorde haben nichts Versöhnliches, und wir sind glücklicherweise nicht auf Kioskverkäufe angewiesen. Wir schreiben also nicht darüber. Punkt.«

»Keine ... Selbstmorde?«, sagte Calle.

Hatte Ylvas Mann etwa nicht mit ihr gesprochen? War er noch im Geschäft? Wollten sie seine Reportageserie über Menschen, die zu früh aus dem Leben gerissen worden waren, immer noch?

»Wieso?«, fragte die Redaktionschefin. »Sind Sie nicht meiner Meinung?«

»Doch«, erwiderte Calle, »vollkommen. Es würde mir nie einfallen, über Selbstmorde zu schreiben.«

»Na, wunderbar. Dann wünsche ich Ihnen viel Erfolg. Wann, glauben Sie, können wir den ersten Text bekommen?«

Calle legte auf und war so glücklich, dass er seine Stereoanlage aufdrehte und durch die Wohnung tanzte, bis er entdeckte, dass ihn jemand im Haus auf der anderen Straßenseite anstarrte.

*

Schwarz und still, als würde sie durch das Universum schweben. Ylva sah den blauen Planeten aus der Ferne. Von so weit weg, dass nichts auf der Erdoberfläche noch eine Rolle spielte. Alles weltliche Streben wurde zu Staub und Asche. Ylvas Reise war bald vorüber, das zufällige Irrlicht, das sie gewesen war, würde erlöschen. Keine große Sache, das geschah an jedem Tag zu jeder Sekunde seit Anbeginn der Zeiten.

Ihr Leben hatte aus Umbrüchen bestanden. Die chaotische Jugend, die ausgeartet war und in einer Katastrophe geendet hatte. Es hatte als Spiel begonnen, ein Spiel mit Folgen. Annika, die verrückte Tochter des Psychodoktors.

Die lange Zwischenphase, in der sie sich eingebildet hatte, das Leben wäre so, wie es sein sollte. Die Sommer auf dem Boot, Mike, das Glück mit Sanna.

Die Dummheiten, mit denen sie sich amüsiert hatte, als die Langeweile einsetzte.

Sanna kam ausgezeichnet ohne ihre Mama zurecht, das hatte sie begriffen, auch wenn die Einsicht schmerzte. Die Erinnerung an sie war vermutlich bereits verblasst. Sie hörte Mikes Stimme, wie er versuchte, an sie zu erinnern.

Du erinnerst dich doch noch an Mama?

Eine Art verfehltes Andenken an Ylva, das nur in einem schlechten Gewissen resultieren würde und in dem vagen Gefühl, dass es einmal einen Menschen gegeben hatte, den es jetzt nicht mehr gab.

Ylva versuchte, sich die Welt mit den Augen ihrer Tochter vorzustellen. Woran erinnerte sich Sanna in Bezug auf Ylva? Das konnte alles Mögliche sein. Irgendwann war sie vielleicht besonders ausgelassen gewesen, hatte Sanna gekitzelt, hatte mit ihr eine Kissenschlacht veranstaltet. Vielleicht auch irgendeine Bemerkung, hoffentlich eine nette. Vielleicht erinnerte sie sich auch an einen Film, den sie zusammen angeschaut hatten. Sicher erinnerte sie sich daran, wie oft sie im Sund baden gegangen waren. Ylva war immer ins Wasser gesprungen. Nicht mit Kopf voran, aber die anderen Mütter hatten die Leiter benutzt.

Ylva kam zu dem Schluss, dass das ihr Beitrag zur Welt gewesen war. So würde sie weiterleben. Als die Mutter, die vom Steg sprang und die Leiter nur benutzte, um wieder aus dem Wasser zu kommen. Ylva war zufrieden. Das war kein schlechtes Erbe, das sie da zurückließ.

Beim letzten Kapitel ihres Lebens wollte sie gedanklich nicht verweilen. Es ließ sich nicht ändern und war außerdem bald vorüber. Selbst aus der Perspektive ihrer Peiniger hatte sie ihr Verbrechen gesühnt und sich mit dem Gedanken versöhnt, dass jeder Mensch Gut und Böse in sich vereint.

Sie fasste nach unten, betätigte den Lichtschalter, und plötzlich war der Raum ins Licht der Stehlampe getaucht. Sie ging auf die Toilette, pinkelte, betätigte die Spülung und kroch wieder unter die Decke. Sie streckte die Hand aus, drückte auf den Schalter. Dunkel.

Sie drückte wieder auf den Schalter. Hell.

Noch einmal. Dunkel.

Natürlich.

Ja, natürlich.

53. KAPITEL

Jörgen Petersson hatte eine richtige Kaschemme entdeckt.

»Drei Bier für einen Hunderter«, stellte der Viertelmilliardär fröhlich fest und stellte sechs Bier auf den Tisch.

Er schob drei zu Calle hinüber.

»Hätten wir nicht jeder mit einem anfangen können?«, fragte dieser.

»Keine Sorge, ich zahle«, meinte Jörgen.

»Nobel.«

»Das gibt nur ein ewiges Gerenne, das weißt du selbst. Und jetzt erzähl von deinen Erfolgen.«

Calle berichtete vom Anruf der Redaktionschefin. Wie er sich mit eingezogenem Hals den Telefonhörer ein Stück vom Ohr weggehalten habe, um sein Trommelfell zu schonen, wenn die Schimpfkanonade losginge. Und wie dann alles eine wunderbare Wendung genommen habe.

»Über Selbstmorde wird also nicht geschrieben?«, fragte Jörgen.

»Nein«, meinte Calle. »Es gibt immer irgendwelche deprimierten Leute, die sich durch derartige Lektüre inspirieren lassen. In der Art von: Ich will auch in die Zeitung kommen.«

»Selbst wenn es mein Ende bedeutet«, ergänzte Jörgen.

»Genau. Merkwürdig, dass sich die Redaktionschefin überhaupt bemüßigt fühlte, mich darauf aufmerksam zu machen. Das zeugt nicht grad von Wertschätzung, muss ich schon sagen.«

»Allerdings. Skål.«

»Skål.«

Sie leerten das erste Glas, schoben es beiseite und griffen zum nächsten. Beruhigend wie ein Babyfläschchen.

»Selbstmord steckt also an?«, meinte Jörgen nachdenklich.

»Ja. Genau wie Seekrankheit«, antwortete Calle.

»Kannst du dich noch an das Mädchen aus der Schule erinnern, das sich das Leben genommen hat?«

»Wer?«

»Die Tochter des Psychodoktors. Annika.«

»Nein.«

»Wohnte in diesem weißen Haus am Wasser«, sagte Jörgen. »Genau auf der Landzunge. Schwarzer Hund, der den Zaun entlanglief und einen anbellte, wenn man vorbeiradelte.«

»Ach die. Hat sich erhängt, nicht wahr?«

»Ich glaube, ja. Auf die Details ist niemand eingegangen. Die Mutter war ziemlich gut aussehend, wenn ich mich recht entsinne.«

»Das hat mich schon damals nicht interessiert«, meinte Calle.

»Der Vater sah auch gut aus. Ein bisschen wie Richard Gere.«

»Da kann ich dir schon eher folgen.«

»Die Tochter hingegen war recht durchschnittlich«, fuhr Jörgen versonnen fort.

»Meine Güte, wie das klingt.«

»Möglicherweise wäre aus ihr ja noch eine Schönheit geworden, wer weiß. Aber ich glaube nicht, dass sie je so sexy ausgesehen hätte wie ihre Mutter. Erinnerst du dich nicht an sie? Das war die Frau, mit der alle im Viertel gerne ins Bett gegangen wären. Sie hat immer die Kiesauffahrt geharkt.«

Calle wurde stutzig, begann zu grübeln. Kies harken. Die ältere Frau in Hittarp, die ihm erklärt hatte, wo Michael Zetterberg wohnte. Sie war ihm irgendwie bekannt vorgekommen.

»Der Hund hat sich immer wahnsinnig aufgeführt, weil alle Jungs dort vorbeigeradelt sind, um sie anzuglotzen«, meinte Jörgen.

Sie hatte Kies geharkt. Genau wie früher. Das war Annikas Mutter gewesen.

Jörgen schnalzte vor dem Gesicht seines Freundes mit den Fingern.

»Calle? Hallo? Hörst du zu?«

*

Das Kabel verschwand im Fuß der Stehlampe. Dreißig Zentimeter vom Fuß entfernt war der Fußschalter, aber Ylva hatte die Lampe immer mit der Hand ausgemacht, um das Bett nicht verlassen zu müssen. Hinter dem Schalter kamen noch mindestens anderthalb Meter Kabel, das sie unter das Bett geschoben hatte, damit es nicht unordentlich aussah.

Wenn der Schalter ausgeschaltet war, gelangte kein Strom in die Lampe.

Gösta und Marianne hatten sie mithilfe eines Elektroschockers überwältigt. Jetzt würde Ylva es ihnen mit gleicher Münze heimzahlen.

Sie war keine Hure. Sie war die Mutter, die vom Steg sprang.

Ylva stieg aus dem Bett und ging in die Küche. Es war stockfinster, aber sie kannte jeden Winkel ihres begrenzten Raums. Sie nahm Schere und Messer und ging zurück zum Bett. Die Lampe brannte nicht, also passierte kein Strom den Fußschalter.

Sie kniete sich hin, tastete nach dem Kabel und schnitt es so nahe am Lampenfuß ab wie möglich. Mithilfe des Messers legte sie das Kupfer frei und bog die beiden Kabelenden auseinander, sodass ein Abstand von ein paar Zentimetern entstand. Dann schob sie das Kabel unter den Lampenfuß.

Ab jetzt durfte sie die Lampe auf keinen Fall mehr anschalten. Erst wenn der Moment gekommen war.

Sie ging zurück zur Kochnische, legte die Schere und das Messer deutlich sichtbar wieder hin. Sie wurde schwer bestraft, wenn sie gegen diese Anordnung verstieß.

Sie zog die Schublade auf und nahm die Gabel heraus, das einzige Besteck, das man ihr zum Essen zugestanden hatte, ging zurück zum Bett und versteckte sie unter der Matratze.

Sie würde ihm zu einem neuen Erlebnis verhelfen, einem ganz neuen.

*

»Nein«, sagte Calle Collin. »Nein, nein, nein.«

Sie hatten je sechs Bier getrunken, und die Zeche betrug vierhundert Kronen. Dazu kam eine Portion Erdnüsse für zwanzig Kronen. Calle konnte sich nicht vorstellen, dass sein steinreicher Freund mehr als zehn Kronen Trinkgeld geben würde.

»Das kann kein Zufall sein«, meinte Jörgen.

»Nicht?«, erwiderte Calle. »Und worin besteht deiner Meinung nach der Zusammenhang?«

»Keine Ahnung. Aber eins ist sicher: An solche Zufälle glaube ich nicht.«

»Du brauchst auch nicht an Zufälle zu glauben«, meinte Calle. »Unsere Mittelschichtsphäre, entschuldige, aber ich zähle dich immer noch dazu, obwohl du zufällig einiges an Geld verdient hast, unsere Mittelschichtsphäre ist so lächerlich begrenzt, dass man es sich gar nicht vorstellen kann. Weißt du, was ich tue, wenn ich einen Anfall von Paranoia habe und mich irgendwie aufbauen muss? Dann suche ich auf Facebook nach einem meiner alten Feinde. Alle Schweine sind auf Facebook. Da bekommst du ein Foto dieses Idioten plus all seiner Freunde. Dann klickst du auf Aktualisieren, und eine neue Gruppe Freunde taucht auf. Ich garantiere dir, dass du nicht oft zu aktualisieren brauchst, bis irgendein Name auftaucht, den du aus einem anderen Zusammenhang kennst. Den klickst du dann an, und schon hast du eine neue Hauptperson samt Galerie von deren Freunden. Aktualisieren und weiterklicken. Die ganze Welt hängt zusammen. Dass Annikas Eltern ausgerechnet dort wohnen, in einer wohlhabenden Gegend, ist kein Zufall. Die rotten sich nämlich immer zusammen, weil sie keinen Wert auf Leute mit abweichenden Ansichten legen. Von wegen Zufall, vielen Dank.«

»Du bist ja vollkommen betrunken«, meinte Jörgen.

»Ich bin nicht betrunken.«

»Okay. Stell dir jetzt mal Folgendes vor. Der Psychodoktor und seine sexy Frau machen aus irgendeinem Grund die Viererbande für Annikas Tod verantwortlich ...«

»Es gibt keine Viererbande. Sie waren eine kurze Zeit lang während der Mittelstufe befreundet, und, das ist korrekt, sie waren richtige Arschlöcher und hätten alle eingelocht gehört. Da bin ich ganz und gar deiner Meinung. Aber, und ich sage aber, sie waren keine Bande. Am Ende der Neunten hat man sie nie mehr zusammen gesehen. Einer der Jungen brach sogar die Schule ab, wenn ich mich recht entsinne. Jörgen, du geiziger Krösus, hörst du mir zu?«

»Ich höre, ich höre.«

»Dann zeig das auch und sitz nicht einfach nur da und starr die Wand an.«

»Ich starre nicht an die Wand. Ich denke nach.«

»Darf man vielleicht an deinen gewichtigen Überlegungen teilhaben?«

»Ich denke, dass ich recht habe. Die Gruppe zerfiel nach dem Selbstmord. Egal, was du sagst, ich werde Ylvas Mann anrufen.«

»Dann habe ich keine Arbeit mehr, das kann ich dir garantieren.«

»Ich kann dich einstellen. Du kannst meine Memoiren schreiben.«

»Das dürfte nicht sonderlich schwierig sein: aufgewacht, im Lotto gewonnen, wieder eingeschlafen.«

»Ich rufe ihn an«, sagte Jörgen.

»Du rufst ihn nicht an«, erwiderte Calle.

»Versuch doch, mich daran zu hindern.«

»Jörgen, verdammt, hör auf. Das kostet mich meinen Job, ich mache keine Witze.«

54. KAPITEL

»Karlsson.«

Der Kommissar antwortete, ohne den Blick von der Zeitung zu nehmen.

»Guten Tag. Mein Name ist Jörgen Petersson.«

Ein Stockholmer, dachte Karlsson.

»Ich würde gerne mit jemandem sprechen, der mit dem Verschwinden von Ylva Zetterberg befasst ist«, fuhr Jörgen fort. »Wenn ich es richtig verstanden habe, ist sie vor anderthalb Jahren verschwunden.«

Das vermisste Luder, dachte Karlsson. *Das von dem betrogenen Ehemann mit den Krokodilstränen umgebracht worden ist.* Der sich im Übrigen immer noch auf freiem Fuß befand. Ohne Leiche konnte man ihn nicht des Mordes überführen.

»Da sind Sie bei mir richtig«, sagte Karlsson.

»Ich habe einige Informationen, die für Sie von Interesse sein könnten.«

»Lassen Sie hören«, meinte Karlsson und vertiefte sich wieder in seine Zeitung.

Wer Informationen von Interesse hatte, brachte sie vor, ohne das vorher an die große Glocke zu hängen. Das war so sonnenklar wie die Tatsache, dass Leuten, die sich als humorvoll und intelligent beschrieben, beides fehlte.

»Also«, meinte Jörgen, »ich habe dieselbe Schule besucht wie Ylva, die Breviksschule auf Lidingö bei Stockholm.«

»Okay.«

Ich bin aus dem vornehmen Lidingö, also ist alles, was ich sage, von großer Bedeutung, dachte Karlsson und blätterte weiter in seiner Zeitung. Er sah, dass das Kallbadhuset bald wieder öffnete. Höchste Zeit. So lange konnte das doch nicht dauern, ein paar Umkleidekabinen zu renovieren?

»Ylva gehörte zu einer Gang. Sie und drei Jungs. Richtig üble Burschen. Wir nannten sie die Viererbande.«

»Oha.«

»Ich weiß, das klingt lächerlich, aber bitte hören Sie mich an. Die drei Jungen sind tot«, sagte Jörgen.

Karlsson studierte das Kinoprogramm. Er war fast sicher, dass gerade ein Film lief, den er sehen wollte, aber keiner der Titel klang bekannt. Dann würde er wohl doch wieder ein Video ausleihen müssen.

»Das klingt nicht gut«, meinte er.

»Nein«, pflichtete ihm Jörgen bei, »und jetzt ist außerdem noch Ylva verschwunden. Das ist irgendwie zu viel des Guten.«

»Hm.«

Karlsson war beim Fernsehprogramm angekommen. Er überflog es rasch. Nichts wirkte sonderlich aufregend.

»Das kann kein Zufall sein«, meinte Jörgen.

»Diese harten Burschen«, meinte Karlsson. »Wie sind die ums Leben gekommen?«

»Einer ist vor ungefähr drei Jahren an Krebs gestorben. Einer wurde ermordet, und der Dritte starb vor etwa einem Jahr bei einem Autounfall in Afrika.«

»Das klingt unerfreulich«, meinte Karlsson. »Aber ich sehe da, abgesehen davon, dass sie als Kinder befreundet waren, keinen richtigen Zusammenhang.«

»Doch«, meinte Jörgen, »da war noch dieses Mädchen.«

»Ylva?«

»Nein, eine andere.«

»Aha.«

Ein verwirrter Nervbolzen, dachte Karlsson.

»Annika Lundin«, sagte Jörgen.

»Annika, aha.«

»Sie hat sich das Leben genommen.«

»Oje«, meinte Karlsson und faltete seine Zeitung zusammen.

Er lehnte sich zurück und schaute aus dem Fenster.

»Danach hat sich die Viererbande aufgelöst«, meinte Jörgen.

»Nach was?«, fragte Karlsson.

»Nach dem Selbstmord. Hören Sie mir nicht zu?«

»Ich höre zu.«

»Gut. Aber das wirklich Interessante ist, dass Annikas Eltern, Gösta und Marianne Lundin, in das Haus gegenüber von Ylvas eingezogen sind.«

»Gösta und Marianne ...?«

»Lundin«, sagte Jörgen. »Ich glaube nicht, dass das ein Zufall ist.«

»Richtig, das wirkt unwahrscheinlich«, meinte Karlsson und gähnte.

»Sie müssen mit ihnen sprechen«, sagte Jörgen.

»Natürlich«, erwiderte Karlsson. »Haben Sie eine Telefonnummer, unter der ich Sie erreichen kann?«

Jörgen gab ihm sowohl seine Handy- als auch die Festnetznummer. Karlsson tat, als würde er mitschreiben.

»Ich rufe Sie an, sobald ich mehr weiß«, sagte Karlsson. »Vielen Dank für Ihren Anruf.«

Er legte auf. *Kino,* dachte er. *Welchen Film wollte ich noch gleich sehen?*

Gerda klopfte an die Tür und störte ihn bei seinen Überlegungen. Karlsson schaute hoch.

»Mittagessen?«, fragte sein Kollege.

Karlsson erhob sich und zog sein Jackett an.

»Endlich eine vernünftige Idee.«

*

Jörgen Petersson hatte selbst gemerkt, wie unglaubwürdig sich das Ganze anhörte. In seinem Kopf waren die Gedanken glasklar gewesen, ausgesprochen hatten sie nur idiotisch geklungen. Der Kommissar hatte versprochen, mit den Eheleuten Lundin zu reden. Jörgen bezweifelte, dass er überhaupt nur zum Telefonhörer greifen würde.

Er fragte sich, ob ihm der Polizist anders begegnet wäre, wenn er gewusst hätte, wen er da an der Strippe hatte und wie wohlhabend er war. Die Antwort lautete zweifellos: ja. Aber er konnte ihm ja wohl schlecht einen Kontoauszug faxen. Wenn er etwas erreichen wollte, musste er direkt mit Ylvas Mann sprechen. Obwohl er Calle versprochen hatte, das zu unterlassen. Ylvas Mann war der Einzige, der ihm vielleicht zuhören würde.

Es war möglich, dass er sich auf einer falschen Fährte befand und dass seine Überlegungen genauso dumm waren, wie sie sich anhörten, aber es gab eine Frage, die das unmittelbar klären könnte, und diese Frage konnte er nur Ylvas Mann persönlich stellen.

55. Kapitel

Ylva schaute auf den Fernsehmonitor. Sie sah Mike, Nour und Sanna ins Auto steigen. Sanna saß wieder auf dem Rücksitz, schien aber nichts mehr dagegen einzuwenden zu haben. Die täglichen Routineabläufe liefen so reibungslos, wie das morgens mit einer Tochter, die zum Broteschmieren eine Ewigkeit brauchte, langsamer als eine Schnecke aß und erst zufrieden war, wenn beide Enden der Schnürsenkel gleich lang waren, nur möglich war.

Vielleicht sah sie Sanna in diesem Moment zum letzten Mal. Mit Sicherheit sah sie sie zum letzten Mal auf dem Monitor. Es machte ihr nichts aus. Es war einfach genug.

Sie schaltete den Fernseher aus, legte sich aufs Bett und schloss die Augen. Sie ging ihren Plan von Neuem durch. Falls es überhaupt ein Plan war. Sie war sich nicht sicher. Sie würde durchziehen, was sie sich vorgenommen hatte, dann würde man weitersehen. Auf den Ausgang hatte sie keinen Einfluss.

Das Glas mit Wasser, das Kabel, die Gabel unter der Matratze.

Sie hatte sich nie geprügelt, wusste nicht, wie das ging. Sie holte die Gabel hervor und betastete sie. Sie war nicht besonders spitz. Sie zog das Laken beiseite und stach auf die Matratze ein. Es gab nicht einmal Löcher.

Die Augen, dachte sie, sie musste auf die Augen zielen.

Sie legte die Gabel wieder unter die Matratze, straffte das Laken, ging ins Badezimmer und betrachtete sich im Spiegel. Sie war nicht mehr die Frau, die vor gut achtzehn Monaten in den Keller gesperrt worden war. Sie fragte sich, ob Mike sie noch erkennen würde.

Ylva ging in die Kochnische und schaute in den Kühlschrank. Sie musste etwas essen und sich ausruhen.

Unabhängig davon, wie es ausging, dies war ihr letzter Tag in Gefangenschaft.

*

Mike beugte sich zu Nour und küsste sie auf den Mund.

»Bis heute Abend.«

»Ja, bis dann, Tschüs.«

Nour stieg aus, machte die Beifahrertür zu und winkte noch einmal vom Bürgersteig aus. Mike legte den Gang ein und fuhr davon. Im Rückspiegel sah er Nour in ihrem Bürohaus verschwinden.

Er war glücklich.

Die Euphorie dauerte bis zum Mittagessen an. Dann wurde sie von Schwermut abgelöst.

Es war nichts Spezielles, was seine gute Laune dämpfte. Keine schlechten Nachrichten, keine düsteren Prognosen oder unzufriedenen Angestellten, die sein Glück trübten. Auch kein plötzliches Absinken des Blutzuckerspiegels, keine Flashbacks oder lästigen Verpflichtungen, die die Schwermut erklärt hätten. Es handelte sich um einen ganz normalen Stimmungsumschwung.

Er schlug einen neuen Bericht auf und begann, darin zu lesen. Eine Dreiviertelstunde später legte er den Papierstapel beiseite, rieb sich die Nasenwurzel, auf der die Brille Abdrücke hinterlassen hatte, und stellte fest, dass er nicht einen Deut klüger war. Wieder so ein schwammiger, inhaltsloser Text, der die Firma viel Geld gekostet hatte und der nur in Auftrag gegeben worden war, damit die Chefs auf der mittleren Hierarchieebene jemandem die Schuld geben konnten, falls etwas schiefging.

Mike schaute auf die Uhr und stellte fest, dass er mit gutem Gewissen nach Hause fahren konnte. Er rief Nour an, als er im Auto saß, aber die hatte noch einiges zu tun und wollte den Bus nehmen.

»Dann sehen wir uns zu Hause«, sagte er. »Ich koche.«

Mike betrat den Lebensmittelladen in Laröd, wanderte ziellos herum und wartete auf eine Inspiration. Fleisch, bah. Fisch, nein. Geflügel, nicht schon wieder. Vegetarisch – gab es außer Quiche mit Broccoli noch etwas anderes?

Gösta war auch gerade einkaufen. Die beiden begrüßten sich und wechselten ein paar Worte über die Schwierigkeit, sich immer wieder etwas Neues einfallen zu lassen.

Spaghetti mit Gorgonzolasoße und kross gebratenem Bacon. Das war es. Dazu Salat. Mike packte die Lebensmittel in seinen Korb und kaufte noch, was sie zum Frühstück brauchten.

Er fuhr zur Schule und betrat den Hort. Sanna war nirgends zu sehen. Die Erzieherinnen sahen Mike fragend an. Sein Herz krampfte sich zusammen, und für den Bruchteil einer Sekunde wurde er in Richtung eines Abgrunds gesogen. Dann fiel ihm ein, dass Sanna mit Flötenstunden begonnen hatte. Er lächelte und ging in Richtung des Saals, aus dem das falsche Flötenspiel kam.

Hänschen ... klein ... ging ... allein. Hänschen ... klein ... ging ... allein. Hänschen ... klein ging ... allein.

Bis zum Konzert in der Berwaldhalle würde noch einige Zeit verstreichen.

»Bravo«, applaudierte er. »Das klingt gut.«

»Ich kann es noch besser«, versicherte Sanna.

»Ich fand das ganz wunderbar. Seid ihr fertig?«

Er sah die Musiklehrerin fragend an, die tapfer nickte.

»Dann bedanken wir uns für heute«, sagte Mike.

»Danke für den Unterricht«, sagte Sanna.

»Ich danke auch«, erwiderte die Lehrerin. »Bis nächste Woche.«

Sanna hopste aus dem Saal und auf das Auto zu.

»Darf ich vorne sitzen?«

»Liebling. Es sind doch nur zweihundert Meter. Ich habe keine Lust, den Kindersitz umzumontieren.«

»Okay.«

Was?, dachte Mike. *Keine Proteste?* Sanna stieg ohne Wenn und Aber hinten ein. Sie spielte weiter auf ihrer Flöte. Er wollte etwas Nettes sagen, wusste aber nicht, was.

»Macht das Spielen Spaß?«

»Ja«, sagte sie rasch und spielte weiter.
Hänschen ... klein ... ging ... allein.

*

Ylva war geschminkt, angekleidet und bereit. Sie hatte ihr Haar zu einem Pferdeschwanz zusammengebunden. Gösta zog gern daran, wenn er kam, ein Ausbruch tierischer Ekstase.

Sie sah aus, wie er es wünschte. Aber dieses Mal hatte sie auf die Gleitcreme verzichtet. Er würde nicht in sie eindringen, heute nicht und nie mehr wieder.

Sie hörte es klopfen, atmete tief durch und überprüfte, ob alles an seinem Ort lag. Das gefüllte Wasserglas dicht an der Wand.

Sie stellte sich auf ihren Platz, faltete die Hände auf dem Kopf, drückte die Ellbogen zurück, damit sich ihre Brüste hoben, und machte einen Schmollmund.

Er öffnete die Tür. Er hielt eine Flasche Champagner und zwei Gläser in der Hand.

Automatisch sah er nach rechts und überzeugte sich, dass Messer, Schere, Wasserkocher und Bügeleisen gut sichtbar auf der Spüle standen, dass sie sich nicht bewaffnet hatte und keine Dummheiten machen würde.

»Ich dachte, wir haben einen Grund zu feiern«, meinte er und hob die Flasche.

Ylva ging in die Knie und verschränkte die Arme hinter dem Rücken. Sie hatte alles sehr gut geplant, es immer wieder geübt. Sie hatte keine Alternative zu ihrem Plan.

Er stellte die Flasche auf die Spüle, schloss die Tür hinter sich ab und sah sie an.

»Du kannst es wohl gar nicht abwarten?«

Ylva schüttelte langsam den Kopf, immer noch mit gesenkten Lidern und leicht geöffnetem Mund.

»Ein wenig musst du dich noch beherrschen«, meinte er, riss die goldglänzende Folie von der Flasche und begann, den Stahldraht vom Korken zu lösen.

Ylva kniete immer noch und sah, wie er den Korken aus der Flasche zog und die Gläser füllte.

Er trat auf sie zu und schaute nach unten.

»Du bist eine richtig geile Schlampe. Hier.«

Er hielt ihr das Glas hin.

»Das hast du verdient«, sagte er.

Ylva nahm das Glas und füllte den Mund, ohne zu schlucken. Sie stellte das Glas neben sich auf den Fußboden und knöpfte seine Hose auf. Sie nahm seinen Schwanz in den Mund, und die Kohlensäure kitzelte seine Eichel. Langsam lief ihr der Champagner aus den Mundwinkeln und über seine Hoden.

Wieder füllte sie den Mund mit Champagner und zog seine Hose über seine Hüften. Er war einverstanden, wollte vermutlich nicht, dass sie nass würde. Er stieg aus Hose und Unterhose und ließ zu, dass sie ihm die Strümpfe auszog.

Sie legte die Kleider in einem Haufen aufs Bett und nahm ihn wieder in den Mund. Der Champagner lief an den Innenseiten seiner Oberschenkel herunter. Sie hielt das Glas hoch, um sich nachschenken zu lassen, ohne ihn loszulassen. Er füllte nach, bevor er den Rest der Flasche über ihr Gesicht laufen ließ.

Der Fußboden wurde nass. Gösta stand in einer Pfütze. Ylvas Plan schien zu funktionieren. Champagner war genauso gut wie Wasser. Hauptsache, flüssig.

Ylva schaute zu ihm hoch und sah, dass er sie betrachtete wie eine Hure, die er bezahlt hatte und mit der er machen konnte, was er wollte. Diesen Gesichtsausdruck kannte sie gut. Danach nahm er sie immer mit Gewalt.

Ylva füllte ihren Mund erneut. Sie stellte das Glas beiseite und faltete die Hände auf dem Rücken. Er packte ihren Pferdeschwanz und drückte sich ganz tief in ihren Rachen. Ylva musste würgen, tat aber so, als würde sie es genießen.

In den Händen hinter ihrem Rücken hielt sie das Kabel. Sobald er ihren Pferdeschwanz losließ, sobald …

56. Kapitel

Das Klingeln des Telefons war eine willkommene Unterbrechung. Im Wohnzimmer wiederholten sich die falschen Töne der Blockflöte in einer Endlosschleife, aber Mike brachte es nicht übers Herz, seine Tochter zu bitten aufzuhören.

Auf dem Display tauchte keine Nummer auf. Mike ging davon aus, dass Nour ihn von der Arbeit aus anrief. Er schloss die Tür zum Wohnzimmer und nahm den Hörer ab.

»Hallo«, sagte er mit leiser Stimme.

»Hallo«, meldete sich eine erstaunte Stimme am anderen Ende. »Mein Name ist Jörgen Petersson. Ich hätte gerne mit Michael Zetterberg gesprochen.«

»Das bin ich«, sagte Mike mit festerer Stimme.

»Störe ich gerade?«

»Nein, kein Problem, aber ich kaufe nichts am Telefon.«

»Deswegen rufe ich auch nicht an«, erwiderte Jörgen.

Mikes Magen zog sich zusammen.

»Ich möchte, dass Sie mich anhören«, sagte Jörgen. »Ich bitte Sie, nicht aufzulegen, bevor ich alles gesagt habe.«

Mike ließ sich auf einen Küchenstuhl sinken.

»Was wollen Sie?«, fragte er.

»Ich habe zur gleichen Zeit wie Ihre Frau die Breviksschule besucht«, sagte Jörgen.

»Meine Frau ist verschwunden«, erwiderte Mike mit schriller Stimme. »Warum lassen Sie mich nicht alle in Frieden?«

»Nur eine Frage«, sagte Jörgen. »Was hat Ylva über Gösta und Marianne Lundin gesagt?«

Mike verstand die Frage nicht.

»Gösta und Marianne Lundin hatten eine Tochter, Annika. Sie ging auch in unsere Schule. Sie hat sich das Leben genommen. Die Jungen, mit denen Ylva auf der Schule befreundet war, sind tot. Ich glaube, dass da ein Zusammenhang besteht. Ich glaube, dass Ihre Frau irgendwie mit Annikas Selbstmord zu tun hatte, zumindest bilde ich mir ein, dass Gösta und Marianne Lundin sie damals für Annikas Tod verantwortlich machten. Michael, sind Sie noch da? Michael ...?«

*

Gösta ließ den Pferdeschwanz los. Ylva warf ihren Kopf zurück, riss das Kabel nach vorn. Sie hielt das funkelnde Kupfer an seinen glänzenden Schwanz und betätigte den Schalter.

Eine Stichflamme schlug ihr entgegen, ein Knall war zu hören, und alles wurde schwarz.

Ylva wusste nicht, was sie eigentlich erwartet hatte, allerdings nicht, dass die Sicherung rausfliegen würde.

»Verdammt, verdammt, verdammt.«

Seine Stimme war schmerzverzerrt. Ylva hörte, dass er mit dem Rücken an der Wand auf den Boden sackte. Er atmete heftig, und es roch nach versengter Haut.

»Ich bring dich um, du verdammte Hure.«

Sie tastete nach der Gabel unter der Matratze, umklammerte sie und hieb in Richtung seines Gesichts. Den ersten Hieb konnte er noch abwehren, beim zweiten bohrte sich die Gabel in seine Wange.

Ylva sprang aufs Bett, riss seine Hosen an sich und begann, die Taschen nach den Schlüsseln zu durchsuchen.

»Ich bin keine Hure«, schrie sie und trat ins Dunkel, in die Richtung, in der er sich befinden musste. »Ich bin die Mutter, die vom Steg springt. Hörst du das, du perverser alter Sack? Ich bin die Mutter, die vom Steg springt.«

Sie zog die Schlüssel hervor und eilte zur Tür. Ihre Hände zitterten, und sie fand das Schlüsselloch nicht. Sie hörte, wie er hinter ihr mit Mühe auf die Füße kam. Sie hatte nicht genug Zeit.

»Ich dreh dir den Hals um.«

Er schlurfte langsam in ihre Richtung. In der Kochnische lagen Messer und Schere. Sie zögerte. Die Tür oder das Messer.

Sie machte zwei Schritte Richtung Kochnische, packte das Messer und hielt es vor sich ins Dunkel. Die Schlüssel in der rechten, das Messer in der linken Hand. Das war falsch. Das Messer hätte in der rechten Hand sein sollen. In der linken Hand hatte sie keine Kraft, und die Koordination war mit links auch nicht gut.

Sie hörte seinen Atem, sein heiseres Lachen. Sie hatte keine Möglichkeit, wieder zur Tür zu kommen. Er war auf den Beinen, und er war stärker.

»Komm näher«, sagte er. »Es endet, wie es immer endet. Du kannst dich nicht verstecken.«

Sie stand in der Kochnische und versuchte, lautlos zu atmen. Er war nur ein paar Meter von ihr entfernt. Jetzt stand er still und lauschte, genau wie sie.

»Du versteckst dich in der Küche, was? Kein gutes Versteck. Die Küche ist klein und eng, da ist überhaupt kein Platz.«

Er trat einen Schritt auf sie zu.

»Habe ich dich überhaupt schon mal in der Kochnische gefickt? Ich glaube, das ist jetzt ein guter Zeitpunkt. Ich ficke dich in der Küche. Mit einer kaputten Flasche werde ich dich in der Küche ficken, hörst du?!«

Der Abstand zwischen ihnen wurde kleiner. Sie wartete, hielt den Atem an. Sie musste das Messer in die rechte Hand nehmen. Aber das war unmöglich, ohne ein Geräusch zu machen und ihre Position zu verraten. Sie hatte nur eine einzige Chance, und es war wichtig, dass das Messer ganz tief eindrang, damit er sie nicht verfolgen konnte.

Sie kniete sich hin. Ihre Gelenke knackten ganz leise.

»Aber, aber, aber. Knack, knack. Du bist also wirklich in der Küche, genau wie ich gedacht habe. Du wartest darauf, dass ich komme und dich nehme. Dich so nehme, wie du genommen werden willst.«

Er schlurfte näher. Sie spürte ihn ganz nahe vor sich.

Etwas sauste über ihren Kopf. Die Champagnerflasche zerschellte hinter ihr an der Wand.

Sie schleuderte den Schlüsselbund gegen die Tür, um ihn abzulenken, nahm das Messer in die Rechte und stach zu. Das Messer drang in seinen Bauch ein. Sie zog es heraus und stach wieder zu.

»Ganz rein«, schrie sie. »Und, wie ist das? Ganz rein.«

Sie stach ein drittes Mal zu und ließ das Messer dann stecken. Er sank auf dem Fußboden zusammen.

Ylva stand auf, schwankte zur Tür, tastete den Boden ab und fand die Schlüssel. Ihre Hände zitterten nicht mehr. Sie steckte den richtigen Schlüssel ins Schloss und drehte ihn herum.

57. Kapitel

Mike fühlte sich fiebrig. Ihm war übel. Unendlich viele, zu viele Gedanken schwirrten haltlos in seinem Kopf herum. Blitzschnelle, unverständliche Gedanken, die ihn verspotteten wie ein Kreis grölender Schulkinder. Mike konnte sich drehen und wenden, wie er wollte, er wurde immer wieder in den Ring geschubst.

Noch so ein Verrückter, der mit diesem Illustriertenreporter, der ihn vor einer Woche in seinen vier Wänden belästigt hatte, unter einer Decke steckte. Ein gestörter Mensch, dem es Freude bereitete, irgendwelchen Unsinn zu verbreiten, um sich einen Augenblick lang in der bedeutungsvollen Nähe des Todes aufhalten zu können. Der Tod war anziehend, das stand außer Frage. Ein Lockmittel für Verrückte. Wie jene Leute, die nach dem Tsunami die Angehörigen angerufen und behauptet hatten, ihre Verwandten seien noch am Leben und würden bald nach Hause kommen.

Und dennoch. Gösta hatte eine Tochter gehabt. Die jung gestorben war. Er hatte darüber nicht sprechen wollen. Das war verständlich. Insbesondere im Hinblick auf die Rollen, die Gösta und er spielten.

Was hat Ylva über Gösta und Marianne Lundin gesagt?
Was meinte er? Warum brachte er Ylva mit Gösta und Marianne in Verbindung? Sie hatten doch noch gar nicht in dem Haus gewohnt, als Ylva verschwunden war, sie waren erst später eingezogen. Oder ungefähr zur gleichen Zeit. Etwa zu diesem Zeitpunkt. Genau da.

Wie auch immer, Ylva hatte nie irgendwelche frisch eingezogenen Nachbarn erwähnt.

Und warum zog dieser Irre Gösta und Marianne Lundin in die Sache rein? Woher kannte er sie?

Mike verstand das nicht. Dann hatte er eine Erleuchtung.

Ein Patient.

Natürlich. Der Anrufer war einer von Göstas Patienten. Wahrscheinlich hatte er ein Gespräch zwischen Gösta und ihm mit angehört und sich dann in seinem kranken Kopf eine Parallelwelt geschaffen.

So musste es sein. Es gab keine andere Erklärung.

Mike atmete mit einem lauten Seufzer aus. Er war immer noch erregt und zitterte. Tränen standen ihm in den Augen. Aber er merkte, wie er langsam wieder ruhiger wurde.

Nach und nach nahm er die Welt wieder wahr, drangen Bilder und Geräusche zu ihm durch. Die Geräusche kamen von einer Blockflöte im Wohnzimmer.

Hänschen … klein … ging … allein. Hänschen … klein … ging … allein. Hänschen … klein ging … allein.

Die Blockflöten-Entsprechung des »Für Elise« für Klavier.

Die Blockflöten-Entsprechung des »Smoke On the Water« für Gitarre ...

Mike erinnerte sich an seine erste Begegnung mit Gösta, als ihnen klar geworden war, dass sie Nachbarn waren. Gösta war in das Haus am Sundsliden eingezogen, das mit dem umgebauten Keller und dem für teures Geld eingerichteten Musikstudio. Gösta hatte so getan, als spiele er Gitarre, und hatte »Smoke On the Water« gesummt.

Die Gedanken drehten sich wieder im Kreis. Mike hatte Mühe beim Schlucken.

Mike hatte Gösta von dieser Presseschwuchtel erzählt, die ihm mit drei Toten in den Ohren gelegen hatte. Gösta hatte gefragt, was daran Besonderes sei. *Drei Tote*, hatte er gesagt. Und? Drei Leute, die vorzeitig gestorben und die zufälligerweise auf dieselbe Schule gegangen seien.

Drei ...

Aber es waren nicht drei. Mit Ylva waren es vier. Gösta und er sprachen über Ylva immer, als wäre sie tot. Sie glaubten beide nicht, dass sie zurückkommen würde. Aber Gösta hatte nicht von vier Toten gesprochen, sondern von drei.

Wahrscheinlich nur ein Missverständnis, aber trotzdem.

Mike versuchte, das unbehagliche Gefühl abzuschütteln, ließ kaltes Wasser laufen und trank dann direkt aus dem Hahn.

Das ließ sich doch ganz leicht nachprüfen.

Er öffnete die Tür zum Wohnzimmer.

»Schön spielst du, Liebling. Weißt du, was ich mir ausgedacht habe?«

Sie schüttelte den Kopf.

»Ich dachte, wir könnten bei Gösta und Marianne vorbeischauen, du weißt schon, die in dem weißen Haus am Sundsliden wohnen. Er hat ein tolles Musikstudio. Wir können vielleicht aufnehmen, was du spielst. Dann hast du was zum Vergleichen, wenn du noch mehr dazugelernt hast. Was hältst du davon?«

*

Ylva drehte den Schlüssel um und öffnete die erste Tür. Das ging so einfach, sie verstand nicht, warum sie das nicht schon viel früher getan hatte. Sie nahm den nächsten Schlüssel am Schlüsselbund und spürte etwas Kaltes am Rücken. Und wieder.

Ylva holte Luft, aber nur ihr halber Brustkorb füllte sich. Sie atmete aus, und aus ihrem Mund pulste Blut. Eine Lunge war punktiert. *Wie merkwürdig,* dachte sie, *das fühlt sich an wie ein kaputter Ballon.* Sie hatte sich ihre Lungen nie als Ballons vorgestellt. Lungen waren Fleischstücke, schlabberig und ekelig wie das meiste im Körper, keine Ballons.

Sie drehte den Schlüssel um und drückte Tür Nummer zwei auf. Ein schwaches Licht sickerte die Treppe herunter und in den Keller. Gösta lag hinter ihr auf dem Fußboden. Die Gabel steckte ein kleines Stück unter dem Auge in seiner Wange. In der Hand hielt er das Küchenmesser.

Es überraschte Ylva, dass er die Kraft gehabt hatte, das

Messer aus sich herauszuziehen, aufzustehen und zwei Mal damit auf sie einzustechen. Es war ihr egal, erfüllte sie weder mit Angst noch mit Wut, nur mit Erstaunen.

»Wir waren Kinder«, sagte sie mit blutgefülltem Mund. »Kinder.«

Sie schwankte die Treppe hinauf. Das Blut lief ihr aus dem Mund, über das Kinn, über den schwarzen BH, über Bauch, Slip und Oberschenkel. Sie packte das Geländer und bezwang die Treppe unter Aufbietung aller Kräfte Schritt für Schritt.

Sie hörte Stimmen und spürte kühle Luft mit fantastischen Düften. Sie wollte ihre Lungen füllen, beide Lungenflügel, aber begann sofort zu husten. Das Licht wurde stärker. Das war echtes Tageslicht, das blendende Licht der Sonne.

Nur noch wenige Schritte.

58. Kapitel

Mike hielt seine Tochter an der Hand.
»Haben wir es eilig?«, fragte Sanna.
»Nein, wir haben keine Eile. Ich dachte nur, wir könnten es vor dem Essen erledigen. Nour kommt bald. Vielleicht wäre das eine schöne Überraschung für sie. Eine eigene Aufnahme.«
»Was ist das?«
»Eine Tonaufnahme. Die man abspielen kann, wann immer man will.«
»Wie am Computer?«
»Genau.«
Sie gingen durch das nasse Gras der Allmende. Mike hielt Sanna die Gartenpforte auf, sah Marianne im Küchenfenster und hob die Hand zum Gruß. Sie öffnete die Haustür, ehe sie dort angelangt waren.
»Gösta ist nicht zu Hause«, sagte sie.
»Wie schade«, meinte Mike und legte die Hände auf die Schultern seiner Tochter. »Sanna hat mit Blockflöte angefangen. Ich wollte fragen, ob wir nicht vielleicht das Studio benutzen dürfen, um ihre ersten Versuche aufzunehmen.«

»Das Studio?«
Marianne verstand nichts.
»Das Musikstudio«, meinte Mike. »Im Keller.«
»Ach so. Nein, das geht nicht.«
Mike lächelte erstaunt. Marianne trat von einem Fuß auf den anderen.
»Gösta ist wahnsinnig heikel, was sein Studio betrifft. Er lässt da niemanden rein. Das ist sein Zufluchtsort.«
»Verstehe.«
Mike wusste nicht, was er als Nächstes unternehmen sollte.
»Okay«, meinte er und lächelte, weil ihm nichts Besseres einfiel. »Trotzdem vielen Dank.«
Er hoffte, dass das nicht ironisch klang.
»Er meint das nicht böse«, sagte Marianne.
»Das verstehe ich. Grüßen Sie ihn herzlich von mir.«
»Das werde ich.«
Mike drehte sich um, um zu gehen, hielt dann aber im letzten Augenblick inne.
»Ihre Tochter«, sagte er.
Die Reaktion war unmittelbar. Mike sah es ihren Augen an. Trotzdem war es so unfassbar, dass er weitersprach, obwohl er in diesem Augenblick alles begriffen hatte.
»Ylva und Sie sind auf dieselbe Schule gegangen«, sagte er, und alles ergab plötzlich einen Sinn.
Alles, was der Verrückte erzählt hatte, stimmte, jede Silbe war korrekt.
Marianne sagte nichts. Ihr Gesicht war kalt und abwartend. Es verriet keine Gefühle.

Aus dem Keller war ein Geräusch zu hören.

»Ich werde jetzt runter in den Keller gehen«, sagte Mike und drängte sich an Marianne vorbei.

In diesem Augenblick schrie Sanna laut auf. Ein blutüberströmtes, leichenblasses und fast nacktes Wesen tauchte auf der Treppe auf.

Mike hielt inne. Die Haut der Frau wirkte wie aus Plastik, fast durchsichtig. Das einzig Echte an ihr schien das Blut zu sein, das aus ihrem Mund quoll und an ihr herablief. Sie hob die Arme, streckte sie aus. Obwohl Mike sofort wusste, wer sie war, erkannte er erst an der Art, wie sie die Arme hob, seine Frau.

59. Kapitel

Mike stürmte auf Ylva zu, legte ihren Arm über seine Schultern und führte sie behutsam aus dem Haus. An der Gartenpforte blieben sie stehen. Sie konnte nicht weiter. Mike setzte sich in den Kies und nahm ihren Kopf in den Schoß, wiegte sie zärtlich. Sanna stand ein paar Schritte entfernt. Sie traute sich nicht, näher zu kommen.

»Verzeih«, sagte Ylva.

Mike schüttelte den Kopf.

»Verzeih mir«, erwiderte er.

Ylva suchte mit dem Blick nach ihrer Tochter.

»Sanna«, sagte Mike. »Das ist Mama.«

Er streckte die Hand aus und winkte sie zu sich. Sie zögerte. Die blutige Frau machte ihr Angst. Die roten Zähne, das graue Haar, die weiße Haut. Sie wollte eigentlich viel lieber weglaufen, nicht mehr hinschauen müssen.

Ylva hob leicht die Hand.

Sanna ging langsam auf sie zu und kniete sich hin.

»Ich kann Flöte spielen«, sagte sie. »Willst du es hören?«

*

Überall war Blut. Die Sanitäter begriffen erst nicht, wer eigentlich verletzt war. Als Mike versicherte, das Blut auf seinen Kleidern stamme von Ylva, kümmerten sie sich rasch um sie, hoben sie auf eine Trage und schoben sie zum Rettungswagen. Eine Gruppe hypnotisiert gaffender Nachbarn trat beiseite, um sie durchzulassen.

Mike nahm Sanna an der Hand und stieg hinter den anderen in den Krankenwagen. Eine Krankenschwester presste Ylva eine Sauerstoffmaske aufs Gesicht, der Fahrer nahm am Steuer Platz.

Ylva hatte zu den Klängen von *Hänschen klein* das Bewusstsein verloren. Mike meinte, so etwas wie ein Lächeln auf ihren Lippen gesehen zu haben.

Draußen waren aufgeregte Stimmen zu hören, durch das Fenster des Krankenwagens sah er Flammen in Göstas und Mariannes Küche. Die Gardinen fingen Feuer, Flammen züngelten über die Decke.

»Ist jemand im Haus?«, fragte der Sanitäter am Steuer.

Mike antwortete nicht. Er sah, dass die Schwester auf einen Gummibeutel drückte, der über einen Schlauch mit der Maske auf Ylvas Gesicht verbunden war. Sie half ihr zu atmen. Er wusste, dass sie sich in einem Krankenwagen befanden, der immer schneller den Hang hinauffuhr, er wusste, dass er seine Tochter an der Hand hielt. Trotzdem verstand er die Frage nicht.

»Ist jemand im Haus?«

»Ja«, sagte Sanna.

Der Fahrer des Krankenwagens verständigte die Rettungszentrale. Die Krankenschwester arbeitete frenetisch. Sauerstoff, Injektionen. Alles war wie ein Film.

Ein seltsames Arbeiten ist das, dachte Mike. *In unmittelbarer Nähe des Todes. Unnötig dramatisch.* Die Krankenschwester sprach unablässig und unterrichtete den Fahrer über den Zustand der Patientin. Schließlich sah sie auf die Uhr und sagte laut die Uhrzeit. Mike verstand nicht, was das noch für eine Rolle spielen sollte.

Ylva war doch schon so lange tot.

60. Kapitel

Jemand nahm Mike die blutigen Kleider ab und gab ihm ein kurzärmeliges Hemd mit dem Wappen des Krankenhauses auf der Brusttasche. Sie bekamen ein eigenes Wartezimmer. Sanna saß auf dem Schoß ihres Vaters, Nour saß auf einem Stuhl neben ihnen. Alle drei hielten sich an den Händen und sagten nichts.

Das Wartezimmer hatte einen Linoleumfußboden und helle Kiefernmöbel mit grünen Polstern.

Sanna beugte sich vor und nahm ein Comicheft vom Tisch. Sie reichte es Mike, und er las vor.

Der Comic handelte von einem starken Bären und seinem Freund, dem Kaninchen, und einem Dritten im Bunde, der eins auf die Rübe bekam und später wieder in die Gemeinschaft aufgenommen wurde. Mike las auch noch die nächste Geschichte, obwohl er sich nicht sicher war, ob Sanna wirklich zuhörte oder nur seine Stimme hören wollte. Sie wippte rastlos mit einem Fuß.

Die Tür ging auf, und sie wandten sich alle der Krankenschwester zu.

»Sie ist jetzt fertig«, sagte sie.

Sie gingen durch den Korridor. Die Schwester blieb vor

einer Tür stehen und drehte sich um, um sich zu vergewissern, dass sie auch bereit waren.

Nour sah Mike an.

»Ich weiß nicht, ob ...«

»Doch«, erwiderte Mike und drückte ihre Hand. »Ich bitte dich darum.«

Die Schwester öffnete die Tür und ließ sie eintreten.

Ylva lag auf einem Bett, die Decke bis zu den Schultern hochgezogen. Der Kopf ruhte friedlich auf dem Kissen. Ihre Augen waren geschlossen, und das Blut war abgewaschen. Die helle, fast porzellanweiße Haut wirkte bei der gedämpften Beleuchtung weniger beängstigend. Trotzdem handelte es sich ganz eindeutig um einen toten Körper und nicht um einen lebendigen Menschen.

Nour blieb in gebührendem Abstand stehen, ließ Mike und Sanna vorgehen und auf den Stühlen neben dem Bett Platz nehmen.

Nach einer Weile begann Mikes Rücken zu beben. Im nächsten Augenblick brach er über seiner toten Frau zusammen. Sanna streckte die Hand aus und tätschelte ihm tröstend den Rücken.

Als sie sich schließlich erhoben, hatten sie beide verweinte, rote Gesichter. Mike fuchtelte nervös mit den Händen in der Luft.

Nour breitete die Arme aus und umarmte sie beide.

61. Kapitel

Karlsson trank einen Schluck Kaffee und vertiefte sich wieder in den Artikel. Er enthielt zahlreiche Fakten, die es im Kopf zu behalten galt. Etliche Informationen waren ihm neu. Freunde und Bekannte würden ihm wegen Bonusfeatures in den Ohren liegen, als wäre er eine DVD.

Er musste den Mob füttern, wenn er seinen Ruf retten wollte. *Keine Ahnung? Nicht auf dem neuesten Stand? Das müsstest du doch wissen, du bist doch bei der Polizei! Außerdem war das doch deine Ermittlung, oder?*

Gerda saß ihm gegenüber und las ein eigenes Exemplar derselben Zeitung. Er las denselben Artikel. Aus demselben Grund.

»Verdammt, was für kranke Perverslinge.«

»Allerdings.«

»Wie lange war sie dort gefangen?«

»Über anderthalb Jahre.«

»Und ihr Mann war die ganze Zeit bei dem Typen in Behandlung? Da hätte er doch Lunte riechen müssen.«

»Stimmt.«

»Seltsam, dass er keinen Verdacht geschöpft hat.«

»Wer? Der Ehemann?«

»Ja.«

»Wirklich sehr seltsam.«

»Vollkommen abwegig.«

»Wir hätten nichts tun können.«

»Was hätte das sein sollen? Das übersteigt wirklich jegliches Vorstellungsvermögen.

Gerda vertiefte sich erneut in den Artikel.

»War er bereits tot?«

»Der Mann? Muss er gewesen sein. Kein Rauch in den Lungen. Im Unterschied zu der Frau, die das Feuer gelegt hat.«

»Ylva hat ihn also kaltgemacht?«

»Yes.«

»Nicht schlecht.«

»Allerdings.«

»Dass sie das nicht viel früher getan hat.«

»Wahrscheinlich hatte sie keine Gelegenheit.«

»Ja, aber trotzdem.«

Karlsson schüttelte den Kopf.

»Was für Schweine.«

Gerda pflichtete ihm bei. Es klopfte an der Tür. Beide schauten hoch. Ein Kollege hielt ihnen breit grinsend eine aufgeschlagene Abendzeitung hin.

»Habt ihr das hier gesehen?«

Er warf ihnen die Zeitung auf den Tisch und verschwand pfeifend. Gerda ging um den Tisch herum und schaute Karlsson über die Schulter.

Ylva hätte nicht sterben müssen. Polizei ignorierte entscheidenden Hinweis.

Der Artikel war mit einem Foto Karlssons illustriert. Referiert wurde der Telefonanruf, den er einige Tage zuvor entgegengenommen hatte.

»Wer hat diesen Scheiß geschrieben?«, fragte Karlsson und suchte nach dem Namen des Artikelverfassers. »Calle Collin. Wer zum Teufel ist Calle Collin?«

62. Kapitel

Sanna hatte so lange gequengelt, bis er eingewilligt hatte, mit ihr zum Baden zu fahren. Sie wollte in den Wellen der Abendfähre schwimmen. Die Fähre legte um fünf Uhr in Kopenhagen ab und passierte Hittarp um zwanzig nach sechs. Zehn Minuten später erreichten die Wellen das Ufer. Keine riesigen Wellen, aber man konnte sich auf sie verlassen.

Sie waren rechtzeitig da, und Sanna sprang sofort ins Wasser. Sie hatte keine Lust, auf dem Steg zu warten. Sie sehnte sich nach dem Wasser, die Wellen waren nur die Zugabe. Nour blieb auf der Bank sitzen.

»Jetzt kommen sie«, sagte Mike und deutete aufs Wasser.

Sanna schwamm rasch auf die Treppe zu und stieg aus dem Wasser. Sie nahm ihre Position ein und sah ihren Vater an.

»Gehst du nicht ins Wasser?«

»Doch, natürlich.«

Er zog das Bändel in seiner Badehose fest.

»Bist du bereit?«, fragte Sanna.

»Ja.«

»Jetzt will ich einen richtigen Kopfsprung sehen«, sagte Nour.

Sanna stand, den Blick auf die sich langsam nähernden Wellen gerichtet, da. Sie schlug ihrem Vater mit der Hand auf den Bauch.

»Wir nehmen die größte, okay?«

»Natürlich«, sagte Mike.

»Jetzt.«

Sie liefen zum Rand des Stegs und sprangen ins Wasser.

63. Kapitel

Annika freut sich, dass sie sie gefragt haben, dass sie überhaupt wissen, wer sie ist. Sie sitzen lässig auf der Fensterbank und haben den Überblick. Dort, wo schon immer die Leute gesessen haben, die das Sagen haben, wo sich die grauen, geduckten Leute nicht hintrauen. Sie wissen, wer sie ist, Ylva hat ihren Namen gerufen, hat sie zur Turnhalle begleitet, hat mit ihr geplaudert, ihr gesagt, sie sei okay, und sie sogar zu sich nach Hause eingeladen. Keine Party, einfach nur ein bisschen abhängen. Fernsehgucken? Nein, nicht fernsehgucken. So ein Schwachsinn. Nein, nein.

Aber merkwürdig ist das schon, denn sie haben sich nichts zu sagen, und Ylva macht kaum den Mund auf, bis die Jungs mit dem Schnaps kommen, den sie aus der Hausbar ihrer Eltern geklaut haben, da redet sie plötzlich wie ein Wasserfall. Sie trinken und benehmen sich seltsam und lachen, und Annika lacht auch, aber als sie fragen, warum sie lacht, weiß sie keine Antwort, und die anderen finden, dass sie ihren Busen zeigen soll. Annika versteht nicht, warum, und die anderen wollen wissen, ob sie sich nicht traut, ob sie glaubt, dass die Jungs noch nie einen Busen gesehen hätten. Annika denkt, dass es jetzt vielleicht an der Zeit wäre, den Nachhauseweg anzutreten, aber sie machen ja nur Spaß, ob sie keinen Spaß versteht. Sie schenken ihr nach, und jetzt ist sie plötzlich wieder dabei, und sie lachen alle, und die Jungs finden immer noch, dass sie ihren Busen zeigen soll. Komm schon, nur ganz kurz, und alle sehen sie an. Das ist doch schnell erledigt. Annika hebt den Pullover hoch und zieht ihn wieder runter. Aber ich habe doch gar nichts gesehen, sagt einer der Jungs, wir auch nicht, rufen die anderen, und sie liegen ihr in den Ohren, jetzt spielt das doch keine Rolle mehr, jetzt hast du ihn doch schon gezeigt, lass ihn uns anschauen, und Annika hebt den Pullover und hält ihn hoch. Einer der Jungen will sie anfassen, nur anfassen, aber Annika will nicht. Sei doch kein Spielverderber, und Annika erlaubt einem, sie anzufassen, und da wollen die anderen auch, und sie sagen, die Brüste seien hübsch und würden sich gut anfühlen. Annika zieht den Pullover ganz aus und küsst einen der Jungs. Alle lachen und trinken noch mehr. Annika will sich den Pullover wieder anziehen, aber die anderen finden, sie soll lieber ihre Hose ausziehen und ihnen ihre Muschel zeigen. Annika will ihre Muschel nicht zeigen, aber was soll das, spielt doch keine Rolle. Annika will trotzdem nicht. Ylva sagt, sie würde sich lächerlich machen, als sei etwas dabei, seine Muschel zu zeigen, dann mach du das halt, sagt Annika, und die Jungs lachen. Ylva sagt, es sei doch wohl schlimmer, den Busen zu zeigen, die Muschel sei einfach ein Dreieck aus Haaren, und außerdem sei sie mit den Jungs schon in der

Sauna gewesen, und sie hätten beieinander übernachtet und hätten alles gesehen, was es zu sehen gebe. Da sei weiter nichts dabei. Nein, sagen die Jungs. Dann könnt ihr ja anfangen, sagt Annika, aber sie finden, es sei besser, wenn Annika weitermacht, wo sie schon mal dabei ist. Sie ziehen sich dann anschließend aus. Sie braucht nur vorzuzeigen. Und wieder ist die Aufmerksamkeit aller auf Annika gerichtet. Sie nicken freundlich und aufmunternd, weiter nichts dabei, und okay, sie öffnet den Knopf, und sie applaudieren, und ein bisschen lustig ist es schon, und sie zieht den Reißverschluss runter und bewegt verführerisch ihren nackten Oberkörper. Die Jungs klatschen Beifall. Annika zieht die Hose über die Oberschenkel, schiebt die Daumen unter das Gummi ihres Slips, klappt es nach unten und lässt sie die Haare ahnen. Sie johlen, mehr, mehr, mehr, und Annika zieht den Slip ganz nach unten und zeigt alles. Der Erfolg ist vollkommen, und vielleicht wird es Annika ja anschließend bereuen, aber der Augenblick hat seine eigene Schönheit und ist großartig, daran wird sie sich immer erinnern. Sie zieht ihren Slip wieder hoch, und da rufen sie buh. Sie setzt sich aufs Sofa, langt nach ihrer Jeans und hebt ihren Po an, um sie anziehen zu können, aber einer der Jungs drückt sie nach unten, und sie lachen und machen Witze, und Annika sagt ihm, dass er sie loslassen soll, aber er meint das doch nicht ernst, sagt er, und einer der Jungs sagt, sie sei schön, sie habe einen fantastischen Body. Er küsst sie richtig und streichelt ihre Brust, und sie merkt, dass die anderen ihr die Jeans wieder ausziehen, aber sie hat nicht die Kraft zu protestieren. Und sie hat immer noch ihren Slip an. Das Ganze ist zugleich angenehm und unbehaglich. Der Junge, der sie küsst, lässt seine Hand nach unten wandern und legt sie auf ihren Slip. Die Hand ist warm und fühlt sich gut an, und sie denkt, dass es vielleicht so ist, denn sie weiß es nicht anders. Sie hört, wie jemand die Hose aufknöpft, aber das ist nicht der Junge, den sie küsst, und sie hört mit dem Küssen auf und sieht Ylva fragend an, und sieht auch den Jungen, dem Hose und Unterhose auf den Knöcheln hängen und der auf sie zuschlurft. Annika küsst jetzt niemanden mehr. Sie will nicht, aber niemand hört zu, alles ist still, niemand lacht, und der Junge dringt in sie ein und kommt rasch, und der nächste wartet schon, dass er an der Reihe ist, und Ylva sitzt daneben und schaut zu, und der dritte Junge dringt in sie ein und beklagt sich, dass er als Letzter an der Reihe ist, denn jetzt sei sie ausgeleiert, als würde man seinen Schwanz in einen Eimer warmes Wasser stecken. Sie lachen, und dann ist nichts mehr zu tun, als die Hose hochzuziehen und zuzuknöpfen und das Glas leer zu trinken. Annika sitzt zusammengekauert da, während sie ein Kleidungsstück nach dem anderen anzieht, und die anderen sagen, es wäre wohl besser, wenn sie jetzt geht, und sie soll sich ja hüten, jemandem etwas davon zu erzählen, sonst werden sie überall herumerzählen, was für eine verdammte Hure sie ist, die es mit drei Typen am selben Abend treibt.